BIBLIOTHEK
DES 18. JAHRHUNDERTS

Das erste und letzte was
vom Genie gefordert wird
ist Wahrheitsliebe.

GOETHE · MAXIME 382

JOHANN WOLFGANG
GOETHE

MAXIMEN UND REFLEXIONEN

Verlag C. H. Beck München

In Umfang und Anordnung der von Max Hecker
betreuten Edition (Weimar 1907) folgend,
in der Textwiedergabe auf die Erstdrucke
bzw. Handschriften zurückgehend

Mit einem Nachwort von Walther Killy
Textrevision und Anmerkungen von Irmtraut Schmid

Die Wiedergabe der Goetheschen Handschrift
als Frontispiz erfolgt mit freundlicher Genehmigung
des Goethe- und Schiller-Archivs, Weimar.

Die ›Bibliothek des 18. Jahrhunderts‹ erscheint
in der Verlagsgruppe Kiepenheuer, Leipzig und Weimar,
und im Verlag C. H. Beck, München.

ISBN 3 406 32998 5
Lizenzausgabe für die Bundesrepublik Deutschland,
Berlin-West, die Schweiz und Österreich
Verlag C. H. Beck, München 1989

Gesamtherstellung: Offizin Andersen Nexö,
Graphischer Großbetrieb, Leipzig
Schrift: Walbaum
Gestaltung: Walter Schiller
Printed in the German Democratic Republic

Einleitung

›Maximen und Reflexionen‹ – die Sammlung, welche, berichtigt und bereichert, hier unter diesem Titel dargeboten wird, hat seit dem Jahre 1840, da sie von den Pflegern des Goethischen Nachlasses mit den ›Sprüchen in Reimen‹ zu Einem Bande, dem dritten der ›vierzigbändigen‹ Ausgabe, vereinigt worden war, den Namen ›Sprüche in Prosa‹ getragen, von allen Bezeichnungen, die man hätte wählen können, wohl die ungeschickteste. Einem schematischen Parallelismus haben die Herausgeber damals das Bessere aufopfern zu müssen geglaubt: schon 1833 war im neunundvierzigsten Bande der ›Ausgabe letzter Hand‹ der Ausdruck ›Maximen und Reflexionen‹ zur Anwendung gekommen, und sicherlich nicht ohne Anlehnung an Goethischen Sprachgebrauch. ›Maxime‹ zumal ist zu allen Zeiten ein Lieblingswort des Dichters gewesen, das aus seinen Werken, Briefen, Gesprächen unzählige Male zu belegen wäre; für uns genügt es, auf 190. 549. 580. 1268 unserer Sammlung zu verweisen. Und als im Jahre 1822 das ›Repertorium der Goethischen Repositur‹ aufgestellt wurde, hat Goethe auf eine Handschrift, die eine ganze Reihe von Nummern unseres Bandes enthält, die Inhaltsangabe setzen lassen: ›Maximen und Reflexionen‹.

Daneben stand ihm freilich eine reiche Auswahl anderer Benennungen zu Gebote. ›Einzelnheiten‹, ›Aphorismen‹, ›Betrachtungen‹, ›Merkwürdigkeiten‹, ›Bemerkungen‹, ›Sentenzen‹, ›Abstraktionen‹, aller dieser Ausdrücke hat Goethe sich gelegentlich bedient. Eine Kapsel mit einem halben Hundert Gnomen zeigt seit 1822 den Rükkentitel ›Späne‹. So hat sich denn auch das bequeme Wort ›Sprüche‹ eingestellt, häufig in der lässigen Sprache der Tagebücher, aber einmal nur an prägnanter Stelle, in der

Überschrift ›Eigenes und Angeeignetes in Sprüchen‹, im ersten Heft des dritten Bandes von ›Kunst und Altertum‹. Und hier nicht ohne Absicht und Grund; denn ein genau bestimmter Begriff ist es, den Goethe mit dieser Bezeichnung verbindet. Der Spruch ist der ›Siegelring‹ des ›Divans‹: ›Ein Siegelring ist schwer zu zeichnen, Den höchsten Sinn im engsten Raum‹; es ist ein einzelner Gedanke voll Kraft und Bedeutung, der sich in der schmucklosesten Geschlossenheit des sprachlichen Ausdrucks gefällt. Der Spruch ist ein abgerundetes konzentriertes Kunstwerk, worin nur Eine Idee nach Darstellung suchen darf und vollkommene Darstellung erreichen muß. Er ist der Schlußsatz aus Prämissen, die unausgesprochen bleiben, und fähig, der Ausgangspunkt weitspannender Betrachtungen zu werden, ein Samenkorn, die Fülle des Lebens in engste Grenzen zusammengedrängt, Frucht und Keim zugleich. Zwischen solchen ›Sprüchen in Prosa‹ und den ›Sprüchen in Reimen‹ walten mancherlei Beziehungen hin und wider: die prosaische Fassung, in der sich ein Gedanke eingestellt hat, wird in Verse umgeprägt (243. 681. 838. 1142. 1407. 1411. 1412. 1413) und umgekehrt rhythmische Gliederung in Prosa aufgelöst (141. 904). Zwei Formen des prosaischen Spruches hat Goethe vornehmlich gepflegt. Die eine, die einfachste, begnügt sich mit der denkbar knappesten Ausgestaltung, eine wahrhaft lakonische Wortkargheit mißachtet selbst das Grundgesetz grammatischer Vollständigkeit, der Spruch zieht sich in ein Schlagwort zusammen (108. 869). Die zweite, die mannigfaltigere, beruht auf organischer Zweiteilung: aus der Vereinigung zweier Sätze erzeugt sich der Hauptbegriff, aus These und Antithese, aus Betrachtung des Allgemeinen und Beobachtung des Individuellen. Auf diese Art kommen prosaische Disticha zu Stande (Beispiele: 15. 51. 79. 92. 166. 297. 406. 596); aber auch in ihnen geht das Wesen des eigentlichen Spruches, einheitlicher Inhalt in geschlossener Form, nicht verloren. Und bis zuletzt sind wirkliche Sprüche aus Goethes Geist hervorgetreten, hervor*gesprungen*, bis zuletzt hat er sich die Gabe bewahrt, seinen Ideen das straffe Gewand überzuwerfen, das starr und schmiegsam, Schmuck und Fessel zugleich ist; in unserer Sammlung jedoch sind solche Sprüche in der Minderzahl. Da drängen ausführliche Deduktionen heran, lange Gedankenreihen wickeln sich ab. Urteile über Bücher und Menschen wechseln mit kleinen Erzählungen (226. 277). Bilder eigener und fremder Wirksamkeit ziehen vorüber. Die Form ist preisgegeben; die Neigung zu beschaulich-sinnender Versenkung in die belebte und unbelebte Natur, das unabweisliche Bedürfnis, den Ergebnissen tiefster Welterkenntnis einen vollen Ausdruck zu verleihen, der pädagogisch-didaktische Trieb, der einer eindringlichen Beredsamkeit nicht entraten kann, sie haben den Sieg über die Freude an der Medaillenkunst des Spruches davongetragen.

Und noch eine tiefere Erwägung hat uns zu dem alten Titel zurückkehren lassen. ›Maximen und Reflexionen‹: Offenbarungen eines durchdringenden Geistes, der sich beständig aus dem Nährboden erhabenster Sittlichkeit stärkt und erneut. Grundsätze und Betrachtungen: der Grenzpfahl zwischen intellektuellem und ethischem Gebiete ist niedergelegt, ein und dieselbe Kraft, ein lauterstes Wahrheitsgefühl betätigt sich jetzt an den Problemen von Kunst und Wissenschaft und jetzt an den Aufgaben reiner Humanität, das Gesetz der Treue und Gewissenhaftigkeit gilt für gelehrte Forschung und künstlerische Arbeit nicht weniger als angesichts der praktischen Pflichten des Tages. Goethes ›Maximen‹ sind hervorgegangen aus aufmerksamer Betrachtung aller menschlichen Verhältnisse, seine ›Reflexionen‹ werden getragen von dem Grundsatz persönlicher Würde und innerlicher Erhebung zum Ideal.

In ›Wilhelm Meisters Wanderjahren‹ stattet der Dichter den Oheim des ungleichen Schwesternpaares Juliette und Hersilie mit der Neigung aus, ›überall Inschriften zu belieben‹, tiefsinnige Sentenzen, bedeutungsschwere Orakelweisheit. ›Kurzgefaßte Sprüche jeder Art‹, sagt Wilhelm darüber, ›weiß ich zu ehren, besonders wenn sie mich anregen, das Entgegengesetzte zu überschauen und in Übereinstimmung zu bringen.‹ Wir hören Goethes eigene Ansicht. Seit jenen Tagen, da zwischen ihm und dem grämlichen Vater die alten Sprüchlein und Denkreime über Vorzüge und Gefahren des Hoflebens hin und her geflogen waren, hat er die komprimierte Gedankenfülle des Aphorismus zu schätzen nicht aufgehört; wie seine ›pilgernde Törin‹ sich hinter ›allgemeine Sittensprüche‹ zu verstecken liebt, so hat auch er gerne im Ernst und Scherz mit den ›Klugreden‹ der Altvordern seine Gespräche gewürzt. Eine reiche Literatur der Apophthegmata und Gnomen, der Maximen und Reflexionen, der Gedanken und Sinnsprüche lag vor ihm. Die Weisheit der biblischen Bücher, verehrungswürdig durch Alter und Heiligkeit, die Autoren des klassischen Altertums, Epiktet und Marc Aurel, ernst und würdevoll, Bekenner der Resignation der stoischen Philosophie, die Franzosen des sechzehnten und siebzehnten Jahrhunderts, elegant und geistreich, feine Psychologen, mit der leisesten Regung der Seele vertraut, der deutsche Zincgref, biderb, tüchtig, erfüllt von kräftigem patriotischem Geiste – aus ihnen allen hat Goethe ein ernstliches Studium gemacht, aus ihnen sich manches gehaltvolle Wort angeeignet. Sprichwörtersammlungen der Kulturvölker sind nicht unbeachtet geblieben. ›Einen guten Gedanken, den wir gelesen‹, läßt er die Ottilie seiner ›Wahlverwandtschaften‹ sagen, ›etwas Auffallendes, das wir gehört, tragen wir wohl in unser Tagebuch.‹ So verfährt der Dichter selbst. Nicht nur aus jenen Werken, die den Stoff bereits geformt und rund darbieten, aus jenen Vorratskammern, in denen das Getreide, schon reinlich ausgedroschen, aufgehäuft liegt, hat er hin und wieder ein Korn entführt, um es der eigenen Aussaat beizumischen, auch seine sonstige Lektüre ist ihm, den man den großen Aneigner genannt hat, zu diesem Zwecke tributpflichtig geworden. Pflegt er ja doch stets ein auffallendes Wort, einen sonderbaren Ausdruck, eine gefällige Wendung, einen entscheidenden Satz des Schriftstellers, den er liest, zu notieren, und so sind aus Büchern mannigfaltigsten Inhalts, naturwissenschaftlichen, geschichtlichen und literarhistorischen, aus Briefpublikationen und Dramen, Aussprüche in seine Sammlung übergegangen, um zumeist über ihre ursprüngliche Bedeutung hinaus die Träger allgemeiner Betrachtungen zu werden (90. 125. 237. 251. 371. 816). Von zahlreichen Nummern unseres Bandes, die Goethe selbst als ›angeeignet‹ bezeichnet hat, bleibt der Ursprung noch zu ermitteln; manches Andere vielleicht noch wird zufällige Entdeckung als fremdes Gut erweisen. In der oben angeführten Stelle nennt Ottilie das mündliche Gespräch als Quelle ihrer Aufzeichnungen: aus der Unterhaltung hat auch Goethe geschöpft (207. 226), und wenn Ottilie dann fortfährt: ›Nähmen wir uns aber zugleich die Mühe, aus den Briefen unserer Freunde eigentümliche Bemerkungen, originelle Ansichten, flüchtige geistreiche Worte auszuzeichnen, so würden wir sehr reich werden‹, so erinnern wir uns daran, daß einer der tiefsten Sprüche unserer Sammlung einem Briefe Schillers entstammt (45).

Auch diese Aneignung ist Gegenwirkung. Bleibt auch der sprachliche Ausdruck bewahrt: der Sinn wird verallgemeinert, verfeinert, vertieft. Das schlichteste Sprichwort, hausbackene Weisheit des nüchternen Menschenverstandes, kann unversehens aus dem ewig regen Geiste des Dichters den Funken lösen, durch den es eine neue Bestimmtheit empfängt. Daher sind jene ›Zitate‹ nur dem Grade nach von allen übrigen Reflexionen verschieden, in denen auch die Prägung ein Werk Goethes ist. Auch sie sind *erlebt*; der volle Ernst, mit dem Goethe sich jeglicher Tätigkeit hingibt, stempelt auch seine Lektüre zu wahrhafter Erfahrung, der Gegensatz von äußerem und innerem Ereignis ist für ihn kaum vorhanden. Und das eben ist es, was allen diesen ›Einzelnheiten‹, so mannigfaltig ihr Inhalt sein möge, den einigenden Grundcharakter verleiht, was als unzerreißbares Band selbst die zusammenschließt, die einander widersprechen: sie alle sind Früchte vom Baume des Lebens, sie sind kondensierte Lebensereignisse. Der Strom des Geschehens geht nicht fremd an Goethes Augen vorüber, er ergießt sich durch seine tiefste Seele und trägt die Elemente heran, die wie in einem Netze in allgemeinen Betrachtungen aufgefangen werden. Aus seinen Gesprächen über ›Leben und Lebenssinn‹, über Zeit- und Ewigkeitsfragen hat Riemers hurtige Feder manches gehaltvolle Wort festgehalten, nicht weniger aber auch die Äußerungen wechselnder Stimmungen und Eindrücke; auf dem Umwege durch Riemers Tagebuch sind viele solcher Notizen in die Serie ›Einzelnes‹ im dritten Heft des fünften Bandes von ›Kunst und Altertum‹ gelangt, und was bei seiner Entstehung nur ›Impression‹ war, das hat durch diese Verwendung absolute Gültigkeit erhalten.* Durch eine ausgebreitete Korrespondenz sieht sich Goethe in den Mittelpunkt des geistigen Lebens seines Volkes, ja seiner Zeit gestellt, in buntem Wechsel reiht

* Andererseits ist vieles, was Keil in seiner Veröffentlichung: ›Aus den Tagebüchern Riemers‹ von Riemer'schen Aufzeichnungen mitgeteilt hat, nur späte Kopie Goethischer Niederschriften.

sich Mitteilung an Mitteilung, ihn zu Gegenäußerung und innerer Reaktion auffordernd: da pflegt er denn die Quintessenz, den Hauptsatz seiner Erwiderung oder auch nur eine prägnante Stelle für sich auf besonderem Blatte, wie es eben zur Hand liegt, zu anderweitigem Gebrauch zu notieren. Zahlreich sind die Nummern unseres Bandes, die auf diese Weise entstanden sind (so 126. 140. 372. 800. 908. 1052). Eine bedeutende literarische Erscheinung reizt ihn, sich öffentlich vernehmen zu lassen; ein Aufsatz wird entworfen, aber nur teilweise zum Druck gebracht, indes wertvolle Bemerkungen aus den unterdrückten Partieen dazu ausersehen werden, die ›Maximen und Reflexionen‹ zu vermehren (494. 732).

Aus dem festgegründeten Boden der Wirklichkeit erwachsen Goethes Dichtungen und wissenschaftliche Studien; der erlebten Wirklichkeit, dem wirklichen Erleben gelten auch seine ›Maximen und Reflexionen‹. Und wenn er in der Poesie hinansteigt zum Typischen, wenn er bei seinen Forschungen das natürliche Ereignis seines empirischen Charakters entkleidet, um zum ›Urphänomen‹ durchzudringen, so sucht er auch die Vorgänge des bewußten Handelns in ihrer eigensten Wesenheit und Bedeutung zu erfassen: die ›Maximen und Reflexionen‹ umschreiben sittlich-intellektuelle Urphänomene. Die einzelne Persönlichkeit erscheint als Vertreter einer ganzen Menschenart. Der große Friedrich im Kreise kleinlicher, boshafter Bedientenseelen gibt ihm das Muster, das Verhältnis eines jeden außerordentlichen Mannes zu seiner verständnisbaren Umgebung zu erfassen, Herder wird das Prototyp absprechender Verbitterung, Zacharias Werner repräsentiert die phantastische Lüsternheit und Fritz Jacobi die naive Hinterlist aller jener ›problematischen Freunde‹, die ›unter fortdauernden Protestationen von Liebe und Neigung‹ sein Wirken zu durchkreuzen suchen.

Wenn in den Jahren vor der italienischen Reise die Mühen und Geschäfte des Tages am Abend im Kalender gebucht wurden, dann pflegte sich nicht selten eine ethische Formel einzustellen, die wie ein Brennpunkt jene zerstreuten Bestrebungen in sich zusammenfaßte; aus ganzen Perioden wurde damals der Gewinn als Maxime oder Reflexion ausgezogen, die, losgelöst aus ihrem Zusammenhang, sich zwanglos unserer Sammlung einordnen würde. ›Regen und rauher Wind rückt die Schafe zusammen‹, so am 8. Oktober 1777 über das Verhältnis zum Herzog. Unter dem 8. April 1779: ›Man tut unrecht an dem Empfindens und Erkennens Vermögen der Menschen zu zweifeln, da kan man ihnen viel zu trauen, nur auf ihre Handlungen muß man nicht hoffen.‹ Anderes aus dem November 1777 und vom 19. Januar 1782. Solchen Tagebuchbetrachtungen begegnet man dann wieder aus der Zeit des höchsten Alters (1. Februar, 19. Februar, 11. Juni 1831): auch hier rundet sich ein Kreis.

Goethes *Persönlichkeit* ist es, in der das Auseinanderstrebende seine Einheit findet; denn nach diesen Maximen hat er sein Leben gelebt, in diesen Reflexionen bricht sich sein Geist in tausend Farben.

›Das alles war Ergetzlichkeit und Lehre,
Gefühl und Tat –‹

Absteigend von der Scheitelhöhe der Laufbahn, hat Goethe seinem Volke nur Ein Werk geschenkt, das gleich unserer Sammlung Einheit und Mannigfaltigkeit zugleich ist: den ›Westöstlichen Divan‹. Auch unsere Sammlung ist ein ›Divan‹. Ein ›Buch der Sprüche‹, ein ›Buch der Betrachtungen‹ hier wie dort. Das ›Buch des Unmuts‹ ist nicht vergessen worden, ›Timurs‹ Gestalt steigt vor uns auf, und ein aufmerksames Ohr wird leise Klänge aus dem ›Buch der Liebe‹ vernehmen.

Wir stellen uns den Dichter vor, wie er beim Diktieren eines Briefes, sein Auf- und Niederwandeln unterbrechend, am Pulte stehen bleibt, um das Geschenk des Augenblicks mit eiligen Zügen für sich aufzuzeichnen. Dazu ist ihm noch jedes Blatt gerecht, eben wie einstmals, als es galt, die Ergüsse jugendlicher Leidenschaft und Sehnsucht festzuhalten. Abgerissene Fetzen grobes Packpapier, Briefumschläge, Haushaltrechnungen, Theaterzettel, nichts wird verschmäht; die schematischen Entwürfe zu Dichtungen und Aufsätzen, Konzepte zu Tagebucheintragungen und Briefen, alles, wie es zu Handen kommt, wird Träger eines Spruches, einer Reflexion. In vielen Fällen ist uns durch diese läßliche Gewohnheit ein Mittel gegeben, die Zeit der Niederschrift zu bestimmen, ein Mittel aber auch, das in der Regel nur nach mühseligen Untersuchungen anzuwenden war; denn die Tagebuchentwürfe tragen kein Datum, und die Briefkonzepte, kaum lesbar, entbehren die Angabe des Adressaten. So häuft sich eine Menge von Zetteln und Einzelhandschriften an, die vorläufig in Papierhülsen untergebracht werden; noch ist eine solche vorhanden mit der Aufschrift von Goethes Hand: ›Gnomen. Januar 1815.‹ Von Zeit zu Zeit trägt ein Schreiber dann die ›Einzelnheiten‹ auf reinliche Bogen zusammen; auf Grund dieser Bogen werden die Druckmanuskripte hergestellt. Goethe selbst hat das ›sachte Fortziehen‹ eines Spruches anläßlich der Nummer 207 geschildert.

Die Anfänge unserer Sammlung reichen bis in die achtziger Jahre des achtzehnten Jahrhunderts zurück; die ältesten Reflexionen sind aus Notizbüchern der italienischen Reise genommen (849. 920. 1102). Die erste größere Reihe entstammt dem Jahre 1795: die Verdeutschung einer zusammenhängenden Stelle der Hippokratischen Schrift ›Über die Lebensweise‹ (621 bis 632), und im Anschluß daran 682–684. 686–688. Das Studium des Hippokrates ist damals auch dem ›Lehrbriefe‹ Wilhelm Meisters zu Gute gekommen, der mit einem Ausspruche des griechischen Arztes einsetzt. In zwei Handschriften sind der ›Lehrbrief‹ und jene Übertragung vereinigt überliefert: so hat offenbar zwischen ihnen ursprünglich ein innerer Zusammenhang bestanden, für dessen Erkenntnis uns zwar kaum Vermutungen zu Gebote stehen, den aber auch noch andere Anzeichen erweisen. Derselbe Satz, womit der ›Lehrbrief‹ schließt, tritt an die Spitze der Übersetzung, als sie 1829 gedruckt wird, und wenn es in jenem heißt: ›Das Nachzuahmende wird nicht leicht erkannt‹, so lesen wir in dieser: ›wir ... erkennen aber nicht, was wir nachahmen‹ (622).

Außer diesen sind etwa zwanzig Nummern (949–953. 954. 965. 992. 993. 997. 1046. 1047. 1109. 1110. 1140. 1145. 1150. 1223. 1362) mit Sicherheit der Zeit vor 1800 zuzuweisen; ihr möchte, nach dem Charakter der Schrift, nach dem Aussehen von Papier und Tinte, keineswegs untrüglichen Kennzeichen, zu schließen, wohl noch ein und der andere Ausspruch angehören. Aber erst das neue Jahrhundert, wie es von Jahrzehnt zu Jahrzehnt vorschreitet, zeitigt immer vollere Ernten. Das wachsende Alter liebt sich mehr und mehr die sinnschweren Worte, in denen die Erfahrungen eines wunderbar begabten Daseins ihren Ausdruck finden; indessen darf über dieser Fülle der Weisheit das negative Element nicht übersehen werden, das in einer steigenden Neigung zum Aphorismus liegt. Ist ja doch der Hang zur Meditation, die Lust, sich in ›Einzelnheiten‹ zu ergehen, immer nur das Merkmal absinkender Gestaltungskraft, und wie der knappe ›Spruch‹ der läßlicheren ›Reflexion‹ weicht, so lösen sich nicht selten ganze Aufsätze in eine kunstlose, kunstwidrige Folge abgerissener selbständiger Betrachtungen auf. An der Schwelle des

Jahrhunderts freilich ist der Aphorismus Goethes noch so wenig bloß das bequeme Ausdrucksmittel einer müden Beschaulichkeit, daß der Dichter ihn vielmehr zu scharfer Waffe umzuschmieden versucht: als im Jahre 1801 Joh. Gottfried Schadow einen Angriff gegen das klassizistische Kunstideal, das Palladium der ›Weimarer Kunst-Freunde‹ richtet, da wirft Goethe in höchster Erregung die ›Aphorismen. Freunden und Gegnern zur Beherzigung‹ aufs Papier (1064–1096), die er dann in seiner Scheu vor offenem Zwiste ungedruckt gelassen hat, wie sehr sie auch in einer zweiten Niederschrift durch Ausscheidung alles Persönlichen gemildert worden waren.

Die ersten ›Sprüche‹, die Goethe *veröffentlicht* hat, stehen in den ›Wahlverwandtschaften‹, in ›Ottiliens Tagebuch‹. Die Herausgeber der ›Sprüche in Prosa‹ 1840 ließen sich von einem richtigen Gefühle leiten, als sie von den sechs Abschnitten, die der Dichter aus jenem Tagebuch mitteilt, eben die beiden ihrer Ausgabe einverleibten, die auch in unserer Sammlung beibehalten worden sind. Denn für diese beiden hat Goethe offensichtlich nur in den aufgehäuften Vorrat seiner ›Einzelnheiten‹ gegriffen, während er die vier anderen eigens für die Dichtung entworfen hat. Jene beiden Kapitel erheben sich darum auch wirklich zur Höhe allgemein gültiger Grundsätze, die übrigen stehen in unmittelbarem, unauflöslichem Bezuge zu Ottiliens Persönlichkeit und ihren wechselnden Situationen. Wenn man Ottiliens Aufzeichnungen mit Geistesbildung, Charakter, Seelenzustand der Urheberin nicht hat in Einklang finden wollen, so sind damit wiederum vor allem jene Maximen gemeint gewesen, die in der Tat mit ihrem Grundbegriff der Gesellschaft als einer fundamental sittlichen Einrichtung mehr den ethischen Tendenzen des Romans im Ganzen als der Schilderung seiner Heldin dienen.

Nachdem dann seit 1818 die einzelnen Hefte von ›Kunst und Altertum‹ und der naturwissenschaftlichen Zeitschrift als willkommene Vehikel benutzt worden waren, die ›Maximen und Reflexionen‹ in einzelnen Serien dem Publikum vorzulegen, ist die Hauptmitteilung 1829 erfolgt, als es sich darum handelte, das zweite und das dritte Buch von ›Wilhelm Meisters Wanderjahren‹, deren Umfang sich als nicht ausreichend zur Füllung je eines Bandes der ›Ausgabe letzter Hand‹ erwiesen hatte, auf die erforderliche Stärke zu bringen. ›Unter diesen Umständen‹, berichtet Eckermann, ›ließ er mich rufen; er erzählte mir den Hergang und eröffnete mir zugleich, wie er sich zu helfen gedenke, indem er mir zwei starke Manuskriptbündel vorlegte, die er zu diesem Zweck hatte herbeiholen lassen. ‚In diesen beiden Paketen', sagte er, ‚werden Sie verschiedene bisher ungedruckte Schriften finden, Einzelheiten, vollendete und unvollendete Sachen, Aussprüche über Naturforschung, Kunst, Literatur und Leben, alles durch einander. Wie wäre es nun, wenn Sie davon sechs bis acht gedruckte Bogen zusammenredigierten, um damit vorläufig die Lücken der Wanderjahre zu füllen.'‹ Eckermann ist dieser Aufforderung nachgekommen, und auf solche Weise sind die beiden Sammlungen ›Betrachtungen im Sinne der Wanderer‹ und ›Aus Makariens Archiv‹ entstanden, wie wir sie in Band 22 und 23 der ›Ausgabe letzter Hand‹ am Schlusse des zweiten und dritten Buches der ›Wanderjahre‹ antreffen. Wir können es uns nicht versagen, die Worte auszuheben, mit denen der Dichter die Sammlung Makariens charakterisiert. ›Resultate waren es, die, wenn wir nicht ihre Veranlassung wissen, als paradox erscheinen, uns aber nötigen, vermittelst eines umgekehrten Findens und Erfindens rückwärts zu gehen und uns die Filiation solcher Gedanken von weit her, von unten herauf wo möglich zu vergegenwärtigen‹ – diese

Schilderung hat Gültigkeit für zahlreiche Stücke unseres ganzen Bandes; sie zeigt, wo für Goethe der Wert des aphoristischen Ausspruches lag: in der Stärkung, die dem Geiste aus ernstlichem Bemühen um den Sinn dunkler Vieldeutigkeit erwächst. Zu Makariens überirdisch-geheimnisvollem Wesen haben die Betrachtungen ihres ›Archivs‹ freilich nicht die mindeste Beziehung, auch für sie ist reale Wirklichkeit Ursprung und Ziel. Sie bilden im Allgemeinen eine parallele Reihe zu den ›Betrachtungen im Sinne der Wanderer‹; allenfalls mag in ihnen das geistig-literarische Ingrediens stärker vertreten sein, während in jenen das mathematisch-naturwissenschaftliche Interesse entschiedener hervortritt. Die Scheidung in zwei Reihen ist im Grunde nur willkürlich, die meisten Sätze ließen sich ohne Schaden hin und wider verpflanzen; ja, recht besehen, enthält Makariens Sammlung nur ›Betrachtungen im Sinne der Wanderer‹. Wanderer: Goethe meint jene Mitglieder des Weltenbundes seiner ›Wanderjahre‹, die ausziehen, um nach tätigem, entsagungsreichem Leben in der Fremde wiederkehrend die alte Heimat schöner, menschenwürdiger auszubauen. Als ob er selbst sich ihnen beigesellt hätte, so durchschweift er in diesen Reflexionen alle Tätigkeitsgebiete, Politik und Kunst, Wissenschaft und praktisches Leben, die Kulturen alter und moderner Zeit, und leitet mit der gewonnenen Erfahrung sein Volk einer neuen Epoche entgegen. Was in den Seelen seiner ›Wanderer‹ lebt an lebendigem Willen und bildender Vorstellung, was sich als Unterströmung durch die ganze Dichtung vernehmbar macht, das kommt in ihren ›Betrachtungen‹ zum Ausdruck: das Gebot strenger Pflichterfüllung, die Forderung rastloser Tätigkeit, die Aufgabe, zur Meisterschaft emporzusteigen. Praktische Vervollkommnung der Menschen wird das höchste Ideal, von dem aus jede Bestrebung ihre sittliche

Weihe empfängt. Ein nüchterner, realisierbarer Kosmopolitismus der Wirksamkeit, nicht mehr der schwärmerische Gefühlskosmopolitismus des achtzehnten Jahrhunderts, einigt Länder und Kontinente, zu dem Gedanken der ›Weltfrömmigkeit‹ gesellt sich die Vorstellung der ›Weltliteratur‹. ›Ottiliens Tagebuch‹ wurzelt durchaus noch im Vorstellungskreise des achtzehnten Jahrhunderts; durch die ›Maximen und Reflexionen‹ der ›Wanderjahre‹ schreitet der Geist eines neuen Zeitalters, des Zeitalters der Dampfmaschinen und der Naturwissenschaften.

Das allgemeine Befremden, womit das Publikum die aphoristischen Beigaben der ›Wanderjahre‹ aufnahm, hat den Dichter zu der Anweisung bestimmt, in späteren Ausgaben die Vereinigung wieder aufzuheben. Damals hat er zugleich kund getan, wie er es mit der ganzen Masse der ›Reflexionen‹ in den Bänden des Nachlasses gehalten wissen wollte. ›Wir wurden einig, daß ich alle auf Kunst bezüglichen Aphorismen in einen Band über Kunstgegenstände, alle auf die Natur bezüglichen in einen Band über Naturwissenschaften im allgemeinen, sowie alles Ethische und Literarische in einen gleichfalls passenden Band dereinst zu verteilen habe.‹ So Eckermann (15. Mai 1831), der denn auch redlich bemüht gewesen ist, dieser unausführbaren Aufgabe Herr zu werden. Der systematischen Trennung nach drei Kategorien hat sich Gustav v. Loeper in seiner Bearbeitung der ›Sprüche in Prosa‹ für die Hempel'sche Goethe-Ausgabe angeschlossen; die geringfügigen Abweichungen, die er sich von Eckermanns Anordnung gestattet, zielen darauf ab, Goethes Willensmeinung noch entschiedener zur Ausführung zu bringen. Wir unsererseits konnten uns nicht dazu entschließen, einer Vorschrift zu folgen, mit der Goethe sich selbst ein Unrecht zugefügt hat. Denn in den Serien der ›Reflexionen‹, die er selbst veröffentlicht hat, waltet ein wohldurchdachter Plan; bald ist es die Analogie, bald der Kontrast, wodurch jedem Ausspruch seine bestimmte Stelle angewiesen wird, und selbst da, wo wir überlegte Reihenfolge nicht erblicken können, halten wir uns nicht für befugt, zu trennen, was Goethe verbunden hat. Goethes Gruppierungen muß man bewahren; nur für den Nachlaß, den er selbst nicht geordnet hat, wurde der Versuch einer Dreiteilung in der von ihm gewünschten Weise unternommen. Im Einzelnen war es geboten, den Text von Entstellungen zu säubern, die er durch Zufall und Versehen, aber auch durch falschen Eifer früherer Herausgeber erlitten hatte; es galt die Erwartung zu erfüllen, die Goethe angesichts der ›Ausgabe letzter Hand‹ gehegt und ausgesprochen hat, daß er ›zuletzt reiner auftreten könne als im ganzen Leben‹.

18. Februar 1907. *Max Hecker.*

MAXIMEN UND REFLEXIONEN

AUS DEN WAHLVERWANDTSCHAFTEN

1809

Aus Ottiliens Tagebuche

1. Wir blicken so gern in die Zukunft, weil wir das Ungefähre was sich in ihr hin und her bewegt, durch stille Wünsche so gern zu unsern Gunsten heranleiten möchten.

2. Wir befinden uns nicht leicht in großer Gesellschaft, ohne zu denken: der Zufall, der so viele zusammenbringt, solle uns auch unsre Freunde herbeiführen.

3. Man mag noch so eingezogen leben, so wird man ehe man sich's versieht, ein Schuldner oder ein Gläubiger.

4. Begegnet uns Jemand der uns Dank schuldig ist, gleich fällt es uns ein. Wie oft können wir Jemand begegnen, dem wir Dank schuldig sind, ohne daran zu denken.

5. Sich mitzuteilen ist Natur; Mitgeteiltes aufzunehmen wie es gegeben wird, ist Bildung.

6. Niemand würde viel in Gesellschaften sprechen, wenn er sich bewußt wäre, wie oft er die andern mißversteht.

7. Man verändert fremde Reden beim Wiederholen wohl nur darum so sehr, weil man sie nicht verstanden hat.

---

8. Wer vor andern lange allein spricht, ohne den Zuhörern zu schmeicheln, erregt Widerwillen.

---

9. Jedes ausgesprochene Wort erregt den Gegensinn.

---

10. Widerspruch und Schmeichelei machen beide ein schlechtes Gespräch.

---

11. Die angenehmsten Gesellschaften sind die, in welchen eine heitere Ehrerbietung der Glieder gegen einander obwaltet.

---

12. Durch nichts bezeichnen die Menschen mehr ihren Charakter als durch das was sie lächerlich finden.

---

13. Das Lächerliche entspringt aus einem sittlichen Kontrast, der, auf eine unschädliche Weise, für die Sinne in Verbindung gebracht wird.

---

14. Der sinnliche Mensch lacht oft wo nichts zu lachen ist. Was ihn auch anregt, sein inneres Behagen kommt zum Vorschein.

---

15. Der Verständige findet fast alles lächerlich, der Vernünftige fast nichts.

---

16. Einem bejahrten Manne verdachte man, daß er sich noch um junge Frauenzimmer bemühte. Es ist das einzige Mittel, versetzte er, sich zu verjüngen und das will doch Jedermann.

---

17. Man läßt sich seine Mängel vorhalten, man läßt sich strafen, man leidet manches um ihrer willen mit Geduld; aber ungeduldig wird man, wenn man sie ablegen soll.

---

18. Gewisse Mängel sind notwendig zum Dasein des Einzelnen. Es würde uns unangenehm sein, wenn alte Freunde gewisse Eigenheiten ablegten.

---

19. Man sagt: er stirbt bald, wenn einer etwas gegen seine Art und Weise tut.

---

20. Was für Mängel dürfen wir behalten, ja an uns kultivieren? Solche die den andern eher schmeicheln als sie verletzen.

---

21. Die Leidenschaften sind Mängel oder Tugenden, nur gesteigerte.

---

22. Unsre Leidenschaften sind wahre Phönixe. Wie der alte verbrennt, steigt der neue sogleich wieder aus der Asche hervor.

---

23. Große Leidenschaften sind Krankheiten ohne Hoffnung. Was sie heilen könnte, macht sie erst recht gefährlich.

---

24. Die Leidenschaft erhöht und mildert sich durchs Bekennen. In nichts wäre die Mittelstraße vielleicht wünschenswerter als im Vertrauen und Verschweigen gegen die die wir lieben.

25. Man nimmt in der Welt Jeden wofür er sich gibt; aber er muß sich auch für etwas geben. Man erträgt die Unbequemen lieber als man die Unbedeutenden duldet.

26. Man kann der Gesellschaft alles aufdringen, nur nicht was eine Folge hat.

27. Wir lernen die Menschen nicht kennen, wenn sie zu uns kommen; wir müssen zu ihnen gehen, um zu erfahren wie es mit ihnen steht.

28. Ich finde es beinahe natürlich, daß wir an Besuchenden mancherlei auszusetzen haben, daß wir sogleich wenn sie weg sind, über sie nicht zum liebevollsten urteilen: denn wir haben so zu sagen ein Recht, sie nach unserm Maßstabe zu messen. Selbst verständige und billige Menschen enthalten sich in solchen Fällen kaum einer scharfen Zensur.

29. Wenn man dagegen bei andern gewesen ist und hat sie mit ihren Umgebungen, Gewohnheiten, in ihren notwendigen unausweichlichen Zuständen gesehen, wie sie um sich wirken, oder wie sie sich fügen; so gehört schon Unverstand und böser Wille dazu, um das lächerlich zu finden, was uns in mehr als einem Sinne ehrwürdig scheinen müßte.

30. Durch das was wir Betragen und gute Sitten nennen, soll das erreicht werden, was außerdem nur durch Gewalt, oder auch nicht einmal durch Gewalt zu erreichen ist.

31. Der Umgang mit Frauen ist das Element guter Sitten.

32. Wie kann der Charakter, die Eigentümlichkeit des Menschen, mit der Lebensart bestehen?

33. Das Eigentümliche müßte durch die Lebensart erst recht hervorgehoben werden. Das Bedeutende will Jedermann, nur soll es nicht unbequem sein.

34. Die größten Vorteile im Leben überhaupt wie in der Gesellschaft hat ein gebildeter Soldat.

35. Rohe Kriegsleute gehen wenigstens nicht aus ihrem Charakter, und weil doch meist hinter der Stärke eine Gutmütigkeit verborgen liegt, so ist im Notfall auch mit ihnen auszukommen.

36. Niemand ist lästiger als ein täppischer Mensch vom Zivilstande. Von ihm könnte man die Feinheit fordern, da er sich mit nichts Rohem zu beschäftigen hat.

37. Zutraulichkeit an der Stelle der Ehrfurcht ist immer lächerlich. Es würde niemand den Hut ablegen, nachdem er kaum das Kompliment gemacht hat, wenn er wüßte, wie komisch das aussieht.

38. Es gibt kein äußeres Zeichen der Höflichkeit das nicht einen tiefen sittlichen Grund hätte. Die rechte Erziehung wäre, welche dieses Zeichen und den Grund zugleich überlieferte.

39. Das Betragen ist ein Spiegel, in welchem jeder sein Bild zeigt.

40. Es gibt eine Höflichkeit des Herzens; sie ist der Liebe verwandt. Aus ihr entspringt die bequemste Höflichkeit des äußern Betragens.

41. Freiwillige Abhängigkeit ist der schönste Zustand und wie wäre der möglich ohne Liebe.

42. Wir sind nie entfernter von unsern Wünschen, als wenn wir uns einbilden das Gewünschte zu besitzen.

43. Niemand ist mehr Sklave als der sich für frei hält ohne es zu sein.

44. Es darf sich einer nur für frei erklären, so fühlt er sich den Augenblick als bedingt. Wagt er es sich für bedingt zu erklären, so fühlt er sich frei.

45. Gegen große Vorzüge eines Andern gibt es kein Rettungsmittel als die Liebe.

46. Es ist was Schreckliches um einen vorzüglichen Mann, auf den sich die Dummen was zu Gute tun.

---

47. Es gibt, sagt man, für den Kammerdiener keinen Helden. Das kommt aber bloß daher, weil der Held nur vom Helden anerkannt werden kann. Der Kammerdiener wird aber wahrscheinlich seines Gleichen zu schätzen wissen.

---

48. Es gibt keinen größern Trost für die Mittelmäßigkeit als daß das Genie nicht unsterblich sei.

---

49. Die größten Menschen hängen immer mit ihrem Jahrhundert durch eine Schwachheit zusammen.

---

50. Man hält die Menschen gewöhnlich für gefährlicher als sie sind.

---

51. Toren und gescheide Leute sind gleich unschädlich. Nur die Halbnarren und Halbweisen, das sind die gefährlichsten.

---

52. Man weicht der Welt nicht sicherer aus als durch die Kunst, und man verknüpft sich nicht sicherer mit ihr als durch die Kunst.

---

53. Selbst im Augenblick des höchsten Glücks und der höchsten Not bedürfen wir des Künstlers.

---

54. Die Kunst beschäftigt sich mit dem Schweren und Guten.

55. Das Schwierige leicht behandelt zu sehen gibt uns das Anschauen des Unmöglichen.

56. Die Schwierigkeiten wachsen je näher man dem Ziele kommt.

57. Säen ist nicht so beschwerlich als ernten.

AUS KUNST UND ALTERTUM
Ersten Bandes drittes Heft
1818

Naivität und Humor

58. Die Kunst ist ein ernsthaftes Geschäft, am ernsthaftesten wenn sie sich mit edlen, heiligen Gegenständen beschäftigt; der Künstler aber steht über der Kunst und dem Gegenstande, über jener da er sie zu seinen Zwecken braucht, über diesem weil er ihn nach eigner Weise behandelt.

59. Die bildende Kunst ist auf das Sichtbare angewiesen, auf die äußere Erscheinung des Natürlichen. Das rein Natürliche, insofern es sittlich gefällig ist, nennen wir naiv. Naive Gegenstände sind also das Gebiet der Kunst, die ein sittlicher Ausdruck des Natürlichen sein soll. Gegenstände die nach beiden Seiten hinweisen sind die günstigsten.

60. Das Naive als Natürlich ist mit dem Wirklichen verschwistert. Das Wirkliche ohne sittlichen Bezug nennen wir gemein.

61. Die Kunst an und für sich selbst ist edel, deshalb fürchtet sich der Künstler nicht vor dem Gemeinen. Ja indem er es aufnimmt ist es schon geadelt, und so sehen wir die größten Künstler mit Kühnheit ihr Majestätsrecht ausüben.

62. In jedem Künstler liegt ein Keim von Verwegenheit, ohne den kein Talent denkbar ist, und dieser wird besonders rege, wenn man den Fähigen einschränken und zu einseitigen Zwecken dingen und brauchen will.

---

63. Raffael ist unter den neuern Künstlern auch hier wohl der reinste. Er ist durchaus naiv, das Wirkliche kommt bei ihm nicht zum Streit mit dem Sittlichen oder gar Heiligen. Der Teppich worauf die Anbetung der Könige abgebildet ist, eine überschwänglich herrliche Komposition, zeigt, von dem ältesten anbetenden Fürsten bis zu den Mohren und Affen die sich auf den Kamelen mit Äpfeln ergötzen, eine ganze Welt. Hier durfte der heilige Joseph auch ganz naiv charakterisiert werden als Pflegevater der sich über die eingekommenen Geschenke freut.

---

64. Auf den heiligen Joseph überhaupt haben es die Künstler abgesehen. Die Byzantiner denen man nicht nachsagen kann daß sie überflüssigen Humor anbrächten, stellen doch bei der Geburt den Heiligen immer verdrießlich vor. Das Kind liegt in der Krippe, die Tiere schauen hinein, verwundert, statt ihres trockenen Futters ein lebendiges, himmlisch-anmutiges Geschöpf zu finden. Engel verehren den Ankömmling, die Mutter sitzt still dabei; St. Joseph aber sitzt abgewendet und kehrt unmutig den Kopf nach der sonderbaren Szene.

---

65. Der Humor ist eins der Elemente des Genies, aber, sobald er vorwaltet nur ein Surrogat desselben; er begleitet die abnehmende Kunst, zerstört, vernichtet sie zuletzt.

---

66. Hierüber kann eine Arbeit anmutig aufklären die wir vorbereiten: sämtliche Künstler nämlich, die uns schon von so manchen Seiten bekannt sind, ausschließlich von der *ethischen* zu betrachten, aus den Gegenständen und der Behandlung ihrer Werke zu entwickeln was Zeit und Ort, Nation und Lehrmeister, was eigne, unzerstörliche Individualität beigetragen sich zu dem zu bilden was sie wurden, sie bei dem zu erhalten was sie waren.

AUS KUNST UND ALTERTUM
Zweiten Bandes drittes Heft

1820

Bedenklichstes

67. Gar oft im Laufe des Lebens, mitten in der größten Sicherheit des Wandels, bemerken wir auf einmal daß wir in einem Irrtum befangen sind, daß wir uns für Personen, für Gegenstände einnehmen ließen, ein Verhältnis zu ihnen erträumten, das dem erwachten Auge sogleich verschwindet; und doch können wir uns nicht losreißen, eine Macht hält uns fest die uns unbegreiflich scheint. Manchmal jedoch kommen wir zum völligen Bewußtsein und begreifen daß ein Irrtum so gut als ein Wahres zur Tätigkeit bewegen und antreiben kann. Weil nun die Tat überall entscheidend ist, so kann aus einem tätigen Irrtum etwas Treffliches entstehen, weil die Wirkung jedes Getanen ins Unendliche reicht. So ist das Hervorbringen freilich immer das Beste, aber auch das Zerstören ist nicht ohne glückliche Folge.

68. Der wunderbarste Irrtum aber ist derjenige, der sich auf uns selbst und unsere Kräfte bezieht, daß wir uns einem würdigen Geschäft, einem ehrsamen Unternehmen widmen dem wir nicht gewachsen sind, daß wir nach einem Ziel streben das wir nie erreichen können. Die daraus entspringende tantalisch-sisyphische Qual empfindet jeder nur um desto bitterer je redlicher er es meinte. Und doch sehr oft wenn wir uns von dem Beabsichtigten für ewig getrennt sehen, haben wir schon auf unserm Wege irgend ein anderes Wünschenswerte gefunden, etwas uns Gemäßes, mit dem uns zu begnügen wir eigentlich geboren sind.

AUS KUNST UND ALTERTUM
Dritten Bandes erstes Heft

1821

Eigenes und Angeeignetes in Sprüchen

69. Wenn der Mensch alles leisten soll was man von ihm fordert, so muß er sich für mehr halten als er ist.

70. So lange das nicht ins Absurde geht erträgt man's auch gern.

71. Die Arbeit macht den Gesellen.

72. Gewisse Bücher scheinen geschrieben zu sein, nicht damit man daraus lerne, sondern damit man wisse, daß der Verfasser etwas gewußt hat.

73. Sie peitschen den Quark, ob nicht etwa Crème daraus werden wolle.

74. Es ist weit eher möglich sich in den Zustand eines Gehirns zu versetzen das im entschiedensten Irrtum befangen ist, als eines das Halbwahrheiten sich vorspiegelt.

75. Die Lust der Deutschen am Unsichern in den Künsten kommt aus der Pfuscherei her: denn wer pfuscht darf das Rechte nicht gelten lassen, sonst wäre er gar nichts.

76. Es ist traurig anzusehen wie ein außerordentlicher Mensch sich gar oft mit sich selbst, seinen Umständen, seiner Zeit herumwürgt, ohne auf einen grünen Zweig zu kommen. Trauriges Beispiel Bürger.

---

77. Die größte Achtung die ein Autor für sein Publikum haben kann, ist, daß er niemals bringt was man erwartet, sondern was er selbst, auf der jedesmaligen Stufe eigner und fremder Bildung für recht und nützlich hält.

---

78. Die Weisheit ist nur in der Wahrheit.

---

79. Wenn ich irre kann es Jeder bemerken, wenn ich lüge nicht.

---

80. Der Deutsche hat Freiheit der Gesinnung und daher merkt er nicht, wenn es ihm an Geschmacks- und Geistes-Freiheit fehlt.

---

81. Ist denn die Welt nicht schon voller Rätsel genug, daß man die einfachsten Erscheinungen auch noch zu Rätseln machen soll?

---

82. Das kleinste Haar wirft seinen Schatten.

---

83. Was ich in meinem Leben durch falsche Tendenzen versucht habe zu tun, hab' ich denn doch zuletzt gelernt begreifen.

---

84. Die Freigebigkeit erwirbt einem jeden Gunst, vorzüglich wenn sie von Demut begleitet wird.

85. Vor dem Gewitter erhebt sich zum letztenmale der Staub gewaltsam, der nun bald für lange getilgt sein soll.

86. Die Menschen kennen einander nicht leicht, selbst mit dem besten Willen und Vorsatz, nun tritt noch der böse Wille hinzu, der alles entstellt.

87. Man würde einander besser kennen, wenn sich nicht immer einer dem andern gleichstellen wollte.

88. Ausgezeichnete Personen sind daher übler dran als andere, da man sich mit ihnen nicht vergleicht paßt man ihnen auf.

89. In der Welt kommt's nicht drauf an, daß man die Menschen kenne, sondern daß man im Augenblick klüger sei als der vor uns Stehende. Alle Jahrmärkte und Marktschreier geben Zeugnis.

90. Nicht überall wo Wasser ist sind Frösche, aber wo man Frösche hört ist Wasser.

91. Wer fremde Sprachen nicht kennt, weiß nichts von seiner eigenen.

92. Der Irrtum ist recht gut so lange wir jung sind, man muß ihn nur nicht mit ins Alter schleppen.

---

93. Alle Travers die veralten sind unnützes ranziges Zeug.

---

94. Durch die despotische Unvernunft des Kardinal Richelieu war Corneille an sich selbst irre geworden.

---

95. Die Natur gerät auf Spezifikationen wie in eine Sackgasse, sie kann nicht durch und mag nicht wieder zurück, daher die Hartnäckigkeit der National-Bildung.

---

96. Metamorphose im höhern Sinn durch Nehmen und Geben, Gewinnen und Verlieren, hat schon Dante trefflich geschildert.

---

97. Jeder hat etwas in seiner Natur, das, wenn er es öffentlich ausspräche, Mißfallen erregen müßte.

---

98. Wenn der Mensch über sein Physisches oder Moralisches nachdenkt findet er sich gewöhnlich krank.

---

99. Es ist eine Forderung der Natur, daß der Mensch mitunter betäubt werde ohne zu schlafen, daher der Genuß im Tabakrauchen, Branntweintrinken, Opiaten.

---

100. Dem tätigen Menschen kommt es darauf an, daß er das Rechte tue, ob das Rechte geschehe soll ihn nicht kümmern.

---

101. Mancher klopft mit dem Hammer an der Wand herum und glaubt er treffe jedesmal den Nagel auf den Kopf.

102. Die französischen Worte sind nicht aus geschriebenen lateinischen Worten entstanden, sondern aus gesprochenen.

103. Das Zufällig-Wirkliche, an dem wir weder ein Gesetz der Natur noch der Freiheit für den Augenblick entdecken, nennen wir das Gemeine.

104. Bemalung und Punktierung der Körper ist eine Rückkehr zur Tierheit.

105. Geschichte schreiben ist eine Art sich das Vergangene vom Halse zu schaffen.

106. Was man nicht versteht besitzt man nicht.

107. Nicht jeder dem man Prägnantes überliefert, wird produktiv; es fällt ihm wohl etwas ganz Bekanntes dabei ein.

108. Gunst, als Symbol der Souveränität, von schwachen Menschen ausgeübt.

109. Es gibt nichts Gemeines was, fratzenhaft ausgedruckt, nicht humoristisch aussähe.

110. Es bleibt einem Jeden immer noch so viel Kraft das auszuführen wovon er überzeugt ist.

111. Das Gedächtnis mag immer schwinden, wenn das Urteil im Augenblick nicht fehlt.

112. Die sogenannten Natur-Dichter sind frisch und neu aufgeforderte, aus einer überbildeten, stockenden, manierierten Kunstepoche zurückgewiesene Talente. Dem Platten können sie nicht ausweichen, man kann sie daher als rückschreitend ansehen; sie sind aber regenerierend und veranlassen neue Vorschritte.

113. Keine Nation gewinnt ein Urteil, als wenn sie über sich selbst urteilen kann. Zu diesem großen Vorteil gelangt sie aber sehr spät.

114. Anstatt meinen Worten zu widersprechen sollten sie nach meinem Sinne handeln.

115. Die Natur verstummt auf der Folter; ihre treue Antwort auf redliche Frage ist: Ja! ja! Nein! nein! Alles Übrige ist vom Übel.

116. Die Menschen verdrießt's, daß das Wahre so einfach ist; sie sollten bedenken, daß sie noch Mühe genug haben es praktisch zu ihrem Nutzen anzuwenden.

117. Ich verwünsche die, die aus dem Irrtum eine eigene Welt machen und doch unablässig fordern, daß der Mensch nützlich sein müsse.

118. Eine Schule ist als ein einziger Mensch anzusehen, der hundert Jahre mit sich selbst spricht, und sich in seinem eignen Wesen und wenn es auch noch so albern wäre, ganz außerordentlich gefällt.

119. Eine falsche Lehre läßt sich nicht widerlegen, denn sie ruht ja auf der Überzeugung, daß das Falsche wahr sei. Aber das Gegenteil kann, darf und muß man wiederholt aussprechen.

120. Man streiche zwei Stäbchen einen rot an, den andern blau, man bringe sie neben einander ins Wasser und einer wird gebrochen erscheinen wie der andere. Jeder kann dieses einfache Experiment mit den Augen des Leibes erblicken, wer es mit Geistes-Augen beschaut wird von Tausend und aber Tausend irrtümlichen Paragraphen befreit sein.

121. Alle Gegner einer geistreichen Sache schlagen nur in die Kohlen, diese springen umher und zünden da wo sie sonst nicht gewirkt hätten.

122. Der Mensch wäre nicht der Vornehmste auf der Erde, wenn er nicht zu vornehm für sie wäre.

123. Das längst Gefundene wird wieder verscharrt; wie bemühte sich Tycho die Kometen zu regelmäßigen Körpern zu machen, wofür sie Seneca längst anerkannt.

124. Wie lange hat man über die Antipoden hin- und hergestritten.

125. Gewissen Geistern muß man ihre Idiotismen lassen.

126. Es werden jetzt Produktionen möglich die Null sind, ohne schlecht zu sein: Null, weil sie keinen Gehalt haben, nicht schlecht, weil eine allgemeine Form guter Muster den Verfassern vorschwebt.

127. Der Schnee ist eine erlogene Reinlichkeit.

128. Wer sich vor der Idee scheut, hat auch zuletzt den Begriff nicht mehr.

129. Unsere Meister nennen wir billig die, von denen wir immer lernen. Nicht ein Jeder von dem wir lernen verdient diesen Titel.

130. Alles Lyrische muß im Ganzen sehr vernünftig, im Einzelnen ein Bißchen unvernünftig sein.

131. Es hat mit Euch eine Beschaffenheit wie mit dem Meer, dem man unterschiedentliche Namen gibt und es ist doch endlich alles gesalzen Wasser.

132. Man sagt: eitles Eigenlob stinket; das mag sein, was aber fremder und ungerechter Tadel für einen Geruch habe, dafür hat das Publikum keine Nase.

---

133. Der Roman ist eine subjektive Epopee, in welcher der Verfasser sich die Erlaubnis ausbittet die Welt nach seiner Weise zu behandeln. Es fragt sich also nur, ob er eine Weise habe, das andere wird sich schon finden.

---

134. Es gibt problematische Naturen die keiner Lage gewachsen sind in der sie sich befinden und denen keine genug tut. Daraus entsteht der ungeheure Widerstreit, der das Leben ohne Genuß verzehrt.

---

135. Das eigentlich wahrhaft Gute was wir tun, geschieht größtenteils Clam, Vi et Precario.

---

136. Ein lustiger Gefährte ist ein Rollwagen auf der Wanderschaft.

---

137. Der Schmutz ist glänzend wenn die Sonne scheinen mag.

---

138. Der Müller denkt, es wachse kein Weizen als damit seine Mühle gehe.

---

139. Es ist schwer gegen den Augenblick gerecht sein: der gleichgültige macht uns lange Weile, am guten hat man zu tragen und am bösen zu schleppen.

---

140. Der ist der glücklichste Mensch der das Ende seines Lebens mit dem Anfang in Verbindung setzen kann.

141. So eigensinnig widersprechend ist der Mensch: Zu seinem Vorteil will er keine Nötigung, zu seinem Schaden leidet er jeden Zwang.

142. Die Vorsicht ist einfach, die Hinterdreinsicht vielfach.

143. Ein Zustand der alle Tage neuen Verdruß zuzieht ist nicht der rechte.

144. Bei Unvorsichtigkeiten ist nichts gewöhnlicher als Aussichten auf die Möglichkeit eines Auswegs zu suchen.

145. Die Hindus der Wüste geloben keine Fische zu essen.

146. Ein unzulängliches Wahre wirkt eine Zeit lang fort, statt völliger Aufklärung aber tritt auf einmal ein blendendes Falsche herein, das genügt der Welt und so sind Jahrhunderte betört.

147. In den Wissenschaften ist es höchst verdienstlich das unzulängliche Wahre, was die Alten schon besessen, aufzusuchen und weiter zu führen.

148. Es ist mit Meinungen die man wagt wie mit Steinen die man voran im Brette bewegt; sie können geschlagen werden, aber sie haben ein Spiel eingeleitet, das gewonnen wird.

149. Es ist so gewiß als wunderbar, daß Wahrheit und Irrtum aus einer Quelle entstehen; deswegen man oft dem Irrtum nicht schaden darf weil man zugleich der Wahrheit schadet.

150. Die Wahrheit gehört dem Menschen, der Irrtum der Zeit an. Deswegen sagte man von einem außerordentlichen Manne: Le malheur des temps a causé son erreur, mais la force de son âme l'en a fait sortir avec gloire.

151. Jedermann hat seine Eigenheiten und kann sie nicht los werden; und doch geht mancher an seinen Eigenheiten, oft an den unschuldigsten zu Grunde.

152. Wer sich nicht zu viel dünkt ist viel mehr als er glaubt.

153. In Kunst und Wissenschaft so wie im Tun und Handeln kommt alles darauf an, daß die Objekte rein aufgefaßt und ihrer Natur gemäß behandelt werden.

154. Wenn verständige, sinnige Personen im Alter die Wissenschaft gering schätzen, so kommt es nur daher, daß sie von ihr und von sich zu viel gefordert haben.

155. Ich bedaure die Menschen welche von der Vergänglichkeit der Dinge viel Wesens machen und sich in Betrachtung irdischer Nichtigkeit verlieren; sind wir ja eben deshalb da um das Vergängliche unvergänglich zu machen, das kann ja nur dadurch geschehen, wenn man beides zu schätzen weiß.

---

156. Ein Phänomen, ein Versuch kann nichts beweisen, es ist das Glied einer großen Kette, das erst im Zusammenhange gilt. Wer eine Perlenschnur verdecken und nur die schönste einzelne vorzeigen wollte, verlangend wir sollten ihm glauben die übrigen seien alle so, schwerlich würde sich jemand auf den Handel einlassen.

---

157. Abbildungen, Wortbeschreibung, Maß, Zahl und Zeichen, stellen noch immer kein Phänomen dar. Darum bloß konnte sich die Newtonische Lehre so lange halten, daß der Irrtum in dem Quartbande der lateinischen Übersetzung für ein paar Jahrhunderte einbalsamiert war.

---

158. Man muß sein Glaubensbekenntnis von Zeit zu Zeit wiederholen, aussprechen was man billigt, was man verdammt; der Gegenteil läßt's ja auch nicht daran fehlen.

---

159. In der jetzigen Zeit soll niemand schweigen oder nachgeben; man muß reden und sich rühren, nicht um zu überwinden, sondern sich auf seinem Posten zu erhalten; ob bei der Majorität oder Minorität, ist ganz gleichgültig.

---

160. Was die Franzosen Tournure nennen ist eine zur Anmut gemilderte Anmaßung. Man sieht daraus, daß die

Deutschen keine Tournure haben können, ihre Anmaßung ist hart und herb, ihre Anmut mild und demütig, das eine schließt das andere aus und sind nicht zu verbinden.

161. Einen Regenbogen der eine Viertelstunde steht sieht man nicht mehr an.

162. Es begegnete und geschieht mir noch, daß ein Werk bildender Kunst mir beim ersten Anblick mißfällt, weil ich ihm nicht gewachsen bin; ahnd' ich aber ein Verdienst daran, so such' ich ihm beizukommen und dann fehlt es nicht an den erfreulichsten Entdeckungen; an den Dingen werd' ich neue Eigenschaften und an mir neue Fähigkeiten gewahr.

163. Der Glaube ist ein häuslich, heimlich Kapital, wie es öffentliche Spar- und Hülfskassen gibt, woraus man, in Tagen der Not, Einzelnen ihr Bedürfnis reicht; hier nimmt der Gläubige sich seine Zinsen im Stillen selbst.

164. Das Leben, so gemein es aussieht, so leicht es sich mit dem Gewöhnlichen, Alltäglichen zu befriedigen scheint, hegt und pflegt doch immer gewisse höhere Forderungen im Stillen fort, und sieht sich nach Mitteln um sie zu befriedigen.

165. Der eigentliche Obskurantismus ist nicht daß man die Ausbreitung des Wahren, Klaren, Nützlichen hindert, sondern daß man das Falsche in Kurs bringt.

AUS KUNST UND ALTERTUM

Vierten Bandes zweites Heft

1823

Eigenes und Angeeignetes

166. Der Irrtum ist viel leichter zu erkennen, als die Wahrheit zu finden; jener liegt auf der Oberfläche, damit läßt sich wohl fertig werden; diese ruht in der Tiefe, danach zu forschen ist nicht jedermanns Sache.

167. Wir alle leben vom Vergangnen und gehen am Vergangenen zu Grunde.

168. Wie wir was Großes lernen sollen, flüchten wir uns gleich in unsre angeborne Armseligkeit und haben doch immer etwas gelernt.

169. Den Deutschen ist nichts daran gelegen zusammen zu bleiben, aber doch für sich zu bleiben. Jeder, sei er auch welcher er wolle, hat so ein eignes *Fürsich*, das er sich nicht gern möchte nehmen lassen.

170. Die empirisch-sittliche Welt besteht größtenteils nur aus bösem Willen und Neid.

171. Der Aberglaube ist die Poesie des Lebens, deswegen schadet's dem Dichter nicht abergläubisch zu sein.

172. Mit dem Vertrauen ist es eine wunderliche Sache. Hört man nur Einen, der kann sich irren oder sich betrügen; hört man viele, die sind in demselbigen Falle und gewöhnlich findet man da die Wahrheit gar nicht heraus.

173. Unreine Lebensverhältnisse soll man niemand wünschen; sie sind aber für den, der zufällig hinein gerät, Prüfsteine des Charakters und des Entschiedensten was der Mensch vermag.

174. Ein beschränkter ehrlicher Mensch sieht oft die Schelmerei der feinsten Mächler (Faiseurs) durch und durch.

175. Wer keine Liebe fühlt, muß schmeicheln lernen, sonst kommt er nicht aus.

176. Gegen die Kritik kann man sich weder schützen noch wehren; man muß ihr zum Trutz handeln, und das läßt sie sich nach und nach gefallen.

177. Die Menge kann tüchtige Menschen nicht entbehren, und die Tüchtigen sind ihnen jederzeit zur Last.

178. Wer meine Fehler überträgt, ist mein Herr und wenn's mein Diener wäre.

179. Memoiren von oben herunter oder von unten hinauf, sie müssen sich immer begegnen.

180. Wenn man von den Leuten Pflichten fordert und ihnen keine Rechte zugestehen will, muß man sie gut bezahlen.

---

181. Das sogenannte Romantische einer Gegend, ist ein stilles Gefühl des Erhabenen unter der Form der Vergangenheit, oder was gleich lautet, der Einsamkeit, Abwesenheit, Abgeschiedenheit.

---

182. Der herrliche Kirchengesang: Veni Creator Spiritus ist ganz eigentlich ein Appell ans Genie; deswegen er auch geist- und kraftreiche Menschen gewaltig anspricht.

---

183. Das Schöne ist eine Manifestation geheimer Natur-Gesetze, die uns ohne dessen Erscheinung ewig wären verborgen geblieben.

---

184. Aufrichtig zu sein, kann ich versprechen, unparteiisch zu sein, aber nicht.

---

185. Der Undank ist immer eine Art Schwäche. Ich habe nie gesehen, daß tüchtige Menschen wären undankbar gewesen.

---

186. Wir alle sind so borniert, daß wir immer glauben Recht zu haben; und so läßt sich ein außerordentlicher Geist denken, der nicht allein irrt, sondern sogar Lust am Irrtum hat.

---

187. Reine mittlere Wirkung zur Vollendung des Guten und Rechten ist sehr selten; gewöhnlich sehen wir Pedanterie, welche zu retardieren, Frechheit, die zu übereilen strebt.

188. Wort und Bild sind Korrelate, die sich immerfort suchen, wie wir an Tropen und Gleichnissen genugsam gewahr werden. So von jeher, was dem Ohr nach innen gesagt oder gesungen war, sollte dem Auge gleichfalls entgegen kommen. Und so sehen wir in kindlicher Zeit in Gesetzbuch und Heilsordnung, in Bibel und Fibel, sich Wort und Bild immerfort balancieren. Wenn man aussprach was sich nicht bilden, bildete was sich nicht aussprechen ließ, so war das ganz recht; aber man vergriff sich gar oft, und sprach statt zu bilden, und daraus entstanden die doppelt bösen symbolisch-mystischen Ungeheuer.

189. ›Wer sich mit Wissenschaften abgibt, leidet erst durch Retardationen, und dann durch Präokkupationen. Die erste Zeit wollen die Menschen dem keinen Wert zugestehen, was wir ihnen überliefern; und dann gebärden sie sich, als wenn ihnen alles schon bekannt wäre, was wir ihnen überliefern könnten.‹

190. Eine Sammlung von Anekdoten und Maximen ist für den Weltmann der größte Schatz, wenn er die ersten an schicklichen Orten ins Gespräch einzustreuen, der letzten im treffenden Falle sich zu erinnern weiß.

191. Man sagt: studiere Künstler die Natur! Es ist aber keine Kleinigkeit aus dem Gemeinen das Edle, aus der Unform das Schöne zu entwickeln.

192. Wo der Anteil sich verliert, verliert sich auch das Gedächtnis.

193. Die Welt ist eine Glocke die einen Riß hat, sie klappert aber klingt nicht.

194. Die Zudringlichkeiten junger Dilettanten muß man mit Wohlwollen ertragen, sie werden im Alter die wahrsten Verehrer der Kunst und des Meisters.

195. Wenn die Menschen recht schlecht werden, haben sie keinen Anteil mehr als die Schadenfreude.

196. Gescheute Leute sind immer das beste Konversations-Lexikon.

197. Es gibt Menschen die gar nicht irren, weil sie sich nichts Vernünftiges vorsetzen.

198. Kenne ich mein Verhältnis zu mir selbst und zur Außenwelt, so heiß' ich's Wahrheit. Und so kann jeder seine eigene Wahrheit haben, und es ist doch immer dieselbige.

199. Das Besondere unterliegt ewig dem Allgemeinen; das Allgemeine hat ewig sich dem Besondern zu fügen.

200. Vom eigentlich Produktiven ist niemand Herr und sie müssen es alle nur so gewähren lassen.

201. Wem die Natur ihr offenbares Geheimnis zu enthüllen anfängt, der empfindet eine unwiderstehliche Sehnsucht nach ihrer würdigsten Auslegerin, der Kunst.

202. Die Zeit ist selbst ein Element.

203. Der Mensch begreift niemals wie anthropomorphisch er ist.

204. Ein Unterschied, der dem Verstand nichts gibt, ist kein Unterschied.

205. In der Phanerogamie ist noch so viel kryptogamisches, daß Jahrhunderte es nicht entziffern werden.

206. Die Verwechselung eines Konsonanten mit dem andern möchte wohl aus Unfähigkeit des Organs, die Verwandlung der Vokale in Diphthongen aus einem eingebildeten Pathos entstehen.

207. Wenn man alle Gesetze studieren sollte, so hätte man gar keine Zeit sie zu übertreten.

208. Man kann nicht für jedermann leben, besonders für die nicht, mit denen man nicht leben möchte.

209. Der Appell an die Nachwelt entspringt aus dem reinen lebendigen Gefühl, daß es ein Unvergängliches gebe und, wenn auch nicht gleich anerkannt, doch zuletzt aus der Minorität sich der Majorität werde zu erfreuen haben.

210. Geheimnisse sind noch keine Wunder.

211. I Convertiti stanno freschi appresso di me.

212. Leichtsinnige, leidenschaftliche Begünstigung problematischer Talente war ein Fehler meiner frühern Jahre, den ich niemals ganz ablegen konnte.

213. Ich möchte gern ehrlich mit dir sein, ohne daß wir uns entzweiten, das geht aber nicht. Du benimmst dich falsch und setzest dich zwischen zwei Stühle, Anhänger gewinnst du nicht und verlierst deine Freunde. Was soll daraus werden!

214. Es ist ganz einerlei, vornehm oder gering sein, das Menschliche muß man immer ausbaden.

215. Die liberalen Schriftsteller spielen jetzt ein gutes Spiel, sie haben das ganze Publikum zu Suppleanten.

216. Wenn ich von liberalen Ideen reden höre, so verwundere ich mich immer, wie die Menschen sich gern mit leeren Wortschällen hinhalten; eine Idee darf nicht liberal sein. Kräftig sei sie, tüchtig, in sich selbst abgeschlossen, damit sie den göttlichen Auftrag produktiv zu sein erfülle; noch weniger darf der Begriff liberal sein, denn der hat einen ganz andern Auftrag.
217. Wo man die Liberalität aber suchen muß, das ist in den Gesinnungen und diese sind das lebendige Gemüt.
218. Gesinnungen aber sind selten liberal, weil die Gesinnung unmittelbar aus der Person, ihren nächsten Beziehungen und Bedürfnissen hervorgeht.
219. Weiter schreiben wir nicht; an diesem Maßstab halte man, was man tagtäglich hört.

---

220. Es sind immer nur unsere Augen, unsere Vorstellungs-Arten, die Natur weiß ganz allein was sie will, was sie gewollt hat.

---

221. Gib mir wo ich stehe!
Archimedes.
Nimm dir wo du stehest!
Nose.
Behaupte wo du stehst!
G.

---

222. Allgemeines Kausal-Verhältnis das der Beobachter aufsucht, und ähnliche Erscheinungen einer allgemeinen Ursache zuschreibt; an die nächste wird selten gedacht.

---

223. Einem Klugen widerfährt keine geringe Torheit.

224. Bei jedem Kunstwerk, groß oder klein, bis ins Kleinste kommt alles auf die *Konzeption* an.

225. Es gibt eine Poesie ohne Tropen, die ein einziger Tropus ist.

226. Ein alter gutmütiger Examinator sagt einem Schüler ins Ohr:

Etiam nihil didicisti,

und läßt ihn für gut hingehen.

227. Das Fürtreffliche ist unergründlich, man mag damit anfangen was man will.

228. Aemilium Paulum – virum in tantum laudandum, in quantum intelligi virtus potest.

229. Ich habe mich so lange ums Allgemeine bemüht, bis ich einsehen lernte was vorzügliche Menschen im Besondern leisten.

AUS KUNST UND ALTERTUM
Fünften Bandes erstes Heft
1824
Einzelnes

230. Indem ich mich zeither mit der Lebensgeschichte wenig und viel bedeutender Menschen anhaltender beschäftigte, kam ich auf den Gedanken: es möchten sich wohl die einen in dem Weltgewebe als Zettel, die andern als Einschlag betrachten lassen; jene gäben eigentlich die Breite des Gewebes an, diese dessen Halt, Festigkeit, vielleicht auch mit Zutat irgend eines Gebildes. Die Schere der Parze hingegen bestimmt die Länge, dem sich denn das Übrige zusammen unterwerfen muß. Weiter wollen wir das Gleichnis nicht verfolgen.

231. Auch Bücher haben ihr *Erlebtes* das ihnen nicht entzogen werden kann.

Wer nie sein Brot mit Tränen aß,
Wer nicht die kummervollen Nächte
Auf seinem Bette weinend saß,
Der kennt euch nicht, ihr himmlischen Mächte.

Diese tiefschmerzlichen Zeilen wiederholte sich eine höchst vollkommene, angebetete Königin in der grausamsten Verbannung, zu grenzenlosem Elend verwiesen. Sie befreundete sich mit dem Buche das diese Worte und noch manche schmerzliche Erfahrung überliefert, und zog daraus einen peinlichen Trost; wer dürfte diese schon in die Ewigkeit sich erstreckende Wirkung wohl jemals verkümmern?

232. Mit dem größten Entzücken sieht man im Apollo-Saal der Villa Aldobrandini zu Frascati, auf welche glückliche Weise Domenichin die Ovidischen Metamorphosen mit der schicklichsten Örtlichkeit umgibt; dabei nun erinnert man sich gern, daß die glücklichsten Ereignisse doppelt selig empfunden werden, wenn sie uns in herrlicher Gegend gegönnt waren, ja, daß gleichgültige Momente durch würdige Lokalität zu hoher Bedeutung gesteigert wurden.

233. Poesie wirkt am meisten im Anfang der Zustände, sie seien nun ganz roh, halbkultiviert, oder bei Abänderung einer Kultur, beim Gewahrwerden einer fremden Kultur, daß man also sagen kann, die Wirkung der Neuheit findet durchaus statt.

234. *Mannräuschlein* nannte man im siebzehnten Jahrhundert gar ausdrucksvoll die Geliebte.

235. *Liebes gewaschenes Seelchen* ist der verliebteste Ausdruck auf Hiddensee.

236. Das Wahre ist eine Fackel, aber eine ungeheure; deswegen suchen wir alle nur blinzend so daran vorbei zu kommen, in Furcht sogar uns zu verbrennen.

237. Die Klugen haben mit einander viel gemein. *Äschylus.*

238. Das eigentlich Unverständige sonst verständiger Menschen ist, daß sie nicht zurecht zu legen wissen was

ein Anderer sagt, aber nicht gerade trifft wie er's hätte sagen sollen.

---

239. Ein Jeder, weil er spricht, glaubt auch über die Sprache sprechen zu können.

---

240. Man darf nur alt werden um milder zu sein; ich sehe keinen Fehler begehen, den ich nicht auch begangen hätte.

---

241. Der Handelnde ist immer gewissenlos, es hat niemand Gewissen als der Betrachtende.

---

242. Ob denn die Glücklichen glauben, daß der Unglückliche wie ein Gladiator mit Anstand vor ihnen umkommen solle, wie der römische Pöbel zu fordern pflegte?

---

243. Den Timon fragte jemand wegen des Unterrichts seiner Kinder. Laßt sie, sagte der, unterrichten in dem was sie niemals begreifen werden.

---

244. Es gibt Personen denen ich wohl will, und wünschte ihnen besser wollen zu können.

---

245. Der eine Bruder brach Töpfe, der andere Krüge. Verderbliche Wirtschaft!

---

246. Wie man aus Gewohnheit nach einer abgelaufenen Uhr hinsieht, als wenn sie noch ginge; so blickt man auch

wohl einer Schönen ins Gesicht, als wenn sie noch liebte.

247. Der Haß ist ein aktives Mißvergnügen, der Neid ein passives; deshalb darf man sich nicht wundern, wenn der Neid so schnell in Haß übergeht.

248. Der Rhythmus hat etwas Zauberisches, sogar macht er uns glauben, das Erhabene gehöre uns an.

249. Dilettantismus, ernstlich behandelt, und Wissenschaft, mechanisch betrieben, werden Pedanterei.

250. Die Kunst kann niemand fördern als der Meister. Gönner fördern den Künstler, das ist recht und gut; aber dadurch wird nicht immer die Kunst gefördert.

251. Deutlichkeit ist eine gehörige Verteilung von Licht und Schatten. *Hamann*. Hört!

252. Shakespeare ist reich an wundersamen Tropen, die aus personifizierten Begriffen entstehen, und uns gar nicht kleiden würden, bei ihm aber völlig am Platze sind, weil zu seiner Zeit alle Kunst von der Allegorie beherrscht wurde.

Auch findet derselbe Gleichnisse wo wir sie nicht hernehmen würden; z. B. vom Buche. Die Drucker-Kunst war schon über hundert Jahre erfunden, demohngeachtet erschien ein Buch noch als ein Heiliges, wie wir aus dem damaligen Einbande sehen; und so war es dem edlen Dichter lieb und ehrenwert; wir aber broschieren jetzt alles und haben nicht leicht vor dem Einbande noch seinem Inhalte Respekt.

253. *Herr von Schweinichen* ist ein merkwürdiges Geschichts- und Sittenbuch; für die Mühe die es kostet es zu lesen, finden wir uns reichlich belohnt; es wird für gewisse Zustände eine Symbolik der vollkommensten Art. Es ist kein Lese-Buch, aber man muß es gelesen haben.

254. Der törigste von allen Irrtümern ist, wenn junge gute Köpfe glauben ihre Originalität zu verlieren, indem sie das Wahre anerkennen was von andern schon anerkannt worden.

255. Die Gelehrten sind meist gehässig, wenn sie widerlegen; einen Irrenden sehen sie gleich als ihren Todfeind an.

256. Die Schönheit kann nie über sich selbst deutlich werden.

257. Sobald man der subjektiven, oder sogenannten sentimentalen Poesie, mit der objektiven, darstellenden, gleiche Rechte verlieh, wie es denn auch wohl nicht anders sein konnte, weil man sonst die moderne Poesie ganz hätte ablehnen müssen; so war voraus zu sehen, daß, wenn auch wahrhafte poetische Genies geboren werden sollten, sie doch immer mehr das Gemütliche des inneren Lebens als das Allgemeine des großen Weltlebens darstellen würden. Dieses ist nun in dem Grade eingetroffen, daß es eine Poesie ohne Tropen gibt, der man doch keineswegs allen Beifall versagen kann.

AUS KUNST UND ALTERTUM
Fünften Bandes zweites Heft
1825

Einzelnes

---

258. Madame Roland, auf dem Blutgerüste, verlangte Schreibzeug, um die ganz besondern Gedanken aufzuschreiben, die ihr auf dem letzten Wege vorgeschwebt. Schade daß man ihr's versagte; denn am Ende des Lebens gehen dem gefaßten Geiste Gedanken auf, bisher undenkbare; sie sind wie selige Dämonen, die sich auf den Gipfeln der Vergangenheit glänzend niederlassen.

---

259. Man sagt sich oft im Leben daß man die Vielgeschäftigkeit, *Polypragmosyne*, vermeiden, besonders, je älter man wird, sich desto weniger in ein neues Geschäft einlassen solle. Aber man hat gut reden, gut sich und Anderen raten. Älter werden heißt selbst ein neues Geschäft antreten; alle Verhältnisse verändern sich und man muß entweder zu handeln ganz aufhören oder mit Willen und Bewußtsein das neue Rollenfach übernehmen.

---

260. Große Talente sind selten, und selten ist es daß sie sich selbst erkennen; nun aber hat kräftiges unbewußtes Handeln und Sinnen so höchst erfreuliche als unerfreuliche Folgen, und in solchem Konflikt schwindet ein bedeutendes Leben vorüber. Hievon ergeben sich in *Medwins Unterhaltungen* so merkwürdige als traurige Beispiele.

---

261. Vom Absoluten in theoretischem Sinne wag' ich nicht zu reden; behaupten aber darf ich: daß wer es in der Erscheinung anerkannt und immer im Auge behalten hat, sehr großen Gewinn davon erfahren wird.

262. In der Idee leben heißt das Unmögliche behandeln als wenn es möglich wäre. Mit dem Charakter hat es dieselbe Bewandtnis: treffen beide zusammen, so entstehen Ereignisse worüber die Welt vom Erstaunen sich Jahrtausende nicht erholen kann.

263. Napoleon der ganz in der Idee lebte, konnte sie doch im Bewußtsein nicht erfassen; er leugnet alles Ideelle durchaus und spricht ihm jede Wirklichkeit ab, indessen er eifrig es zu verwirklichen trachtet. Einen solchen innern perpetuierlichen Widerspruch kann aber sein klarer, unbestechlicher Verstand nicht ertragen, und es ist höchst wichtig, wenn er, gleichsam genötigt, sich darüber gar eigen und anmutig ausdrückt.

264. Er betrachtet die Idee als ein geistiges Wesen, das zwar keine Realität hat, aber wenn es verfliegt ein Residuum (Caput mortuum) zurückläßt, dem wir die Wirklichkeit nicht ganz absprechen können. Wenn dieses uns auch starr und materiell genug scheinen mag, so spricht er sich ganz anders aus, wenn er von den unaufhaltsamen Folgen seines Lebens und Treibens mit Glauben und Zutrauen die Seinen unterhält. Da gesteht er wohl gern: daß Leben Lebendiges hervorbringe, daß eine gründliche Befruchtung auf alle Zeiten hinauswirke. Er gefällt sich zu bekennen, daß er dem Weltgange eine frische Anregung, eine neue Richtung gegeben habe.

265. Höchst bemerkenswert bleibt es immer, daß Menschen, deren Persönlichkeit fast ganz Idee ist, sich so äußerst vor dem Phantastischen scheuen. So war Hamann, dem es unerträglich schien, wenn von *Dingen einer andern Welt* gesprochen wurde. Er drückte sich gelegentlich darüber in einem gewissen Paragraphen aus, den er aber, weil er ihm unzulänglich schien, vierzehnmal variierte, und sich doch immer wahrscheinlich nicht genug tat. Zwei von diesen Versuchen sind uns übrig geblieben; einen dritten haben wir selbst gewagt, welchen hier abdrucken zu lassen, wir durch Obenstehendes veranlaßt sind.

---

266. Der Mensch ist als wirklich in die Mitte einer wirklichen Welt gesetzt und mit solchen Organen begabt, daß er das Wirkliche und nebenbei das Mögliche erkennen und hervorbringen kann. Alle gesunde Menschen haben die Überzeugung ihres Daseins und eines Daseienden um sie her. Indessen gibt es auch einen hohlen Fleck im Gehirn d. h. eine Stelle wo sich kein Gegenstand abspiegelt, wie denn auch im Auge selbst ein Fleckchen ist das nicht sieht. Wird der Mensch auf diese Stelle besonders aufmerksam, vertieft er sich darin, so verfällt er in eine Geisteskrankheit, ahnet hier *Dinge aus einer andern Welt*, die aber eigentlich Undinge sind und weder Gestalt noch Begrenzung haben, sondern als leere Nacht-Räumlichkeit ängstigen und den der sich nicht losreißt mehr als gespensterhaft verfolgen.

---

267. Wie wenig von dem Geschehenen ist geschrieben worden, wie wenig von dem Geschriebenen gerettet! Die Literatur ist von Haus aus fragmentarisch, sie enthält nur

Denkmale des menschlichen Geistes in sofern sie in Schriften verfaßt und zuletzt übrig geblieben sind.

---

268. Und doch bei aller Unvollständigkeit des Literarwesens finden wir tausendfältige Wiederholung, woraus hervorgeht wie beschränkt des Menschen Geist und Schicksal sei.

---

269. Da wir denn doch zu dieser allgemeinen Weltberatung als Assessoren, obgleich sine voto, berufen sind und, wir uns von den Zeitungsschreibern tagtäglich referieren lassen; so ist es ein Glück auch aus der Vorzeit tüchtig Referierende zu finden. Für mich sind *von Raumer* und *Wachler* in den neusten Tagen dergleichen geworden.

---

270. Die Frage, wer höher steht, der Historiker oder der Dichter? darf gar nicht aufgeworfen werden; sie konkurrieren nicht mit einander, so wenig als der Wettläufer und der Faustkämpfer. Jedem gebührt seine eigene Krone.

---

271. Die Pflicht des Historikers ist zwiefach, erst gegen sich selbst; dann gegen den Leser. Bei sich selbst muß er genau prüfen was wohl geschehen sein könnte, und um des Lesers willen muß er festsetzen was geschehen sei. Wie er mit sich selbst handelt, mag er mit seinen Kollegen ausmachen, das Publikum muß aber nicht ins Geheimnis hineinsehen, wie wenig in der Geschichte als entschieden ausgemacht kann angesprochen werden.

---

272. Es geht uns mit Büchern wie mit neuen Bekanntschaften. Die erste Zeit sind wir hoch vergnügt, wenn wir im Allgemeinen Übereinstimmung finden, wenn wir uns

an irgend einer Hauptseite unserer Existenz freundlich berührt fühlen; bei näherer Bekanntschaft treten alsdann erst die Differenzen hervor, und da ist denn die Hauptsache eines vernünftigen Betragens, daß man nicht, wie etwa in der Jugend geschieht, sogleich zurückschaudere, sondern daß man gerade das Übereinstimmende recht fest halte, und sich über die Differenzen vollkommen aufkläre, ohne sich deshalb vereinigen zu wollen.

---

273. Eine solche freundlich-belehrende Unterhaltung ist mir durch *Stiedenroths Psychologie* geworden. Alle Wirkung des Äußern aufs Innere trägt er unvergleichlich vor, und wir sehen die Welt nochmals nach und nach in uns entstehen. Aber mit der Gegenwirkung des Innern nach außen gelingt es ihm nicht eben so. Der Entelechie, die nichts aufnimmt ohne sich's durch eigene Zutat anzueignen, läßt er nicht Gerechtigkeit widerfahren, und mit dem Genie will es auf diesem Weg gar nicht fort; und wenn er das Ideal aus der Erfahrung abzuleiten denkt und sagt, *das Kind idealisiert* nicht, so mag man antworten, das Kind *zeugt* nicht; denn zum Gewahrwerden des Ideellen gehört auch eine Pubertät. Doch genug, er bleibt uns ein werter Gesell und Gefährte und soll nicht von unserer Seite kommen.

---

274. Wer viel mit Kindern lebt, wird finden daß keine äußere Einwirkung auf sie ohne Gegenwirkung bleibt.

---

275. Die Gegenwirkung eines vorzüglich kindlichen Wesens ist sogar leidenschaftlich; das Eingreifen tüchtig.

---

276. Deshalb leben Kinder in Schnellurteilen, um nicht zu sagen in Vorurteilen; denn bis das schnell aber einseitig Gefaßte sich auslöscht um einem Allgemeinern Platz zu machen, erfordert es Zeit. Hierauf zu achten ist eine der größten Pflichten des Erziehers.

277. Ein zweijähriger Knabe hatte die Geburtstagsfeier begriffen, an der seinigen die bescherten Gaben mit Dank und Freude sich zugeeignet, nicht weniger dem Bruder die seinigen bei gleichem Feste gegönnt.

Hiedurch veranlaßt fragte er am Weihnachts-Abend, wo so viele Geschenke vorlagen: wann denn sein Weihnachten komme? Dies allgemeine Fest zu begreifen war noch ein ganzes Jahr nötig.

278. Die große Schwierigkeit bei psychologischen Reflexionen ist, daß man immer das Innere und Äußere parallel, oder vielmehr verflochten betrachten muß. Es ist immerfort Systole und Diastole, Einatmen und Ausatmen des lebendigen Wesens; kann man es auch nicht aussprechen, so beobachte man es genau und merke darauf.

279. Mein Verhältnis zu Schiller gründete sich auf die entschiedene Richtung beider auf Einen Zweck, unsere gemeinsame Tätigkeit auf die Verschiedenheit der Mittel, wodurch wir jenen zu erreichen strebten.

Bei einer zarten Differenz, die einst zwischen uns zur Sprache kam, und woran ich durch eine Stelle seines Briefs wieder erinnert werde, macht' ich folgende Betrachtungen.

Es ist ein großer Unterschied, ob der Dichter zum Allgemeinen das Besondere sucht, oder im Besondern das

Allgemeine schaut. Aus jener Art entsteht Allegorie, wo das Besondere nur als Beispiel, als Exempel des Allgemeinen gilt; die letztere aber ist eigentlich die Natur der Poesie; sie spricht ein Besonderes aus, ohne ans Allgemeine zu denken, oder darauf hinzuweisen. Wer nun dieses Besondere lebendig faßt, erhält zugleich das Allgemeine mit, ohne es gewahr zu werden, oder erst spät.

280. Den einzelnen Verkehrtheiten des Tags sollte man immer nur große weltgeschichtliche Massen entgegensetzen.

AUS KUNST UND ALTERTUM
Fünften Bandes drittes Heft

1826

Einzelnes

---

281. Eigentlich weiß man nur wenn man wenig weiß; mit dem Wissen wächst der Zweifel.

---

282. Die Irrtümer des Menschen machen ihn eigentlich liebenswürdig.

---

283. Bonus vir semper tiro.

---

284. Es gibt Menschen die ihr Gleiches lieben und aufsuchen, und wieder solche die ihr Gegenteil lieben und diesem nachgehn.

---

285. Wer sich von jeher erlaubt hätte, die Welt so schlecht anzusehen wie uns die Widersacher darstellen, der müßte ein miserables Subjekt geworden sein.

---

286. Mißgunst und Haß beschränken den Beobachter auf die Oberfläche, selbst wenn Scharfsinn sich zu ihnen gesellt; verschwistert sich dieser hingegen mit Wohlwollen und Liebe, so durchdringt er die Welt und den Menschen, ja er kann hoffen zum Allerhöchsten zu gelangen.

---

287. Panoramic ability schreibt mir ein englischer Kritiker zu, wofür ich allerschönstens zu danken habe.

288. Einem jeden wohlgesinnten Deutschen ist eine gewisse Portion poetischer Gabe zu wünschen, als das wahre Mittel seinen Zustand, von welcher Art er auch sei, mit Wert und Anmut einigermaßen zu umkleiden.

289. Den Stoff sieht Jedermann vor sich, den Gehalt findet nur der der etwas dazu zu tun hat, und die Form ist ein Geheimnis den meisten.

290. Die Menschen halten sich mit ihren Neigungen ans Lebendige. Die Jugend bildet sich wieder an der Jugend.

291. Wir mögen die Welt kennen lernen wie wir wollen, sie wird immer eine Tag- und eine Nachtseite behalten.

292. Der Irrtum wiederholt sich immerfort in der Tat, deswegen muß man das Wahre unermüdlich in Worten wiederholen.

293. Wie in Rom außer den Römern noch ein Volk von Statuen war; so ist außer dieser realen Welt, noch eine Welt des Wahns, viel mächtiger beinahe, in der die meisten leben.

294. Die Menschen sind wie das rote Meer; der Stab hat sie kaum auseinander gehalten, gleich hinterdrein fließen sie wieder zusammen.

295. Pflicht des Historikers das Wahre vom Falschen, das Gewisse vom Ungewissen, das Zweifelhafte vom Verwerflichen zu unterscheiden.

296. Eine Chronik schreibt nur derjenige, dem die Gegenwart wichtig ist.

297. Die Gedanken kommen wieder, die Überzeugungen pflanzen sich fort, die Zustände gehen unwiederbringlich vorüber.

298. ›Unter allen Völkerschaften haben die Griechen den Traum des Lebens am schönsten geträumt.‹

299. Übersetzer sind als geschäftige Kuppler anzusehen die uns eine halbverschleierte Schöne als höchst liebenswürdig anpreisen, sie erregen eine unwiderstehliche Neigung nach dem Original.

300. Das Altertum setzen wir gern über uns; aber die Nachwelt nicht. Nur ein Vater neidet seinem Sohn nicht das Talent.

301. Sich subordinieren ist überhaupt keine Kunst; aber in absteigender Linie, in der Deszendenz, etwas über sich erkennen was unter einem steht!

302. Unser ganzes Kunststück besteht darin, daß wir unsere Existenz aufgeben um zu existieren.

303. Alles was wir treiben und tun ist ein Abmüden, wohl dem der nicht müde wird.

304. ›Hoffnung ist die zweite Seele der Unglücklichen.‹

305. ›L'Amour est un vrai recommenceur.‹

306. Es gibt im Menschen auch ein Dienenwollendes; daher die Chevalerie der Franzosen eine Servage.

307. ›Im Theater wird durch die Belustigung des Gesichts und Gehörs die Reflexion sehr eingeschränkt.‹

308. Erfahrung kann sich ins Unendliche erweitern, Theorie nicht in eben dem Sinne reinigen und vollkommener werden. Jener steht das Universum nach allen Richtungen offen, diese bleibt innerhalb der Grenze der menschlichen Fähigkeiten eingeschlossen. Deshalb müssen alle Vorstellungsarten wiederkehren und der wunderliche Fall tritt ein, daß bei erweiterter Erfahrung eine bornierte Theorie wieder Gunst erwerben kann.

309. Es ist immer dieselbe Welt, die der Betrachtung offen steht, die immerfort angeschaut oder geahnet wird, und es sind immer dieselben Menschen, die im Wahren oder Falschen leben, im letzten bequemer als im ersten.

310. Die Wahrheit widerspricht unserer Natur, der Irrtum nicht, und zwar aus einem sehr einfachen Grunde; die Wahrheit fordert daß wir uns für beschränkt erkennen sollen, der Irrtum schmeichelt uns wir seien auf ein oder die andere Weise unbegrenzt.

311. Es ist nun schon bald zwanzig Jahre, daß die Deutschen sämtlich transzendieren. Wenn sie es einmal gewahr werden, müssen sie sich wunderlich vorkommen.

312. Daß Menschen dasjenige noch zu können glauben was sie gekonnt haben, ist natürlich genug; daß andere zu vermögen glauben was sie nie vermochten, ist wohl seltsam aber nicht selten.

313. Zu allen Zeiten sind es nur die Individuen, welche für die Wissenschaft gewirkt, nicht das Zeitalter. Das Zeitalter war's, das den Sokrates durch Gift hinrichtete; das Zeitalter, das Hussen verbrannte; die Zeitalter sind sich immer gleich geblieben.

314. Das ist die wahre Symbolik wo das Besondere das Allgemeinere repräsentiert, nicht als Traum und Schatten, sondern als lebendig augenblickliche Offenbarung des Unerforschlichen.

315. Alles Ideelle, sobald es vom Realen gefordert wird, zehrt endlich dieses und sich selbst auf. So der Kredit (Papiergeld) das Silber und sich selbst.

316. Die Meisterschaft gilt oft für Egoismus.

317. Sobald die guten Werke und das Verdienstliche derselben aufhören, sogleich tritt die Sentimentalität dafür ein, bei den Protestanten.

318. Es ist eben als ob man es selbst vermöchte, wenn man sich guten Rats erholen kann.

319. Die Wahlsprüche deuten auf das was man nicht hat, wornach man strebt. Man stellt sich solches wie billig immer vor Augen.

320. ›Wer einen Stein nicht allein erheben mag, der soll ihn auch selbander liegen lassen.‹

321. Der Despotismus fördert die Autokratie eines jeden, indem er von oben bis unten die Verantwortlichkeit dem Individuum zumutet und so den höchsten Grad von Tätigkeit hervorbringt.

322. Alles Spinozistische in der poetischen Produktion wird in der Reflexion Machiavellismus.

323. Man muß seine Irrtümer teuer bezahlen wenn man sie los werden will, und dann hat man noch von Glück zu sagen.

324. Wenn ein deutscher Literator seine Nation vormals beherrschen wollte, so mußte er ihr nur glauben machen es sei einer da der sie beherrschen wolle. Da waren sie gleich so verschüchtert, daß sie sich von wem es auch wäre gern beherrschen ließen.

---

325. ›Nihil rerum mortalium tam instabile ac fluxum est quam potentia non sua vi nixa.‹

---

326. ›Es gibt auch After-Künstler, *Dilettanten* und *Spekulanten*: jene treiben die Kunst um des Vergnügens, diese um des Nutzens willen.‹

---

327. Geselligkeit lag in meiner Natur, deswegen ich bei vielfachem Unternehmen mir Mitarbeiter gewann und mich ihnen zum Mitarbeiter bildete, und so das Glück erreichte, mich in ihnen und sie in mir fortleben zu sehn.

---

328. Mein ganzes inneres Wirken erwies sich als eine lebendige Heuristik, welche eine unbekannte geahnete Regel anerkennend, solche in der Außenwelt zu finden und in die Außenwelt einzuführen trachtet.

---

329. Es gibt eine enthusiastische Reflexion, die von dem größten Wert ist, wenn man sich von ihr nur nicht hinreißen läßt.

---

330. Nur in der Schule selbst ist die eigentliche Vorschule.

---

331. Der Irrtum verhält sich gegen das Wahre, wie der Schlaf gegen das Wachen. Ich habe bemerkt, daß man aus dem Irren sich wie erquickt wieder zu dem Wahren hinwende.

332. Ein jeder leidet, der nicht für sich selbst handelt. Man handelt für Andere, um mit ihnen zu genießen.

333. Das Faßliche gehört der Sinnlichkeit und dem Verstande. Hieran schließt sich das Gehörige, welches verwandt ist mit dem Schicklichen. Das Gehörige jedoch ist ein Verhältnis zu einer besondern Zeit und entschiedenen Umständen.

334. Eigentlich lernen wir nur von Büchern, die wir nicht beurteilen können. Der Autor eines Buchs das wir beurteilen könnten, müßte von uns lernen.

335. Deshalb ist die Bibel ein ewig wirksames Buch, weil, so lange die Welt steht, Niemand auftreten und sagen wird: Ich begreife es im Ganzen und verstehe es im Einzelnen. Wir aber sagen bescheiden: Im Ganzen ist es ehrwürdig, und im Einzelnen anwendbar.

336. Alle Mystik ist ein Transzendieren und ein Ablösen von irgend einem Gegenstande, den man hinter sich zu lassen glaubt. Je größer und bedeutender dasjenige war, dem man absagt, desto reicher sind die Produktionen des Mystikers.

337. Die orientalische mystische Poesie hat deswegen den großen Vorzug, daß der Reichtum der Welt den der Adepte wegweist, ihm noch jederzeit zu Gebote steht. Er befindet sich also noch immer mitten in der Fülle, die er verläßt und schwelgt in dem was er gern los sein möchte.

338. Christliche Mystiker sollte es gar nicht geben, da die Religion selbst Mysterien darbietet. Auch gehen sie immer gleich ins Abstruse, in den Abgrund des Subjekts.

339. Ein geistreicher Mann sagte, die neuere Mystik sei die Dialektik des Herzens und deswegen mitunter so erstaunenswert und verführerisch, weil sie Dinge zur Sprache bringe zu denen der Mensch auf dem gewöhnlichen Verstands-, Vernunfts- und Religionswege nicht gelangen würde. Wer sich Mut und Kraft glaube, sie zu studieren, ohne sich betäuben zu lassen, der möge sich in diese Höhle des Trophonios versenken, jedoch auf seine eigene Gefahr.

340. Die Deutschen sollten in einem Zeitraume von dreißig Jahren das Wort Gemüt nicht aussprechen, dann würde nach und nach Gemüt sich wieder erzeugen; jetzt heißt es nur: Nachsicht mit Schwächen, eignen und fremden.

341. Die Vorurteile der Menschen beruhen auf dem jedesmaligen Charakter der Menschen, daher sind sie, mit dem Zustand innig vereinigt, ganz unüberwindlich. Weder Evidenz, noch Verstand, noch Vernunft haben den mindesten Einfluß darauf.

342. Charaktere machen oft die Schwäche zum Gesetz. Weltkenner haben gesagt: ›die Klugheit ist unüberwindlich hinter welcher sich die Furcht versteckt.‹ Schwache Menschen haben oft revolutionäre Gesinnungen: sie meinen, es wäre ihnen wohl, wenn sie nicht regiert würden, und fühlen nicht, daß sie weder sich noch andere regieren können.

---

343. In eben dem Falle sind die neuern deutschen Künstler: den Zweig der Kunst, den sie nicht besitzen, erklären sie für schädlich und daher wegzuhauen.

---

344. Der Menschenverstand wird mit dem gesunden Menschen rein geboren, entwickelt sich aus sich selbst und offenbart sich durch ein entschiedenes Gewahrwerden und Anerkennen des Notwendigen und Nützlichen. Praktische Männer und Frauen bedienen sich dessen mit Sicherheit. Wo er mangelt, halten beide Geschlechter was sie Begehren für notwendig, und für nützlich was ihnen gefällt.

---

345. Alle Menschen, wie sie zur Freiheit gelangen, machen ihre Fehler gelten: die Starken das Übertreiben, die Schwachen das Vernachlässigen.

---

346. Der Kampf des Alten, Bestehenden, Beharrenden mit Entwicklung, Aus- und Umbildung ist immer derselbe. Aus aller Ordnung entsteht zuletzt Pedanterie, um diese los zu werden zerstört man jene, und es geht eine Zeit hin bis man gewahr wird daß man wieder Ordnung machen müsse. Klassizismus und Romantizismus, Innungszwang und Gewerbsfreiheit, Festhalten und Zer-

splittern des Grundbodens, es ist immer derselbe Konflikt der zuletzt wieder einen neuen erzeugt. Der größte Verstand des Regierenden wäre daher diesen Kampf so zu mäßigen, daß er ohne Untergang der einen Seite sich ins Gleiche stellte; dies ist aber den Menschen nicht gegeben und Gott scheint es auch nicht zu wollen.

347. Welche Erziehungsart ist für die beste zu halten? Antwort: die der Hydrioten. Als Insulaner und Seefahrer nehmen sie ihre Knaben gleich mit zu Schiffe und lassen sie im Dienste herankrabbeln. Wie sie etwas leisten, haben sie Teil am Gewinn; und so kümmern sie sich schon um Handel, Tausch und Beute, und es bilden sich die tüchtigsten Küsten- und Seefahrer, die klügsten Handelsleute und verwegensten Piraten. Aus einer solchen Masse können denn freilich Helden hervortreten, die den verderblichen Brander mit eigener Hand an das Admiralschiff der feindlichen Flotte festklammern.

348. Alles Vortreffliche beschränkt uns für einen Augenblick, indem wir uns demselben nicht gewachsen fühlen; nur insofern wir es nachher in unsere Kultur aufnehmen, es unsern Geist- und Gemütskräften aneignen, wird es uns lieb und wert.

349. Kein Wunder, daß wir uns alle mehr oder weniger im Mittelmäßigen gefallen, weil es uns in Ruhe läßt; es gibt das behagliche Gefühl als wenn man mit seines Gleichen umginge.

350. Das Gemeine muß man nicht rügen, denn das bleibt sich ewig gleich.

351. Wir können einem Widerspruch in uns selbst nicht entgehen; wir müssen ihn auszugleichen suchen. Wenn uns andere widersprechen, das geht uns nichts an, das ist ihre Sache.

352. Es ist soviel gleichzeitig Tüchtiges und Treffliches auf der Welt, aber es berührt sich nicht.

353. Welche Regierung die beste sei? Diejenige die uns lehrt uns selbst zu regieren.

354. *Dozieren* kannst du tüchtiger freilich nicht, es ist, wie das Predigen, durch unsern Zustand geboten, wahrhaft nützlich wenn Konversation und Katechisation sich anschließen, wie es auch ursprünglich gehalten wurde. *Lehren* aber kannst du und wirst du, das ist: wenn Tat dem Urteil, Urteil der Tat zum Leben hilft.

355. Gegen die drei Einheiten ist nichts zu sagen wenn das Sujet sehr einfach ist; gelegentlich aber werden dreimal drei Einheiten, glücklich verschlungen, eine sehr angenehme Wirkung tun.

356. Wenn die Männer sich mit den Weibern schleppen, so werden sie so gleichsam abgesponnen wie ein Wokken.

357. Es kann wohl sein, daß der Mensch durch öffentliches und häusliches Geschick zu Zeiten gräßlich gedroschen wird; allein das rücksichtlose Schicksal, wenn es die reichen Garben trifft, zerknittert nur das Stroh, die

Körner aber spüren nichts davon und springen lustig auf der Tenne hin und wieder, unbekümmert ob sie zur Mühle, ob sie zum Saatfeld wandern.

358. *Arden von Feversham*, Shakespeares Jugendarbeit. Es ist der ganze rein-treue Ernst des Auffassens und Wiedergebens, ohne Spur von Rücksicht auf den Effekt, vollkommen dramatisch, ganz untheatralisch.

359. Shakespeares trefflichsten Theaterstücken mangelt es hie und da an Fazilität: sie sind etwas mehr als sie sein sollten, und eben deshalb deuten sie auf den großen Dichter.

360. Die größte Wahrscheinlichkeit der Erfüllung läßt noch einen Zweifel zu; daher ist das Gehoffte, wenn es in die Wirklichkeit eintritt, jederzeit überraschend.

361. Allen andern Künsten muß man etwas vorgeben, der griechischen allein bleibt man ewig Schuldner.

362. Vis superba formae. Ein schönes Wort von Johannes Secundus.

363. Die Sentimentalität der Engländer ist humoristisch und zart, der Franzosen populär und weinerlich, der Deutschen naiv und realistisch.

364. Das Absurde mit Geschmack dargestellt, erregt Widerwillen und Bewunderung.

365. Von der besten Gesellschaft sagte man: ihr Gespräch ist unterrichtend, ihr Schweigen bildend.

366. Von einem bedeutenden frauenzimmerlichen Gedichte sagte Jemand, es habe mehr Energie als Enthusiasmus, mehr Charakter als Gehalt, mehr Rhetorik als Poesie und im Ganzen etwas Männliches.

367. Es ist nichts schrecklicher als eine tätige Unwissenheit.

368. Schönheit und Geist muß man entfernen, wenn man nicht ihr Knecht werden will.

369. Der Mystizismus ist die Scholastik des Herzens, die Dialektik des Gefühls.

370. Man schont die Alten, wie man die Kinder schont.

371. Der Alte verliert eins der größten Menschenrechte, er wird nicht mehr von seines Gleichen beurteilt.

372. Es ist mir in den Wissenschaften gegangen wie Einem der früh aufsteht, in der Dämmrung die Morgenröte, sodann aber die Sonne ungeduldig erwartet, und doch, wie sie hervortritt, geblendet wird.

373. Man streitet viel und wird viel streiten über Nutzen und Schaden der Bibelverbreitung. Mir ist klar: schaden

wird sie wie bisher, dogmatisch und phantastisch gebraucht; nutzen wie bisher, didaktisch und gefühlvoll aufgenommen.

374. Große, von Ewigkeit her, oder in der Zeit entwikkelte, ursprüngliche Kräfte wirken unaufhaltsam, ob nutzend oder schadend, das ist zufällig.

375. Die Idee ist ewig und einzig; daß wir auch den Plural brauchen ist nicht wohlgetan. Alles was wir gewahr werden und wovon wir reden können, sind nur Manifestationen der Idee; Begriffe sprechen wir aus, und insofern ist die Idee selbst ein Begriff.

376. Im Ästhetischen tut man nicht wohl, zu sagen: die Idee des Schönen, dadurch vereinzelt man das Schöne, das doch einzeln nicht gedacht werden kann. Vom Schönen kann man einen Begriff haben und dieser Begriff kann überliefert werden.

377. Die Manifestation der Idee als des Schönen ist eben so flüchtig, als die Manifestation des Erhabenen, des Geistreichen, des Lustigen, des Lächerlichen. Dies ist die Ursache, warum so schwer darüber zu reden ist.

378. Echt ästhetisch-didaktisch könnte man sein, wenn man mit seinen Schülern an allem Empfindungswerten vorüberginge, oder es ihnen zubrächte im Moment wo es kulminiert und sie höchst empfänglich sind. Da aber diese Forderung nicht zu erfüllen ist, so müßte der höchste Stolz des Kathederlehrers sein, die Begriffe so vieler Manifestationen in seinen Schülern dergestalt zum Leben zu

bringen, daß sie für alles Gute, Schöne, Große, Wahre empfänglich würden, um es mit Freuden aufzufassen, wo es ihnen zur rechten Stunde begegnete. Ohne daß sie es merkten und wüßten wäre somit die Grundidee, woraus Alles hervorgeht in ihnen lebendig geworden.

---

379. Wie man gebildete Menschen sieht, so findet man, daß sie nur für Eine Manifestation des Urwesens, oder doch nur für wenige empfänglich sind, und das ist schon genug. Das Talent entwickelt im Praktischen Alles und braucht von den theoretischen Einzelnheiten nicht Notiz zu nehmen: der Musikus kann ohne seinen Schaden den Bildhauer ignorieren und umgekehrt.

---

380. Man soll sich Alles praktisch denken und deshalb auch dahin trachten, daß verwandte Manifestationen der großen Idee, insofern sie durch Menschen zur Erscheinung kommen sollen, auf eine gehörige Weise in einander wirken. Malerei, Plastik und Mimik stehen in einem unzertrennlichen Bezug; doch muß der Künstler, zu dem einen berufen, sich hüten, von dem andern beschädigt zu werden: der Bildhauer kann sich vom Maler, der Maler vom Mimiker verführen lassen und alle drei können einander so verwirren, daß keiner derselben auf den Füßen stehen bleibt.

---

381. Die mimische Tanzkunst würde eigentlich alle bildenden Künste zu Grunde richten und mit Recht. Glücklicher Weise ist der Sinnenreiz, den sie bewirkt, so flüchtig, und sie muß um zu reizen ins Übertriebene gehen. Dieses schreckt die übrigen Künstler glücklicher Weise sogleich ab; doch können sie, wenn sie klug und vorsichtig sind, viel dabei lernen.

AUS KUNST UND ALTERTUM
Sechsten Bandes erstes Heft
1827

382. Das erste und letzte was vom Genie gefordert wird ist Wahrheitsliebe.

383. Wer gegen sich selbst und andere wahr ist und bleibt besitzt die schönste Eigenschaft der größten Talente.

Brocardicon

384. Die Kunst ist eine Vermittlerin des Unaussprechlichen, darum scheint es eine Torheit sie wieder durch Worte vermitteln zu wollen; doch indem wir uns darin bemühen, findet sich für den Verstand so mancher Gewinn, der dem ausübenden Vermögen auch wieder zu gute kommt.

Verhältnis, Neigung, Liebe, Leidenschaft, Gewohnheit

385. Die Liebe, deren Gewalt die Jugend empfindet, ziemt nicht dem Alten; so wie alles was Produktivität voraussetzt. Daß diese sich mit den Jahren erhält, ist ein seltner Fall.

386. Alle Ganz- und Halbpoeten machen uns mit der Liebe dergestalt bekannt, daß sie müßte trivial geworden sein, wenn sie sich nicht naturgemäß in voller Kraft und Glanz immer wieder erneute.

387. Der Mensch, abgesehen von der Herrschaft, in welcher die Passion ihn fesselt, ist noch von manchen notwendigen Verhältnissen gebunden. Wer diese nicht kennt oder in Liebe umwandeln will, der muß unglücklich werden.

388. Alle Liebe bezieht sich auf Gegenwart; was mir in der Gegenwart angenehm ist, sich abwesend mir immer darstellt, den Wunsch des erneuerten Gegenwärtigseins immerfort erregt, bei Erfüllung dieses Wunsches von einem lebhaften Entzücken, bei Fortsetzung dieses Glücks von einer immer gleichen Anmut begleitet wird, das eigentlich lieben wir, und hieraus folgt, daß wir alles lieben können was zu unserer Gegenwart gelangen kann; ja, um das Letzte auszusprechen: Die Liebe des Göttlichen strebt immer darnach sich das Höchste zu vergegenwärtigen.

389. Ganz nahe daran steht die Neigung, aus der nicht selten Liebe sich entwickelt. Sie bezieht sich auf ein reines Verhältnis, das in Allem der Liebe gleicht, nur nicht in der notwendigen Forderung einer fortgesetzten Gegenwart.

390. Diese Neigung kann nach vielen Seiten gerichtet sein, sich auf manche Personen und Gegenstände beziehen, und sie ist es eigentlich, die den Menschen wenn er sie sich zu erhalten weiß, in einer schönen Folge glücklich macht. Es ist einer eignen Betrachtung wert, daß die Gewohnheit sich vollkommen an die Stelle der Liebesleidenschaft setzen kann, sie fordert nicht so wohl eine anmutige als bequeme Gegenwart, alsdann aber ist sie unüberwindlich. Es gehört viel dazu, ein gewohntes Verhältnis aufzuheben, es besteht gegen alles Widerwärtige; Mißvergnügen, Unwillen, Zorn vermögen nichts gegen dasselbe, ja sie überdauert die Verachtung, den Haß. Ich weiß nicht, ob es einem Romanschreiber geglückt ist, dergleichen vollkommen darzustellen, auch müßte er es nur

beiläufig, episodisch unternehmen; denn er würde immer, bei einer genauen Entwickelung, mit manchen Unwahrscheinlichkeiten zu kämpfen haben.

AUS DEN HEFTEN ZUR MORPHOLOGIE

Ersten Bandes viertes Heft

1822

391. Das Höchste was wir von Gott und der Natur erhalten haben ist das Leben, die rotierende Bewegung der Monas um sich selbst, welche weder Rast noch Ruhe kennt; der Trieb das Leben zu hegen und zu pflegen ist einem jeden unverwüstlich eingeboren, die Eigentümlichkeit desselben jedoch bleibt uns und andern ein Geheimnis.

392. Die zweite Gunst der von oben wirkenden Wesen ist das Erlebte, das Gewahrwerden, das Eingreifen der lebendig-beweglichen Monas in die Umgebungen der Außenwelt, wodurch sie sich erst selbst als innerlich Grenzenloses, als äußerlich Begrenztes gewahr wird. Über dieses Erlebte können wir, obgleich Anlage, Aufmerksamkeit und Glück dazu gehört, in uns selbst klar werden; andern bleibt aber auch dies immer ein Geheimnis.

393. Als drittes entwickelt sich nun dasjenige was wir als Handlung und Tat, als Wort und Schrift gegen die Außenwelt richten; dieses gehört derselben mehr an als uns selbst, so wie sie sich darüber auch eher verständigen kann als wir es selbst vermögen; jedoch fühlt sie, daß sie, um recht klar darüber zu werden, auch von unserm Erlebten so viel als möglich zu erfahren habe. Weshalb man auch auf Jugend-Anfänge, Stufen der Bildung, Lebens-

Einzelheiten, Anekdoten und dergleichen höchst begierig ist.

394. Dieser Wirkung nach Außen folgt unmittelbar eine Rückwirkung, es sei nun daß Liebe uns zu fördern suche, oder Haß uns zu hindern wisse. Dieser Konflikt bleibt sich im Leben ziemlich gleich, indem ja der Mensch sich gleich bleibt und eben so alles dasjenige was Zuneigung oder Abneigung an seiner Art zu sein empfinden muß.

395. Was Freunde mit und für uns tun, ist auch ein Erlebtes; denn es stärkt und fördert unsere Persönlichkeit. Was Feinde gegen uns unternehmen, erleben wir nicht, wir erfahren's nur, lehnen's ab und schützen uns dagegen, wie gegen Frost, Sturm, Regen und Schloßenwetter, oder sonst äußere Übel die zu erwarten sind.

396. Man mag nicht *mit* jedem leben, und so kann man auch nicht *für* jeden leben; wer das recht einsieht wird seine Freunde höchlich zu schätzen wissen, seine Feinde nicht hassen noch verfolgen, vielmehr erlangt der Mensch nicht leicht einen größeren Vorteil, als wenn er die Vorzüge seiner Widersacher gewahr werden kann, dies gibt ihm ein entschiedenes Übergewicht über sie.

397. Gehen wir in die Geschichte zurück, so finden wir überall Persönlichkeiten mit denen wir uns vertrügen, andere mit denen wir uns gewiß in Widerstreit befänden.

398. Das Wichtigste bleibt jedoch das Gleichzeitige, weil es sich in uns am reinsten abspiegelt wir uns in ihm.

399. Cato ward in seinem Alter gerichtlich angeklagt, da er denn in seiner Verteidigungs-Rede hauptsächlich hervorhob, man könne sich vor niemand verteidigen, als vor denen mit denen man gelebt habe. Und er hat vollkommen recht, wie will eine Jury aus Prämissen urteilen, die ihr ganz abgehen? wie will sie sich über Motive beraten die schon längst hinter ihr liegen?

400. Das Erlebte weiß jeder zu schätzen, am meisten der Denkende und Nachsinnende im Alter; er fühlt mit Zuversicht und Behaglichkeit, daß ihm das niemand rauben kann.

401. So ruhen meine Natur-Studien auf der reinen Basis des Erlebten; wer kann mir nehmen daß ich 1749 geboren bin, daß ich, (um vieles zu überspringen) mich aus *Erxlebens Naturlehre* erster Ausgabe treulich unterrichtet, daß ich den Zuwachs der übrigen Editionen die sich durch Lichtenbergs Aufmerksamkeit grenzenlos anhäuften, nicht etwa im Druck zuerst gesehen, sondern jede neue Entdeckung im Fortschreiten sogleich vernommen und erfahren; daß ich Schritt für Schritt folgend, die großen Entdeckungen der zweiten Hälfte des achtzehnten Jahrhunderts bis auf den heutigen Tag, wie einen Wunderstern nach dem andern vor mir aufgehen sehe. Wer kann mir die heimliche Freude nehmen, wenn ich mir bewußt bin, durch fortwährendes, aufmerksames Bestreben, mancher großen, weltüberraschenden Entdeckung selbst so nahe gekommen zu sein, daß ihre Erscheinung gleichsam aus meinem eignen Innern hervorbrach, und ich nun die wenigen Schritte klar vor mir liegen sah, welche zu wagen ich in düsterer Forschung versäumt hatte.

402. Wer die Entdeckung der Luftballone mit erlebt hat wird ein Zeugnis geben, welche Weltbewegung daraus entstand, welcher Anteil die Luftschiffer begleitete, welche Sehnsucht in so viel tausend Gemütern hervordrang an solchen längst vorausgesetzten, vorausgesagten, immer geglaubten und immer unglaublichen, gefahrvollen Wanderungen Teil zu nehmen; wie frisch und umständlich jeder einzelne glückliche Versuch die Zeitungen füllte, zu Tagesheften und Kupfern Anlaß gab; welchen zarten Anteil man an den unglücklichen Opfern solcher Versuche genommen. Dies ist unmöglich selbst in der Erinnerung wieder herzustellen, so wenig als wie lebhaft man sich für einen vor dreißig Jahren ausgebrochenen höchst bedeutenden Krieg interessierte.

---

403. Die schönste Metempsychose ist die wenn wir uns im andern wieder auftreten sehn.

---

404. Professor *Zaupers deutsche Poetik aus Goethe*, so wie der *Nachtrag* zu derselben, Wien 1822. darf dem Dichter wohl einen angenehmen Eindruck machen; es ist ihm als wenn er an Spiegeln vorbeiginge und sich im günstigen Lichte dargestellt erblickte.

---

405. Und wäre es denn anders? was der junge Freund an uns erlebt ist ja gerade Handlung und Tat, Wort und Schrift, die von uns in glücklichen Momenten ausgegangen sind, zu denen wir uns immer gern bekennen.

---

406. Gar selten tun wir uns selbst genug, desto tröstender ist es andern genug getan zu haben.

---

407. Wir sehen in unser Leben doch nur als in ein zerstückeltes zurück, weil das Versäumte, Mißlungene uns immer zuerst entgegentritt und das Geleistete, Erreichte in der Einbildungskraft überwiegt.

408. Davon kommt dem teilnehmenden Jüngling nichts zur Erscheinung; er sieht, genießt, benutzt die Jugend eines Vorfahren und erbaut sich selbst daran aus dem Innersten heraus, als wenn er schon einmal gewesen wäre was er ist.

409. Auf ähnliche, ja! gleiche Weise erfreuen mich die mannigfaltigen Anklänge die aus fremden Ländern zu mir gelangen. Fremde Nationen lernen erst später unsere Jugend-Arbeiten kennen; ihre Jünglinge, ihre Männer, strebend und tätig, sehen ihr Bild in unserm Spiegel, sie erfahren daß wir das was sie wollen auch wollten, ziehen uns in ihre Gemeinschaft und täuschen mit dem Schein einer rückkehrenden Jugend.

410. Die Wissenschaft wird dadurch sehr zurückgehalten daß man sich abgibt, mit dem was nicht wissenswert, und mit dem was nicht wißbar ist.

411. Die höhere Empirie verhält sich zur Natur, wie der Menschenverstand zum praktischen Leben.

412. Vor den Urphänomenen, wenn sie unseren Sinnen enthüllt erscheinen, fühlen wir eine Art von Scheu, bis zur Angst. Die sinnlichen Menschen retten sich ins Erstaunen; geschwind aber kommt der tätige Kuppler-Verstand

und will auf seine Weise das Edelste mit dem Gemeinsten vermitteln.

413. Die wahre Vermittlerin ist die Kunst. Über Kunst sprechen heißt die Vermittlerin vermitteln wollen und doch ist uns daher viel Köstliches erfolgt.

414. Es ist mit den Ableitungsgründen wie mit den Einteilungsgründen, sie müssen durchgehen oder es ist gar nichts dran.

415. Auch in Wissenschaften kann man eigentlich nichts wissen, es will immer getan sein.

416. Alles wahre Aperçu kömmt aus einer Folge und bringt Folge. Es ist ein Mittelglied einer großen produktiv aufsteigenden Kette.

417. Die Wissenschaft hilft uns vor allem daß sie das Staunen, wozu wir von Natur berufen sind, einigermaßen erleichtere; sodann aber daß sie dem immer gesteigerten Leben neue Fertigkeiten erwecke, zu Abwendung des Schädlichen und Einleitung des Nutzbaren.

418. Man klagt über wissenschaftliche Akademien, daß sie nicht frisch genug ins Leben eingreifen; das liegt aber nicht an ihnen sondern an der Art die Wissenschaften zu behandeln überhaupt.

AUS DEN HEFTEN ZUR NATURWISSENSCHAFT

Zweiten Bandes erstes Heft

1823

Älteres, beinahe Veraltetes

419. Wenn ein Wissen reif ist Wissenschaft zu werden, so muß notwendig eine Krise entstehen: denn es wird die Differenz offenbar zwischen denen, die das Einzelne trennen und getrennt darstellen, und solchen, die das Allgemeine im Auge haben und gern das Besondere an- und einfügen möchten. Wie nun aber die wissenschaftliche, ideelle, umgreifendere Behandlung sich mehr und mehr Freunde, Gönner und Mitarbeiter wirbt, so bleibt auf der höheren Stufe jene Trennung zwar nicht so entschieden, aber doch genugsam merklich.

Diejenigen, welche ich die *Universalisten* nennen möchte, sind überzeugt und stellen sich vor: daß alles überall, obgleich mit unendlichen Abweichungen und Mannigfaltigkeiten, vorhanden, und vielleicht auch zu finden sei; die andern, die ich *Singularisten* benennen will, gestehen den Hauptpunkt im Allgemeinen zu, ja sie beobachten, bestimmen und lehren hiernach, aber immer wollen sie Ausnahmen finden, da wo der ganze Typus nicht ausgesprochen ist, und darin haben sie recht. Ihr Fehler aber ist nur, daß sie die Grundgestalt verkennen, wo sie sich verhüllt, und leugnen, wenn sie sich verbirgt. Da nun beide Vorstellungs-Weisen ursprünglich sind und sich einander ewig gegenüberstehen werden, ohne sich zu vereinigen oder aufzuheben; so hüte man ja sich vor aller Kontrovers und stelle seine Überzeugung klar und nackt hin.

420. So wiederhole ich die meinige: daß man auf diesen höheren Stufen nicht *wissen* kann, sondern *tun* muß: so wie an einem Spiele wenig zu wissen und alles zu leisten ist. Die Natur hat uns das Schachbrett gegeben, aus dem wir nicht hinaus wirken können noch wollen; sie hat uns die Steine geschnitzt, deren Wert, Bewegung und Vermögen nach und nach bekannt werden; nun ist es an uns, Züge zu tun, von denen wir uns Gewinn versprechen; dies versucht nun ein jeder auf seine Weise und läßt sich nicht gern einreden. Mag das also geschehen, und beobachten wir nur vor allem genau: wie nah oder fern ein jeder von uns stehe, und vertragen uns sodann vorzüglich mit denjenigen, die sich zu der Seite bekennen, zu der wir uns halten. Ferner bedenke man, daß man immer mit einem unauflöslichen Problem zu tun habe, und erweise sich frisch und treu, alles zu beachten was irgend auf eine Art zur Sprache kommt, am meisten dasjenige was uns widerstrebt: denn dadurch wird man am ersten das Problematische gewahr, welches zwar in den Gegenständen selbst, mehr aber noch in den Menschen liegt. Ich bin nicht gewiß, ob ich in diesem so wohl bearbeiteten Felde persönlich weiter wirke, doch behalte ich mir vor, auf diese oder jene Wendung des Studiums, auf diese oder jene Schritte der Einzelnen aufmerksam zu sein und aufmerksam zu machen.

421. Allein kann der Mensch nicht wohl bestehen, daher schlägt er sich gern zu einer Partei, weil er da, wenn auch nicht Ruhe, doch Beruhigung und Sicherheit findet.

422. Es gibt wohl zu diesem oder jenem Geschäft von Natur unzulängliche Menschen; Übereilung und Dünkel jedoch sind gefährliche Dämonen, die den Fähigsten un-

zulänglich machen, alle Wirkung zum Stocken bringen, freie Fortschritte lähmen. Dies gilt von weltlichen Dingen, besonders auch von Wissenschaften.

423. Im Reich der Natur waltet *Bewegung* und *Tat*, im Reiche der Freiheit *Anlage* und *Willen*. Bewegung ist ewig und tritt bei jeder günstigen Bedingung unwiderstehlich in die Erscheinung. Anlagen entwickeln sich zwar auch naturgemäß, müssen aber erst durch den Willen geübt und nach und nach gesteigert werden. Deswegen ist man des freiwilligen Willens so gewiß nicht als der selbstständigen Tat; diese tut sich selbst, er aber wird getan: denn er muß, um vollkommen zu werden und zu wirken, sich im Sittlichen dem Gewissen, das nicht irrt, im Kunstreiche aber der Regel fügen, die nirgends ausgesprochen ist. Das Gewissen bedarf keines Ahnherrn, mit ihm ist alles gegeben; es hat nur mit der innern eigenen Welt zu tun. Das Genie bedürfte auch keine Regel, wäre sich selbst genug, gäbe sich selbst die Regel; da es aber nach außen wirkt, so ist es vielfach bedingt, durch Stoff und Zeit, und an beiden muß es notwendig irre werden; deswegen es mit allem was eine Kunst ist, mit dem Regiment, wie mit Gedicht, Statue und Gemälde, durchaus so wunderlich und unsicher aussieht.

424. Es ist eine schlimme Sache, die doch manchem Beobachter begegnet, mit einer Anschauung sogleich eine Folgerung zu verknüpfen und beide für gleichgeltend zu achten.

425. Die Geschichte der Wissenschaften zeigt uns bei allem, was für dieselben geschieht, gewisse Epochen, die bald schneller, bald langsamer auf einander folgen. Eine

bedeutende Ansicht, neu oder erneut, wird ausgesprochen; sie wird anerkannt, früher oder später; es finden sich Mitarbeiter; das Resultat geht in die Schüler über; es wird gelehrt und fortgepflanzt, und wir bemerken leider, daß es gar nicht darauf ankommt, ob die Ansicht wahr oder falsch sei; beides macht denselben Gang, beides wird zuletzt eine Phrase, beides prägt sich als totes Wort dem Gedächtnis ein.

---

426. Zur Verewigung des Irrtums tragen die Werke besonders bei, die enzyklopädisch das Wahre und Falsche des Tages überliefern. Hier kann die Wissenschaft nicht bearbeitet werden; sondern was man weiß, glaubt, wähnt, wird aufgenommen; deswegen sehen solche Werke nach fünfzig Jahren gar wunderlich aus.

---

427. Zuerst belehre man sich selbst, dann wird man Belehrung von Andern empfangen.

---

428. Theorien sind gewöhnlich Übereilungen eines ungeduldigen Verstandes, der die Phänomene gern los sein möchte und an ihrer Stelle deswegen Bilder, Begriffe, ja oft nur Worte einschiebt. Man ahnet, man sieht auch wohl, daß es nur ein Behelf ist; liebt sich nicht aber Leidenschaft und Parteigeist jederzeit Behelfe? Und mit Recht, da sie ihrer so sehr bedürfen.

---

429. Unsere Zustände schreiben wir bald Gott, bald dem Teufel zu, und fehlen ein- wie das andere mal: in uns selbst liegt das Rätsel, die wir Ausgeburt zweier Welten sind. Mit der Farbe geht's eben so; bald sucht man sie im

Lichte, bald draußen im Weltall, und kann sie gerade da nicht finden, wo sie zu Hause ist.

430. Es wird eine Zeit kommen, wo man eine pathologische Experimentalphysik vorträgt und alle jene Spiegelfechtereien ans Tageslicht bringt, welche den Verstand hintergehen, sich eine Überzeugung erschleichen und, was das Schlimmste daran ist, durchaus jeden praktischen Fortschritt verhindern. Die Phänomene müssen ein für allemal aus der düstern empirisch-mechanisch-dogmatischen Marterkammer vor die Jury des gemeinen Menschenverstandes gebracht werden.

431. Daß Newton bei seinen prismatischen Versuchen die Öffnung so klein als möglich nahm, um eine Linie zum Lichtstrahl bequem zu symbolisieren, hat eine unheilbare Verirrung über die Welt gebracht, an der vielleicht noch Jahrhunderte leiden.

Durch dieses kleine Löchlein ward *Malus* zu einer abenteuerlichen Theorie getrieben, und wäre *Seebeck* nicht so umsichtig, so mußte er verhindert werden, den Urgrund dieser Erscheinungen, die entoptischen Figuren und Farben zu entdecken.

432. Was aber das aller Sonderbarste ist: der Mensch, wenn er auch den Grund des Irrtums aufdeckt, wird den Irrtum selbst deshalb doch nicht los. Mehrere Engländer, besonders Dr. *Reade*, sprechen gegen Newton leidenschaftlich aus: ›das prismatische Bild sei keineswegs das Sonnenbild, sondern das Bild der Öffnung unseres Fensterladens mit Farbensäumen geschmückt; im prismatischen Bilde gebe es kein ursprünglich Grün, dieses ent-

stehe durch das Übereinandergreifen des Blauen und Gelben, so daß ein schwarzer Streif eben so gut als ein weißer in Farben aufgelöst scheinen könne, wenn man hier von Auflösen reden wolle.‹ Genug, alles was wir seit vielen Jahren dargetan haben, legt dieser gute Beobachter gleichfalls vor. Nun aber läßt ihn die fixe Idee einer diversen Refrangibilität nicht los, doch kehrt er sie um und ist wo möglich noch befangener als sein großer Meister. Anstatt durch diese neue Ansicht begeistert aus jenem Chrysaliden-Zustande sich heraus zu reißen, sucht er die schon erwachsenen und entfalteten Glieder aufs neue in die alten Puppenschalen unterzubringen.

---

433. Das unmittelbare Gewahrwerden der Urphänomene versetzt uns in eine Art von Angst, wir fühlen unsere Unzulänglichkeit; nur durch das ewige Spiel der Empirie belebt erfreuen sie uns.

---

434. Der Magnet ist ein Urphänomen, das man nur aussprechen darf, um es erklärt zu haben; dadurch wird es denn auch ein Symbol für alles Übrige, wofür wir keine Worte noch Namen zu suchen brauchen.

---

435. Alles Lebendige bildet eine Atmosphäre um sich her.

---

436. Die außerordentlichen Männer des sechzehnten und siebzehnten Jahrhunderts waren selbst Akademien, wie Humboldt zu unserer Zeit. Als nun das Wissen so ungeheuer überhand nahm, taten sich Privatleute zusammen, um, was den Einzelnen unmöglich wird, vereinigt zu leisten. Von Ministern, Fürsten und Königen hielten sie

sich fern. Wie suchte nicht das französische stille Konventikel die Herrschaft Richelieus abzulehnen! Wie verhinderte der englische Oxforder und Londner Verein den Einfluß der Lieblinge Karls des Zweiten!

Da es aber einmal geschehen war, und die Wissenschaften sich als ein Staatsglied im Staatskörper fühlten, einen Rang bei Prozessionen und andern Feierlichkeiten erhielten, war bald der höhere Zweck aus den Augen verloren; man stellte seine Person vor, und die Wissenschaften hatten auch Mäntelchen um und Käppchen auf. In meiner Geschichte der Farbenlehre habe ich dergleichen weitläuftig angeführt. Was aber geschrieben steht, es steht deswegen da, damit es immerfort erfüllt werde.

---

437. Die Natur auffassen und sie unmittelbar benutzen, ist wenig Menschen gegeben; zwischen Erkenntnis und Gebrauch erfinden sie sich gern ein Luftgespinst, das sie sorgfältig ausbilden, und darüber den Gegenstand zugleich mit der Benutzung vergessen.

---

438. Eben so begreift man nicht leicht, daß in der großen Natur das geschieht, was auch im kleinsten Zirkel vorgeht. Dringt es ihnen die Erfahrung auf, so lassen sie sich's zuletzt gefallen. Spreu von geriebenem Bernstein angezogen, steht mit dem ungeheuersten Donnerwetter in Verwandtschaft, ja ist eine und eben dieselbe Erscheinung. Dieses Mikromegische gestehen wir auch in einigen andern Fällen zu, bald aber verläßt uns der reine Naturgeist, und der Dämon der Künstelei bemächtigt sich unser und weiß sich überall geltend zu machen.

---

439. Die Natur hat sich soviel Freiheit vorbehalten, daß wir mit Wissen und Wissenschaft ihr nicht durchgängig beikommen, oder sie in die Enge treiben können.

440. Mit den Irrtümern der Zeit ist schwer sich abzufinden: widerstrebt man ihnen, so steht man allein; läßt man sich davon befangen, so hat man auch weder Ehre noch Freude davon.

AUS WILHELM MEISTERS WANDERJAHREN

1829

Betrachtungen im Sinne der Wanderer
Kunst, Ethisches, Natur

441. Alles Gescheite ist schon gedacht worden, man muß nur versuchen es noch einmal zu denken.

442. Wie kann man sich selbst kennen lernen? Durch Betrachten niemals, wohl aber durch Handeln. Versuche deine Pflicht zu tun und du weißt gleich was an dir ist.

443. Was aber ist deine Pflicht? Die Forderung des Tages.

444. Die vernünftige Welt ist als ein großes unsterbliches Individuum zu betrachten, das unaufhaltsam das Notwendige bewirkt und dadurch sich sogar über das Zufällige zum Herrn macht.

445. Mir wird, je länger ich lebe, immer verdrießlicher, wenn ich den Menschen sehe, der eigentlich auf seiner höchsten Stelle da ist um der Natur zu gebieten, um sich und die Seinigen von der gewalttätigen Notwendigkeit zu befreien; wenn ich sehe wie er aus irgend einem vorgefaßten falschen Begriff gerade das Gegenteil tut von dem was er will, und sich alsdann, weil die Anlage im Ganzen verdorben ist, im Einzelnen kümmerlich herum pfuschet.

446. Tüchtiger, tätiger Mann verdiene dir und erwarte:
von den Großen – Gnade,
von den Mächtigen – Gunst,
von Tätigen und Guten – Förderung,
von der Menge – Neigung,
von dem Einzelnen – Liebe.

447. Die Dilettanten, wenn sie das Möglichste getan haben, pflegen zu ihrer Entschuldigung zu sagen, die Arbeit sei noch nicht fertig. Freilich kann sie nie fertig werden, weil sie nie recht angefangen ward. Der Meister stellt sein Werk mit wenigen Strichen als fertig dar, ausgeführt oder nicht, schon ist es vollendet. Der geschickteste Dilettant tastet im Ungewissen, und wie die Ausführung wächst, kommt die Unsicherheit der ersten Anlage immer mehr zum Vorschein. Ganz zuletzt entdeckt sich erst das Verfehlte, das nicht auszugleichen ist, und so kann das Werk freilich nicht fertig werden.

448. In der wahren Kunst gibt es keine Vorschule, wohl aber Vorbereitungen; die beste jedoch ist die Teilnahme des geringsten Schülers am Geschäft des Meisters. Aus Farbenreibern sind treffliche Maler hervorgegangen.

449. Ein anderes ist die Nachäffung, zu welcher die natürliche allgemeine Tätigkeit des Menschen durch einen bedeutenden Künstler, der das Schwere mit Leichtigkeit vollbringt, zufällig angeregt wird.

450. Von der Notwendigkeit: daß der bildende Künstler Studien nach der Natur mache, und von dem Werte derselben überhaupt sind wir genugsam überzeugt; allein wir

leugnen nicht, daß es uns öfters betrübt, wenn wir den Mißbrauch eines so löblichen Strebens gewahr werden.

---

451. Nach unserer Überzeugung sollte der junge Künstler wenig oder gar keine Studien nach der Natur beginnen, wobei er nicht zugleich dächte, wie er jedes Blatt zu einem Ganzen abrunden, wie er diese Einzelnheit, in ein angenehmes Bild verwandelt, in einen Rahmen eingeschlossen, dem Liebhaber und Kenner gefällig anbieten möge.

---

452. Es steht manches Schöne isoliert in der Welt, doch der Geist ist es, der Verknüpfungen zu entdecken und dadurch Kunstwerke hervorzubringen hat. – Die Blume gewinnt erst ihren Reiz durch das Insekt das ihr anhängt, durch den Tautropfen der sie befeuchtet, durch das Gefäß woraus sie allenfalls ihre letzte Nahrung zieht. Kein Busch, kein Baum, dem man nicht durch die Nachbarschaft eines Felsens, einer Quelle, Bedeutung geben, durch eine mäßige einfache Ferne größern Reiz verleihen könnte. So ist es mit menschlichen Figuren und so mit Tieren aller Art beschaffen.

---

453. Der Vorteil, den sich der junge Künstler hiedurch verschafft, ist gar mannigfaltig. Er lernt denken, das Passende gehörig zusammenbinden, und, wenn er auf diese Weise geistreich komponiert, wird es ihm zuletzt auch an dem was man Erfindung nennt, an dem Entwickeln des Mannigfaltigen aus dem Einzelnen keineswegs fehlen können.

---

454. Tut er nun hierin der eigentlichen Kunstpädagogik wahrhaft Genüge, so hat er noch nebenher den großen nicht zu verachtenden Gewinn, daß er lernt, verkäufliche dem Liebhaber anmutige und liebliche Blätter hervorzubringen.

455. Eine solche Arbeit braucht nicht im höchsten Grade ausgeführt und vollendet zu sein; wenn sie gut gesehen, gedacht und fertig ist, so ist sie für den Liebhaber oft reizender, als ein größeres ausgeführtes Werk.

456. Beschaue doch jeder junge Künstler seine Studien im Büchelchen und im Portefeuille, und überlege wie viele Blätter er davon auf jene Weise genießbar und wünschenswert hätte machen können.

457. Es ist nicht die Rede vom Höheren, wovon man wohl auch sprechen könnte, sondern es soll nur als Warnung gesagt sein, die von einem Abwege zurückruft und aufs Höhere hindeutet.

458. Versuche es doch der Künstler nur ein halb Jahr praktisch und setze weder Kohle noch Pinsel an, ohne Intention, einen vorliegenden Naturgegenstand als Bild abzuschließen. Hat er angebornes Talent, so wird sich's bald offenbaren, welche Absicht wir bei diesen Andeutungen im Sinne hegten.

459. Sage mir mit wem du umgehst, so sage ich dir wer du bist; weiß ich womit du dich beschäftigst, so weiß ich was aus dir werden kann.

460. Jeder Mensch muß nach seiner Weise denken, denn er findet auf seinem Wege immer ein Wahres, oder eine Art von Wahrem die ihm durchs Leben hilft; nur darf er sich nicht gehen lassen; er muß sich kontrollieren; der bloße nackte Instinkt geziemt nicht dem Menschen.

461. Unbedingte Tätigkeit, von welcher Art sie sei, macht zuletzt bankerott.

462. In den Werken des Menschen wie in denen der Natur sind eigentlich die Absichten vorzüglich der Aufmerksamkeit wert.

463. Die Menschen werden an sich und andern irre, weil sie die Mittel als Zweck behandeln, da denn vor lauter Tätigkeit gar nichts geschieht oder vielleicht gar das Widerwärtige.

464. Was wir ausdenken, was wir vornehmen, sollte schon vollkommen so rein und schön sein, daß die Welt nur daran zu verderben hätte; wir blieben dadurch in dem Vorteil, das Verschobene zurecht zu rücken, das Zerstörte wieder herzustellen.

465. Ganze, Halb- und Viertelsirrtümer sind gar schwer und mühsam zurecht zu legen, zu sichten und das Wahre daran dahin zu stellen wohin es gehört.

466. Es ist nicht immer nötig daß das Wahre sich verkörpere; schon genug, wenn es geistig umher schwebt

und Übereinstimmung bewirkt; wenn es wie Glockenton ernst-freundlich durch die Lüfte wogt.

---

467. Wenn ich jüngere deutsche Maler, sogar solche die sich eine Zeitlang in Italien aufgehalten, befrage: warum sie doch, besonders in ihren Landschaften, so widerwärtige grelle Töne dem Auge darstellen und vor aller Harmonie zu fliehen scheinen? so geben sie wohl ganz dreist und getrost zur Antwort: sie sähen die Natur genau auf solche Weise.

---

468. Kant hat uns aufmerksam gemacht daß es eine Kritik der Vernunft gebe, daß dieses höchste Vermögen, was der Mensch besitzt, Ursache habe, über sich selbst zu wachen. Wie großen Vorteil uns diese Stimme gebracht möge jeder an sich selbst geprüft haben. Ich aber möchte in eben dem Sinne die Aufgabe stellen, daß eine Kritik der Sinne nötig sei, wenn die Kunst überhaupt, besonders die deutsche, irgend wieder sich erholen und in einem erfreulichen Lebensschritt vorwärts gehen solle.

---

469. Der zur Vernunft geborene Mensch bedarf noch großer Bildung, sie mag sich ihm nun durch Sorgfalt der Eltern und Erzieher, durch friedliches Beispiel, oder durch strenge Erfahrung nach und nach offenbaren. Ebenso wird zwar der *angehende* Künstler, aber nicht der *vollendete* geboren; sein Auge komme frisch auf die Welt, er habe glücklichen Blick für Gestalt, Proportion, Bewegung; aber für höhere Komposition, für Haltung, Licht, Schatten, Farben kann ihm die natürliche Anlage fehlen ohne daß er es gewahr wird.

---

470. Ist er nun nicht geneigt von höher ausgebildeten Künstlern der Vor- und Mitzeit das zu lernen was ihm fehlt um eigentlicher Künstler zu sein, so wird er im falschen Begriff von bewahrter Originalität hinter sich selbst zurückbleiben; denn nicht allein das was mit uns geboren ist, sondern auch das was wir erwerben können, gehört uns an und wir sind es.

471. Allgemeine Begriffe und großer Dünkel sind immer auf dem Wege entsetzliches Unglück anzurichten.

472. ›Blasen ist nicht flöten, ihr müßt die Finger bewegen.‹

473. Die Botaniker haben eine Pflanzenabteilung, die sie Incompletae nennen; man kann eben auch sagen, daß es inkomplette, unvollständige Menschen gibt. Es sind diejenigen deren Sehnsucht und Streben mit ihrem Tun und Leisten nicht proportioniert ist.

474. Der geringste Mensch kann komplett sein, wenn er sich innerhalb der Grenzen seiner Fähigkeiten und Fertigkeiten bewegt; aber selbst schöne *Vorzüge* werden verdunkelt, aufgehoben und vernichtet, wenn jenes unerläßlich geforderte Ebenmaß abgeht. Dieses Unheil wird sich in der neuern Zeit noch öfter hervortun; denn wer wird wohl den Forderungen einer durchaus gesteigerten Gegenwart und zwar in schnellster Bewegung genugtun können?

475. Nur klugtätige Menschen, die ihre Kräfte kennen und sie mit Maß und Gescheidigkeit benutzen, werden es im Weltwesen weit bringen.

---

476. Ein großer Fehler: daß man sich mehr dünkt als man ist und sich weniger schätzt als man wert ist.

---

477. Es begegnet mir von Zeit zu Zeit ein Jüngling an dem ich nichts verändert noch gebessert wünschte; nur macht mir bange, daß ich manchen vollkommen geeignet sehe, im Zeitstrom mit fortzuschwimmen, und hier ist's wo ich immerfort aufmerksam machen möchte: daß dem Menschen in seinem zerbrechlichen Kahn eben deshalb das Ruder in die Hand gegeben ist, damit er nicht der Willkür der Wellen, sondern dem Willen seiner Einsicht Folge leiste.

---

478. Wie soll nun aber ein junger Mann für sich selbst dahin gelangen, dasjenige für tadelnswert und schädlich anzusehen was jedermann treibt, billigt und fördert? warum soll er sich nicht und sein Naturell auch dahin gehen lassen?

---

479. Für das größte Unheil unserer Zeit, die nichts reif werden läßt, muß ich halten, daß man im nächsten Augenblick den vorhergehenden verspeist, den Tag im Tage vertut, und so immer aus der Hand in den Mund lebt, ohne irgend etwas vor sich zu bringen. Haben wir doch schon Blätter für sämtliche Tageszeiten! ein guter Kopf könnte wohl noch eins und das andere interkalieren. Dadurch wird alles was ein jeder tut, treibt, dichtet, ja was er vor hat, ins Öffentliche geschleppt. Niemand darf sich

freuen oder leiden als zum Zeitvertreib der übrigen; und so springt's von Haus zu Haus, von Stadt zu Stadt, von Reich zu Reich, und zuletzt von Weltteil zu Weltteil, alles veloziferisch.

---

480. So wenig nun die Dampfmaschinen zu dämpfen sind, so wenig ist dies auch im Sittlichen möglich; die Lebhaftigkeit des Handelns, das Durchrauschen des Papiergelds, das Anschwellen der Schulden, um Schulden zu bezahlen, das alles sind die ungeheuern Elemente, auf die gegenwärtig ein junger Mann gesetzt ist. Wohl ihm, wenn er von der Natur mit mäßigem, ruhigem Sinn begabt ist, um weder unverhältnismäßige Forderungen an die Welt zu machen, noch auch von ihr sich bestimmen zu lassen.

---

481. Aber in einem jeden Kreise bedroht ihn der Tagesgeist; und nichts ist nötiger als früh genug ihm die Richtung bemerklich zu machen, wohin sein Wille zu steuern hat.

---

482. Die Bedeutsamkeit der unschuldigsten Reden und Handlungen wächst mit den Jahren; und wen ich länger um mich sehe, den suche ich immerfort aufmerksam zu machen, welch ein Unterschied statt finde zwischen Aufrichtigkeit, Vertrauen und Indiskretion, ja daß eigentlich kein Unterschied sei, vielmehr nur ein leiser Übergang vom Unverfänglichsten zum Schädlichsten, welcher bemerkt oder vielmehr empfunden werden müsse.

---

483. Hierauf haben wir unsern Takt zu üben, sonst laufen wir Gefahr auf dem Wege, worauf wir uns die Gunst der Menschen erwarben, sie ganz unversehens wieder zu

verscherzen. Das begreift man wohl im Laufe des Lebens von selbst, aber erst nach bezahltem teuren Lehrgelde, das man leider seinen Nachkommenden nicht ersparen kann.

---

484. Das Verhältnis der Künste und Wissenschaften zum Leben ist nach Verhältnis der Stufen worauf sie stehen, nach Beschaffenheit der Zeiten und tausend andern Zufälligkeiten sehr verschieden; deswegen auch niemand darüber im Ganzen leicht klug werden kann.

484a (= 233). *Poesie* wirkt am meisten im Anfang der Zustände, sie seien nun ganz roh, halbkultiviert, oder bei Abänderung einer Kultur, beim Gewahrwerden einer fremden Kultur, daß man also sagen kann, die Wirkung der Neuheit findet durchaus statt.

---

485. *Musik* im besten Sinne bedarf weniger der Neuheit, ja vielmehr je älter sie ist, je gewohnter man sie ist, desto mehr wirkt sie.

---

486. Die Würde der Kunst erscheint bei der Musik vielleicht am eminentesten, weil sie keinen Stoff hat, der abgerechnet werden müßte. Sie ist ganz Form und Gehalt und erhöht und veredelt alles was sie ausdrückt.

---

487. Die Musik ist heilig oder profan. Das Heilige ist ihrer Würde ganz gemäß, und hier hat sie die größte Wirkung aufs Leben, welche sich durch alle Zeiten und Epochen gleich bleibt. Die profane sollte durchaus heiter sein.

---

488. Eine Musik die den heiligen und profanen Charakter vermischt ist gottlos, und eine halbschürige, welche schwache, jammervolle, erbärmliche Empfindungen auszudrücken Belieben findet, ist abgeschmackt. Denn sie ist nicht ernst genug, um heilig zu sein, und es fehlt ihr der Hauptcharakter des Entgegengesetzten: die Heiterkeit.

489. Die Heiligkeit der Kirchenmusiken, das Heitere und Neckische der Volksmelodien sind die beiden Angeln, um die sich die wahre Musik herumdreht. Auf diesen beiden Punkten beweist sie jederzeit eine unausbleibliche Wirkung: Andacht oder Tanz. Die Vermischung macht irre, die Verschwächung wird fade, und will die Musik sich an Lehrgedichte oder beschreibende und dergl. wenden, so wird sie kalt.

490. *Plastik* wirkt eigentlich nur auf ihrer höchsten Stufe; alles Mittlere kann wohl aus mehr denn Einer Ursache imponieren, aber alle mittleren Kunstwerke dieser Art machen mehr irre als daß sie erfreuen. Die Bildhauerkunst muß sich daher noch ein stoffartiges Interesse suchen, und das findet sie in den Bildnissen bedeutender Menschen. Aber auch hier muß sie schon einen hohen Grad erreichen, wenn sie zugleich wahr und würdig sein will.

491. Die *Malerei* ist die läßlichste und bequemste von allen Künsten. Die läßlichste, weil man ihr um des Stoffes und des Gegenstandes willen, auch da wo sie nur Handwerk oder kaum eine Kunst ist, vieles zu Gute hält und sich an ihr erfreut; teils weil eine technische obgleich geistlose Ausführung den Ungebildeten wie den Gebilde-

ten in Verwunderung setzt, so daß sie sich also nur einigermaßen zur Kunst zu steigern braucht, um in einem höheren Grade willkommen zu sein. Wahrheit in Farben, Oberflächen, in Beziehungen der sichtbaren Gegenstände auf einander, ist schon angenehm; und da das Auge ohnehin gewohnt ist alles zu sehen, so ist ihm eine Mißgestalt, und also auch ein Mißbild nicht so zuwider als dem Ohr ein Mißton. Man läßt die schlechteste Abbildung gelten, weil man noch schlechtere Gegenstände zu sehen gewohnt ist. Der Maler darf also nur einigermaßen Künstler sein, so findet er schon ein größeres Publikum als der Musiker, der auf gleichem Grade stünde; wenigstens kann der geringere Maler immer für sich operieren, anstatt daß der mindere Musiker sich mit anderen soziieren muß, um durch gesellige Leistung einigen Effekt zu tun.

492. Die Frage: ob man bei Betrachtung von Kunstleistungen vergleichen solle oder nicht, möchten wir folgendermaßen beantworten: Der ausgebildete Kenner soll vergleichen; denn ihm schwebt die Idee vor, er hat den Begriff gefaßt was geleistet werden könne und solle; der Liebhaber, auf dem Wege zur Bildung begriffen, fördert sich am besten wenn er nicht vergleicht, sondern jedes Verdienst einzeln betrachtet; dadurch bildet sich Gefühl und Sinn für das Allgemeinere nach und nach aus. Das Vergleichen der Unkenner ist eigentlich nur eine Bequemlichkeit, die sich gern des Urteils überheben möchte.

493. Wahrheitsliebe zeigt sich darin, daß man überall das Gute zu finden und zu schätzen weiß.

494. Ein historisches Menschengefühl heißt ein dergestalt gebildetes, daß es bei Schätzung gleichzeitiger Verdienste und Verdienstlichkeiten auch die Vergangenheit mit in Anschlag bringt.

495. Das Beste was wir von der Geschichte haben ist der Enthusiasmus den sie erregt.

496. Eigentümlichkeit ruft Eigentümlichkeit hervor.

497. Man muß bedenken, daß unter den Menschen gar viele sind, die doch auch etwas Bedeutendes sagen wollen ohne produktiv zu sein, und da kommen die wunderlichsten Dinge an den Tag.

498. Tief und ernstlich denkende Menschen haben gegen das Publikum einen bösen Stand.

499. Wenn ich die Meinung eines andern anhören will, so muß sie positiv ausgesprochen werden; problematisches hab' ich in mir selbst genug.

500. Der Aberglaube gehört zum Wesen des Menschen und flüchtet sich, wenn man ihn ganz und gar zu verdrängen denkt, in die wunderlichsten Ecken und Winkel, von wo er auf einmal, wenn er einigermaßen sicher zu sein glaubt, wieder hervortritt.

501. Wir würden gar vieles besser kennen, wenn wir es nicht zu genau erkennen wollten. Wird uns doch ein Ge-

genstand unter einem Winkel von fünf und vierzig Graden erst faßlich.

---

502. Mikroskope und Fernröhre verwirren eigentlich den reinen Menschensinn.

---

503. Ich schweige zu vielem still, denn ich mag die Menschen nicht irre machen, und bin wohl zufrieden, wenn sie sich freuen da wo ich mich ärgere.

---

504. Alles was unsern Geist befreit, ohne uns die Herrschaft über uns selbst zu geben, ist verderblich.

---

505. Das *Was* des Kunstwerks interessiert die Menschen mehr als das *Wie*; jenes können sie einzeln ergreifen, dieses im Ganzen nicht fassen. Daher kommt das Herausheben von Stellen, wobei zuletzt, wenn man wohl aufmerkt, die Wirkung der Totalität auch nicht ausbleibt, aber jedem unbewußt.

---

506. Die Frage: *woher hat's der Dichter?* geht auch nur aufs *Was*, vom *Wie* erfährt dabei niemand etwas.

---

507. Einbildungskraft wird nur durch Kunst, besonders durch Poesie geregelt. Es ist nichts fürchterlicher als Einbildungskraft ohne Geschmack.

---

508. Das Manierierte ist ein verfehltes Ideelle, ein subjektiviertes Ideelle; daher fehlt ihm das Geistreiche nicht leicht.

---

509. Der Philolog ist angewiesen auf die Kongruenz des Geschriebenüberlieferten. Ein Manuskript liegt zum Grunde, es finden sich in demselben wirkliche Lücken, Schreibfehler, die eine Lücke im Sinne machen, und was sonst alles an einem Manuskript zu tadeln sein mag. Nun findet sich eine zweite Abschrift, eine dritte; die Vergleichung derselben bewirkt immer mehr, das Verständige und Vernünftige der Überlieferung gewahr zu werden. Ja er geht weiter und verlangt von seinem innern Sinn, daß derselbe ohne äußere Hülfsmittel die Kongruenz des Abgehandelten immer mehr zu begreifen und darzustellen wisse. Weil nun hiezu ein besondrer Takt, eine besondre Vertiefung in seinen abgeschiedenen Autor nötig und ein gewisser Grad von Erfindungskraft gefordert wird, so kann man dem Philologen nicht verdenken, wenn er sich auch ein Urteil bei Geschmackssachen zutraut, welches ihm jedoch nicht immer gelingen wird.

---

510. Der Dichter ist angewiesen auf Darstellung. Das Höchste derselben ist, wenn sie mit der Wirklichkeit wetteifert, d.h. wenn ihre Schilderungen durch den Geist dergestalt lebendig sind, daß sie als gegenwärtig für jedermann gelten können. Auf ihrem höchsten Gipfel scheint die Poesie ganz äußerlich; jemehr sie sich ins Innere zurückzieht, ist sie auf dem Wege zu sinken. – Diejenige die nur das Innere darstellt, ohne es durch ein Äußeres zu verkörpern; oder ohne das Äußere durch das Innere durchfühlen zu lassen, sind beides die letzten Stufen, von welchen aus sie ins gemeine Leben hineintritt.

---

511. Die Redekunst ist angewiesen auf alle Vorteile der Poesie, auf alle ihre Rechte; sie bemächtigt sich derselben und mißbraucht sie, um gewisse äußere, sittliche oder un-

sittliche, augenblickliche Vorteile im bürgerlichen Leben zu erreichen.

---

512. Literatur ist das Fragment der Fragmente; das Wenigste dessen, was geschah und gesprochen worden, ward geschrieben, vom Geschriebenen ist das Wenigste übrig geblieben.

---

513. In natürlicher Wahrheit und Großheit, obgleich wild und unbehaglich ausgebildetes Talent ist Lord Byron, und deswegen kaum ein anderes ihm vergleichbar.

---

514. Eigentlichster Wert der sogenannten Volkslieder ist der, daß ihre Motive unmittelbar von der Natur genommen sind. Dieses Vorteils aber könnte der gebildete Dichter sich auch bedienen, wenn er es verstünde.

---

515. Hiebei aber haben jene immer das voraus, daß natürliche Menschen sich besser auf den Lakonismus verstehen als eigentlich Gebildete.

---

516. Shakespeare ist für aufkeimende Talente gefährlich zu lesen; er nötigt sie, ihn zu reproduzieren, und sie bilden sich ein, sich selbst zu produzieren.

---

517. Über Geschichte kann niemand urteilen als wer an sich selbst Geschichte erlebt hat. So geht es ganzen Nationen. Die Deutschen können erst über Literatur urteilen, seitdem sie selbst eine Literatur haben.

---

518. Man ist nur eigentlich lebendig, wenn man sich des Wohlwollens andrer freut.

519. Frömmigkeit ist kein Zweck, sondern ein Mittel, um durch die reinste Gemütsruhe zur höchsten Kultur zu gelangen.

520. Deswegen läßt sich bemerken, daß diejenigen welche Frömmigkeit als Zweck und Ziel aufstecken meistens Heuchler werden.

521. ›Wenn man alt ist, muß man mehr tun als da man jung war.‹

522. Erfüllte Pflicht empfindet sich immer noch als Schuld, weil man sich nie ganz genug getan.

523. Die Mängel erkennt nur der Lieblose; deshalb, um sie einzusehen, muß man auch lieblos werden, aber nicht mehr als hiezu nötig ist.

524. Das höchste Glück ist das, welches unsere Mängel verbessert und unsere Fehler ausgleicht.

525. Kannst du lesen, so sollst du verstehen; kannst du schreiben, so mußt du etwas wissen; kannst du glauben, so sollst du begreifen; wenn du begehrst, wirst du sollen; wenn du forderst wirst du nicht erlangen; und wenn du erfahren bist, sollst du nutzen.

526. Man erkennt niemand an als den der uns nutzt. Wir erkennen den Fürsten an, weil wir unter seiner Firma den Besitz gesichert sehen. Wir gewärtigen uns von ihm Schutz gegen äußere und innere widerwärtige Verhältnisse.

527. Der Bach ist dem Müller befreundet, dem er nutzt, und er stürzt gern über die Räder; was hilft es ihm, gleichgültig durchs Tal hinzuschleichen.

528. Wer sich mit reiner Erfahrung begnügt und darnach handelt, der hat wahres genug. Das heranwachsende Kind ist weise in diesem Sinne.

529. Die Theorie an und für sich ist nichts nütze, als in so fern sie uns an den Zusammenhang der Erscheinungen glauben macht.

530. Alles Abstrakte wird durch Anwendung dem Menschenverstand genähert, und so gelangt der Menschenverstand durch Handeln und Beobachten zur Abstraktion.

531. Wer zuviel verlangt, wer sich am Verwickelten erfreut, der ist den Verirrungen ausgesetzt.

532. Nach Analogien denken ist nicht zu schelten; die Analogie hat den Vorteil daß sie nicht abschließt und eigentlich nichts Letztes will; dagegen die Induktion verderblich ist, die einen vorgesetzten Zweck im Auge trägt und, auf denselben losarbeitend, Falsches und Wahres mit sich fortreißt.

533. *Gewöhnliches* Anschauen, richtige Ansicht der irdischen Dinge, ist ein Erbteil des allgemeinen Menschenverstandes.

Reines Anschauen des Äußern und Innern ist sehr selten.

---

534. Es äußert sich jenes im praktischen Sinn, im unmittelbaren Handeln; dieses symbolisch, vorzüglich durch Mathematik, in Zahlen und Formeln, durch Rede, uranfänglich, tropisch, als Poesie des Genies, als Sprichwörtlichkeit des Menschenverstandes.

---

535. Das Abwesende wirkt auf uns durch Überlieferung. Die gewöhnliche ist historisch zu nennen; eine höhere, der Einbildungskraft verwandte, ist mythisch. Sucht man hinter dieser noch etwas Drittes, irgend eine Bedeutung, so verwandelt sie sich in Mystik. Auch wird sie leicht sentimental, so daß wir uns nur was gemütlich ist aneignen.

---

536. Die Wirksamkeiten auf die wir achten müssen, wenn wir wahrhaft gefördert sein wollen, sind:

Vorbereitende,
Begleitende,
Mitwirkende,
Nachhelfende,
Fördernde,
Verstärkende,
Hindernde,
Nachwirkende.

---

537. Im Betrachten, wie im Handeln, ist das Zugängliche von dem Unzugänglichen zu unterscheiden; ohne dies läßt sich im Leben wie im Wissen wenig leisten.

538. ›Le sens commun est le Génie de l'humanité.‹

539. Der Gemein-Verstand, der als Genie der Menschheit gelten soll, muß vorerst in seinen Äußerungen betrachtet werden. Forschen wir wozu ihn die Menschheit benutzt, so finden wir folgendes:

Die Menschheit ist bedingt durch Bedürfnisse. Sind diese nicht befriedigt, so erweist sie sich ungeduldig; sind sie befriedigt, so erscheint sie gleichgültig. Der eigentliche Mensch bewegt sich also zwischen beiden Zuständen; und seinen Verstand, den sogenannten Menschenverstand wird er anwenden seine Bedürfnisse zu befriedigen; ist es geschehen, so hat er die Aufgabe, die Räume der Gleichgültigkeit auszufüllen. Beschränkt sich dieses in die nächsten und notwendigsten Grenzen, so gelingt es ihm auch. Erheben sich aber die Bedürfnisse, treten sie aus dem Kreise des Gemeinen heraus, so ist der Gemein-Verstand nicht mehr hinreichend, er ist kein Genius mehr, die Region des Irrtums ist der Menschheit aufgetan.

540. Es geschieht nichts Unvernünftiges, das nicht Verstand oder Zufall wieder in die Richte brächten; nichts Vernünftiges das Unverstand und Zufall nicht mißleiten könnten.

541. Jede große Idee, sobald sie in die Erscheinung tritt, wirkt tyrannisch; daher die Vorteile die sie hervorbringt, sich nur allzubald in Nachteile verwandeln. Man kann

deshalb eine jede Institution verteidigen und rühmen, wenn man an ihre Anfänge erinnert und darzutun weiß, daß alles was von ihr im Anfange gegolten, auch jetzt noch gelte.

---

542. Lessing, der mancherlei Beschränkung unwillig fühlte, läßt eine seiner Personen sagen: niemand muß müssen. Ein geistreicher frohgesinnter Mann sagte: wer will, der muß. Ein dritter, freilich ein Gebildeter, fügte hinzu: Wer einsieht, der will auch. Und so glaubte man den ganzen Kreis des Erkennens, Wollens und Müssens abgeschlossen zu haben. Aber im Durchschnitt bestimmt die Erkenntnis des Menschen, von welcher Art sie auch sei, sein Tun und Lassen; deswegen auch nichts schrecklicher ist, als die Unwissenheit handeln zu sehen.

---

543. Es gibt zwei friedliche Gewalten: das Recht und die Schicklichkeit.

---

544. Das Recht dringt auf Schuldigkeit, die Polizei aufs Geziemende. Das Recht ist abwägend und entscheidend, die Polizei überschauend und gebietend. Das Recht bezieht sich auf den Einzelnen, die Polizei auf die Gesamtheit.

---

545. Die Geschichte der Wissenschaften ist eine große Fuge, in der die Stimmen der Völker nach und nach zum Vorschein kommen.

---

546. Man kann in den Naturwissenschaften über manche Probleme nicht gehörig sprechen, wenn man die Me-

taphysik nicht zu Hülfe ruft; aber nicht jene Schul- und Wortweisheit; es ist dasjenige was vor, mit und nach der Physik war, ist und sein wird.

---

547. Autorität, daß nämlich etwas schon einmal geschehen, gesagt oder entschieden worden sei, hat großen Wert; aber nur der Pedant fordert überall Autorität.

---

548. Altes Fundament ehrt man, darf aber das Recht nicht aufgeben, irgendwo wieder einmal von vorn zu gründen.

---

549. Beharre wo du stehst! – Maxime, notwendiger als je, indem einerseits die Menschen in große Parteien gerissen werden; sodann aber auch jeder Einzelne nach individueller Einsicht und Vermögen sich geltend machen will.

---

550. Man tut immer besser, daß man sich grad ausspricht wie man denkt, ohne viel beweisen zu wollen: denn alle Beweise die wir vorbringen sind doch nur Variationen unserer Meinungen, und die Widriggesinnten hören weder auf das Eine noch auf das Andere.

---

551. Da ich mit der Naturwissenschaft, wie sie sich von Tag zu Tage vorwärts bewegt, immer mehr bekannt und verwandt werde, so dringt sich mir gar manche Betrachtung auf: über die Vor- und Rückschritte, die zu gleicher Zeit geschehen. Eines nur sei hier ausgesprochen: *daß wir sogar anerkannte Irrtümer aus der Wissenschaft nicht los werden.* Die Ursache hievon ist ein offenbares Geheimnis.

---

552. Einen Irrtum nenn' ich, wenn irgend ein Ereignis falsch ausgelegt, falsch angeknüpft, falsch abgeleitet wird. Nun ereignet sich aber im Gange des Erfahrens und Denkens, daß eine Erscheinung folgerecht angeknüpft, richtig abgeleitet wird. Das läßt man sich wohl gefallen, legt aber keinen besondern Wert darauf und läßt den Irrtum ganz ruhig daneben liegen; und ich kenne ein kleines Magazin von Irrtümern die man sorgfältig aufbewahrt.

---

553. Da nun den Menschen eigentlich nichts interessiert als seine Meinung, so sieht jedermann, der eine Meinung vorträgt, sich rechts und links nach Hülfsmitteln um, damit er sich und andere bestärken möge. Des Wahren bedient man sich so lange es brauchbar ist, aber leidenschaftlich rhetorisch ergreift man das Falsche, sobald man es für den Augenblick nutzen, damit, als einem Halbargumente, blenden, als mit einem Lückenbüßer das Zerstückelte scheinbar vereinigen kann. Dieses zu erfahren war mir erst ein Ärgernis, dann betrübte ich mich darüber, und nun macht es mir Schadenfreude. Ich habe mir das Wort gegeben ein solches Verfahren niemals wieder aufzudecken.

---

554. Jedes Existierende ist ein Analogon alles Existierenden; daher erscheint uns das Dasein immer zu gleicher Zeit gesondert und verknüpft. Folgt man der Analogie zu sehr, so fällt alles identisch zusammen; meidet man sie, so zerstreut sich alles ins Unendliche. In beiden Fällen stagniert die Betrachtung, einmal als überlebendig, das andere Mal als getötet.

---

555. Die Vernunft ist auf das Werdende, der Verstand auf das Gewordene angewiesen; jene bekümmert sich nicht: wozu? dieser fragt nicht: woher? – Sie erfreut sich am Entwickeln; er wünscht alles festzuhalten, damit er es nutzen könne.

556. Es ist eine Eigenheit dem Menschen angeboren und mit seiner Natur innigst verwebt; daß ihm zur Erkenntnis das Nächste nicht genügt; da doch jede Erscheinung die wir selbst gewahr werden, im Augenblick das Nächste ist, und wir von ihr fordern können, daß sie sich selbst erkläre, wenn wir kräftig in sie dringen.

557. Das werden aber die Menschen nicht lernen, weil es gegen ihre Natur ist; daher die Gebildeten es selbst nicht lassen können, wenn sie an Ort und Stelle irgend ein Wahres erkannt haben, es nicht nur mit dem Nächsten, sondern auch mit dem Weitesten und Fernsten zusammen zu hängen, woraus denn Irrtum über Irrtum entspringt. Das nahe Phänomen hängt aber mit dem fernen nur in dem Sinne zusammen, daß sich alles auf wenige große Gesetze bezieht die sich überall manifestieren.

558.

Was ist das Allgemeine?
Der einzelne Fall.
Was ist das Besondere?
Millionen Fälle.

559. Die Analogie hat zwei Verirrungen zu fürchten: einmal sich dem Witz hinzugeben, wo sie in Nichts zerfließt; die andere, sich mit Tropen und Gleichnissen zu umhüllen, welches jedoch weniger schädlich ist.

560. Weder Mythologie noch Legenden sind in der Wissenschaft zu dulden. Lasse man diese den Poeten, die berufen sind sie zu Nutz und Freude der Welt zu behandeln. Der wissenschaftliche Mann beschränke sich auf die nächste klarste Gegenwart. Wollte derselbe jedoch gelegentlich als Rhetor auftreten, so sei ihm jenes auch nicht verwehrt.

561. Um mich zu retten betrachte ich alle Erscheinungen als unabhängig von einander und suche sie gewaltsam zu isolieren; dann betrachte ich sie als Korrelate, und sie verbinden sich zu einem entschiedenen Leben. Dies bezieh' ich vorzüglich auf Natur; aber auch in Bezug auf die neueste um uns her bewegte Weltgeschichte ist diese Betrachtungsweise fruchtbar.

562. Alles was wir Erfinden, Entdecken im höheren Sinne nennen, ist die bedeutende Ausübung, Betätigung eines originalen Wahrheitsgefühles, das, im stillen längst ausgebildet, unversehens mit Blitzesschnelle zu einer fruchtbaren Erkenntnis führt. Es ist eine aus dem Innern am Äußern sich entwickelnde Offenbarung, die den Menschen seine Gottähnlichkeit vorahnen läßt. Es ist eine Synthese von Welt und Geist, welche von der ewigen Harmonie des Daseins die seligste Versicherung gibt.

563. Der Mensch muß bei dem Glauben verharren, daß das Unbegreifliche begreiflich sei; er würde sonst nicht forschen.

564. Begreiflich ist jedes Besondere das sich auf irgend eine Weise anwenden läßt. Auf diese Weise kann das Unbegreifliche nützlich werden.

565. Es gibt eine zarte Empirie, die sich mit dem Gegenstand innigst identisch macht, und dadurch zur eigentlichen Theorie wird. Diese Steigerung des geistigen Vermögens aber gehört einer hochgebildeten Zeit an.

566. Am widerwärtigsten sind die kricklichen Beobachter und grilligen Theoristen; ihre Versuche sind kleinlich und kompliziert, ihre Hypothesen abstrus und wunderlich.

567. Es gibt Pedanten, die zugleich Schelme sind, und das sind die allerschlimmsten.

568. Um zu begreifen daß der Himmel überall blau ist, braucht man nicht um die Welt zu reisen.

569. Das Allgemeine und Besondere fallen zusammen; das Besondere ist das Allgemeine, unter verschiedenen Bedingungen erscheinend.

570. Man braucht nicht alles selbst gesehen noch erlebt zu haben; willst du aber den andern und seinen Darstellungen vertrauen, so denke, daß du es nun mit dreien zu tun hast, mit dem Gegenstand und zwei Subjekten.

571. Grundeigenschaft der lebendigen Einheit: sich zu trennen, sich zu vereinen, sich ins Allgemeine zu ergehen, im Besondern zu verharren, sich zu verwandeln, sich zu spezifizieren, und wie das Lebendige unter tausend Bedingungen sich dartun mag, hervorzutreten und zu verschwinden, zu solideszieren und zu schmelzen, zu erstar-

ren und zu fließen, sich auszudehnen und sich zusammen zu ziehen. Weil nun alle diese Wirkungen im gleichen Zeitmoment zugleich vorgehen, so kann alles und jedes zu gleicher Zeit eintreten. Entstehen und Vergehen, Schaffen und Vernichten, Geburt und Tod, Freud und Leid, alles wirkt durch einander, in gleichem Sinn und gleicher Maße, deswegen denn auch das Besonderste, das sich ereignet, immer als Bild und Gleichnis des Allgemeinsten auftritt.

---

572. Ist das ganze Dasein ein ewiges Trennen und Verbinden, so folgt auch daß die Menschen im Betrachten des ungeheuren Zustandes auch bald trennen, bald verbinden werden.

---

573. Als getrennt muß sich darstellen: Physik von Mathematik. Jene muß in einer entschiedenen Unabhängigkeit bestehen und mit allen liebenden, verehrenden, frommen Kräften in die Natur und das heilige Leben derselben einzudringen suchen, ganz unbekümmert was die Mathematik von ihrer Seite leistet und tut. Diese muß sich dagegen unabhängig von allem Äußern erklären, ihren eigenen großen Geistesgang gehen und sich selber reiner ausbilden als es geschehen kann, wenn sie wie bisher sich mit dem Vorhandenen abgibt und diesem etwas abzugewinnen oder anzupassen trachtet.

---

574. In der Naturforschung bedarf es eines kategorischen Imperativs so gut als im Sittlichen! nur bedenke man, daß man dadurch nicht am Ende, sondern erst am Anfang ist.

---

575. Das Höchste wäre, zu begreifen, daß alles Faktische schon Theorie ist. Die Bläue des Himmels offenbart uns das Grundgesetz der Chromatik. Man suche nur nichts hinter den Phänomenen; sie selbst sind die Lehre.

576. In den Wissenschaften ist viel Gewisses, sobald man sich von den Ausnahmen nicht irre machen läßt und die Probleme zu ehren weiß.

577. Wenn ich mich beim Urphänomen zuletzt beruhige, so ist es doch auch nur Resignation; aber es bleibt ein großer Unterschied, ob ich mich an den Grenzen der Menschheit resigniere oder innerhalb einer hypothetischen Beschränktheit meines bornierten Individuums.

578. Wenn man die Probleme des Aristoteles ansieht, so erstaunt man über die Gabe des Bemerkens und für was alles die Griechen Augen gehabt haben. Nur begehen sie den Fehler der Übereilung, da sie von dem Phänomen unmittelbar zur Erklärung schreiten, wodurch denn ganz unzulängliche theoretische Aussprüche zum Vorschein kommen. Dieses ist jedoch der allgemeine Fehler der noch heut zu Tage begangen wird.

579. Hypothesen sind Wiegenlieder womit der Lehrer seine Schüler einlullt; der denkende treue Beobachter lernt immer mehr seine Beschränkung kennen, er sieht, je weiter sich das Wissen ausbreitet, desto mehr Probleme kommen zum Vorschein.

580. Unser Fehler besteht darin, daß wir am Gewissen zweifeln und das Ungewisse fixieren möchten. Meine Ma-

xime bei der Naturforschung ist: das Gewisse festzuhalten und dem Ungewissen aufzupassen.

---

581. Läßliche Hypothese nenn' ich eine solche, die man gleichsam schalkhaft aufstellt, um sich von der ernsthaften Natur widerlegen zu lassen.

---

582. Wie wollte einer als Meister in seinem Fach erscheinen, wenn er nichts Unnützes lehrte.

---

583. Das Närrische ist, daß jeder glaubt überliefern zu müssen was man gewußt zu haben glaubt.

---

584. Weil zum didaktischen Vortrag Gewißheit verlangt wird, indem der Schüler nichts Unsicheres überliefert haben will, so darf der Lehrer kein Problem stehen lassen und sich etwa in einiger Entfernung da herumbewegen. Gleich muß etwas bestimmt sein, (bepaalt sagt der Holländer) und nun glaubt man eine Weile den unbekannten Raum zu besitzen bis ein anderer die Pfähle wieder ausreißt, und sogleich enger oder weiter abermals wieder bepfählt.

---

585. Lebhafte Frage nach der Ursache, Verwechselung von Ursache und Wirkung, Beruhigung in einer falschen Theorie sind von großer nicht zu entwickelnder Schädlichkeit.

---

586. Wenn mancher sich nicht verpflichtet fühlte das Unwahre zu wiederholen, weil er's einmal gesagt hat, so wären es ganz andre Leute geworden.

---

587. Das Falsche hat den Vorteil, daß man immer darüber schwätzen kann, das Wahre muß gleich genutzt werden sonst ist es nicht da.

588. Wer nicht einsieht wie das Wahre praktisch erleichtert, mag gern daran mäkeln und häkeln, damit er nur sein irriges mühseliges Treiben einigermaßen beschönigen könne.

589. Die Deutschen, und sie nicht allein, besitzen die Gabe die Wissenschaften unzugänglich zu machen.

590. Der Engländer ist Meister das Entdeckte gleich zu nutzen, bis es wieder zu neuer Entdeckung und frischer Tat führt. Man frage nun, warum sie uns überall voraus sind?

591. Der denkende Mensch hat die wunderliche Eigenschaft, daß er an die Stelle, wo das unaufgelöste Problem liegt, gerne ein Phantasiebild hinfabelt, das er nicht los werden kann, wenn das Problem auch aufgelöst und die Wahrheit am Tage ist.

592. Es gehört eine eigene Geisteswendung dazu, um das gestaltlose Wirkliche in seiner eigensten Art zu fassen und es von Hirngespinsten zu unterscheiden, die sich denn doch auch mit einer gewissen Wirklichkeit lebhaft aufdringen.

593. Bei Betrachtung der Natur im Großen wie im Kleinen hab' ich unausgesetzt die Frage gestellt: Ist es der Ge-

genstand oder bist du es, der sich hier ausspricht? Und in diesem Sinne betrachtete ich auch Vorgänger und Mitarbeiter.

594. Ein jeder Mensch sieht die fertige und geregelte, gebildete, vollkommene Welt doch nur als ein Element an, woraus er sich eine besondere ihm angemessene Welt zu erschaffen bemüht ist. Tüchtige Menschen ergreifen sie ohne Bedenken und suchen damit, wie es gehen will, zu gebaren; andere zaudern an ihr herum; einige zweifeln sogar an ihrem Dasein.

Wer sich von dieser Grundwahrheit recht durchdrungen fühlte, würde mit niemanden streiten, sondern nur die Vorstellungsart eines andern wie seine eigene als ein Phänomen betrachten. Denn wir erfahren fast täglich, daß der eine mit Bequemlichkeit denken mag, was dem andern zu denken unmöglich ist, und zwar nicht etwa in Dingen die auf Wohl und Wehe nur irgend einen Einfluß hätten, sondern in Dingen, die für uns völlig gleichgültig sind.

595. Man weiß eigentlich das was man weiß nur für sich selbst. Spreche ich mit einem andern von dem was ich zu wissen glaube, unmittelbar glaubt er's besser zu wissen, und ich muß mit meinem Wissen immer wieder in mich selbst zurückkehren.

596. Das Wahre fördert; aus dem Irrtum entwickelt sich nichts, er verwickelt es nur.

597. Der Mensch findet sich mitten unter Wirkungen und kann sich nicht enthalten nach den Ursachen zu fra-

gen; als ein bequemes Wesen greift er nach der nächsten als der besten und beruhigt sich dabei; besonders ist dies die Art des allgemeinen Menschenverstandes.

---

598. Sieht man ein Übel, so wirkt man unmittelbar darauf, d. h. man kuriert unmittelbar aufs Symptom los.

---

599. Die Vernunft hat nur über das Lebendige Herrschaft; die entstandene Welt, mit der sich die Geognosie abgibt, ist tot. Daher kann es keine Geologie geben, denn die Vernunft hat hier nichts zu tun.

---

600. Wenn ich ein zerstreutes Gerippe finde, so kann ich es zusammenlesen und aufstellen; denn hier spricht die ewige Vernunft durch ein Analogon zu mir, und wenn es das Riesenfaultier wäre.

---

601. Was nicht mehr entsteht, können wir uns als entstehend nicht denken! das Entstandene begreifen wir nicht.

---

602. Der allgemeine neuere Vulkanismus ist eigentlich ein kühner Versuch, die gegenwärtige unbegreifliche Welt an eine vergangene unbekannte zu knüpfen.

---

603. Gleiche oder wenigstens ähnliche Wirkungen werden auf verschiedene Weise durch Naturkräfte hervorgebracht.

---

604. Nichts ist widerwärtiger als die Majorität: denn sie besteht aus wenigen kräftigen Vorgängern, aus Schelmen die sich akkommodieren, aus Schwachen die sich assimilieren, und der Masse, die nachtrollt, ohne nur im mindesten zu wissen was sie will.

605. Die Mathematik ist, wie die Dialektik, ein Organ des inneren höheren Sinnes, in der Ausübung ist sie eine Kunst wie die Beredsamkeit. Für beide hat nichts Wert als die Form; der Gehalt ist ihnen gleichgültig. Ob die Mathematik Pfennige oder Guineen berechne, die Rhetorik Wahres oder Falsches verteidige, ist beiden vollkommen gleich.

606. Hier aber kommt es nun auf die Natur des Menschen an, der ein solches Geschäft betreibt, eine solche Kunst ausübt. Ein durchgreifender Advokat in einer gerechten Sache, ein durchdringender Mathematiker vor dem Sternenhimmel, erscheinen beide gleich gottähnlich.

607. Was ist an der Mathematik exakt als die Exaktheit? Und diese, ist sie nicht eine Folge des innern Wahrheitsgefühls?

608. Die Mathematik vermag kein Vorurteil wegzuheben, sie kann den Eigensinn nicht lindern, den Parteigeist nicht beschwichtigen, nichts von allem Sittlichen vermag sie.

609. Der Mathematiker ist nur in sofern vollkommen, als er ein vollkommener Mensch ist, als er das Schöne des Wahren in sich empfindet; dann erst wird er gründlich, durchsichtig, umsichtig, rein, klar, anmutig, ja elegant wirken. Das alles gehört dazu um La Grange ähnlich zu werden.

---

610. Nicht die Sprache an und für sich ist richtig, tüchtig, zierlich, sondern der Geist ist es der sich darin verkörpert; und so kommt es nicht auf einen jeden an, ob er seinen Rechnungen, Reden oder Gedichten die wünschenswerten Eigenschaften verleihen will; es ist die Frage, ob ihm die Natur hiezu die geistigen und sittlichen Eigenschaften verliehen hat. Die geistigen: das Vermögen der An- und Durchschauung, die sittlichen: daß er die bösen Dämonen ablehne, die ihn hindern könnten dem Wahren die Ehre zu geben.

---

611. Das Einfache durch das Zusammengesetzte, das Leichte durch das Schwierige erklären zu wollen, ist ein Unheil das in dem ganzen Körper der Wissenschaft verteilt ist, von den Einsichtigen wohl anerkannt, aber nicht überall eingestanden.

---

612. Man sehe die Physik genau durch, und man wird finden, daß die Phänomene, so wie die Versuche, worauf sie gebaut ist, verschiedenen Wert haben.

---

613. Auf die primären, die Urversuche, kommt alles an, und das Kapitel, das hierauf gebaut ist, steht sicher und fest; aber es gibt auch sekundäre, tertiäre u. s. w. Gesteht man diesen das gleiche Recht zu, so verwirren sie nur das was von den ersten aufgeklärt war.

---

614. Ein großes Übel in den Wissenschaften, ja überall, entsteht daher, daß Menschen, die kein Ideenvermögen haben, zu theoretisieren sich vermessen, weil sie nicht begreifen, daß noch so vieles Wissen hiezu nicht berechtigt. Sie gehen im Anfange wohl mit einem löblichen Menschenverstand zu Werke, dieser aber hat seine Grenzen, und wenn er sie überschreitet kommt er in Gefahr absurd zu werden. Des Menschenverstandes angewiesenes Gebiet und Erbteil ist der Bezirk des Tuns und Handelns. Tätig wird er sich selten verirren; das höhere Denken, Schließen und Urteilen jedoch ist nicht seine Sache.

---

615. Die Erfahrung nutzt erst der Wissenschaft, sodann schadet sie, weil die Erfahrung Gesetz und Ausnahme gewahr werden läßt. Der Durchschnitt von beiden gibt keineswegs das Wahre.

---

616. Man sagt: zwischen zwei entgegengesetzten Meinungen liege die Wahrheit mitten inne. Keineswegs! Das Problem liegt dazwischen, das Unschaubare, das ewig tätige Leben in Ruhe gedacht.

AUS WILHELM MEISTERS WANDERJAHREN

1829

Aus Makariens Archiv

617. Die Geheimnisse der Lebenspfade darf und kann man nicht offenbaren; es gibt Steine des Anstoßes über die ein jeder Wanderer stolpern muß. Der Poet aber deutet auf die Stelle hin.

618. Es wäre nicht der Mühe wert siebzig Jahr alt zu werden, wenn alle Weisheit der Welt Torheit wäre vor Gott.

619. Das Wahre ist gottähnlich; es erscheint nicht unmittelbar, wir müssen es aus seinen Manifestationen erraten.

620. Der echte Schüler lernt aus dem Bekannten das Unbekannte entwickeln und nähert sich dem Meister.

621. Aber die Menschen vermögen nicht leicht aus dem Bekannten das Unbekannte zu entwickeln; denn sie wissen nicht daß ihr Verstand eben solche Künste wie die Natur treibt.

622. Denn die Götter lehren uns ihr eigenstes Werk nachahmen; doch wissen wir nur was wir tun, erkennen aber nicht was wir nachahmen.

623. Alles ist gleich, alles ungleich, alles nützlich und schädlich, sprechend und stumm, vernünftig und unvernünftig. Und was man von einzelnen Dingen bekennt, widerspricht sich öfters.

624. Denn das Gesetz haben die Menschen sich selbst auferlegt, ohne zu wissen über was sie Gesetze gaben; aber die Natur haben alle Götter geordnet.

625. Was nun die Menschen gesetzt haben das will nicht passen, es mag recht oder unrecht sein; was aber die Götter setzen das ist immer am Platz, recht oder unrecht.

626. Ich aber will zeigen, daß die bekannten Künste der Menschen natürlichen Begebenheiten gleich sind, die offenbar oder geheim vorgehen.

627. Von der Art ist die Weissagekunst. Sie erkennet aus dem Offenbaren das Verborgene, aus dem Gegenwärtigen das Zukünftige, aus dem Toten das Lebendige, und den Sinn des Sinnlosen.

628. So erkennt der Unterrichtete immer recht die Natur des Menschen; und der Ununterrichtete sieht sie bald so bald so an, und jeder ahmt sie nach seiner Weise nach.

629. Wenn ein Mann mit einem Weibe zusammentrifft und ein Knabe entsteht, so wird aus etwas Bekanntem ein Unbekanntes. Dagegen wenn der dunkle Geist des Knaben die deutlichen Dinge in sich aufnimmt, so wird er zum Mann und lernt aus dem Gegenwärtigen das Zukünftige erkennen.

630. Das Unsterbliche ist nicht dem sterblichen Lebenden zu vergleichen, und doch ist auch das bloß Lebende verständig. So weiß der Magen recht gut, wenn er hungert und durstet.

631. So verhält sich die Wahrsagekunst zur menschlichen Natur. Und beide sind dem Einsichtsvollen immer recht; dem Beschränkten aber erscheinen sie bald so bald so.

632. In der Schmiede erweicht man das Eisen, indem man das Feuer anbläst und dem Stabe seine überflüssige Nahrung nimmt; ist er aber rein geworden, dann schlägt man ihn und zwingt ihn, und durch die Nahrung eines fremden Wassers wird er wieder stark. Das widerfährt auch dem Menschen von seinem Lehrer.

633. Da wir überzeugt sind daß derjenige der die intellektuelle Welt beschaut und des wahrhaften Intellekts Schönheit gewahr wird, auch wohl ihren Vater, der über allen Sinn erhaben ist, bemerken könne, so versuchen wir denn nach Kräften einzusehen, und für uns selbst auszudrücken – insofern sich dergleichen deutlich machen läßt – auf welche Weise wir die Schönheit des Geistes und der Welt anzuschauen vermögen.

634. Nehmet an daher: zwei steinerne Massen seien neben einander gestellt, deren eine roh und ohne künstliche Bearbeitung geblieben, die andere aber durch die Kunst zur Statue, einer menschlichen oder göttlichen, ausgebildet worden. Wäre es eine göttliche, so möchte sie eine Grazie oder Muse vorstellen, wäre es eine menschliche, so

dürfte es nicht ein besonderer Mensch sein, vielmehr irgend einer den die Kunst aus allem Schönen versammelte.

---

635. Euch wird aber der Stein, der durch die Kunst zur schönen Gestalt gebracht worden, alsobald schön erscheinen; doch nicht weil er Stein ist, denn sonst würde die andere Masse gleichfalls für schön gelten, sondern daher daß er eine Gestalt hat, welche die Kunst ihm erteilte.

---

636. Die Materie aber hatte eine solche Gestalt nicht, sondern diese war in dem Ersinnenden früher als sie zum Stein gelangte. Sie war jedoch in dem Künstler nicht weil er Augen und Hände hatte, sondern weil er mit der Kunst begabt war.

---

637. Also war in der Kunst noch eine weit größere Schönheit; denn nicht die Gestalt die in der Kunst ruhet gelangt in den Stein, sondern dorten bleibt sie und es gehet indessen eine andere geringere hervor, die nicht rein in sich selbst verharret, noch auch wie sie der Künstler wünschte, sondern insofern der Stoff der Kunst gehorchte.

---

638. Wenn aber die Kunst dasjenige was sie ist und besitzt auch hervorbringt, und das Schöne nach der Vernunft hervorbringt, nach welcher sie immer handelt, so ist sie fürwahr diejenige die mehr und wahrer eine größere und trefflichere Schönheit der Kunst besitzt, vollkommener als alles was nach außen hervortritt.

---

639. Denn indem die Form, in die Materie hervorschreitend, schon ausgedehnt wird, so wird sie schwächer als jene welche in Einem verharret. Denn was in sich eine Entfernung erduldet, tritt von sich selbst weg: Stärke von Stärke, Wärme von Wärme, Kraft von Kraft; so auch Schönheit von Schönheit. Daher muß das Wirkende trefflicher sein als das Gewirkte. Denn nicht die Urmusik macht den Musiker, sondern die Musik, und die übersinnliche Musik bringt die Musik in sinnlichem Ton hervor.

640. Wollte aber jemand die Künste verachten weil sie der Natur nachahmen, so läßt sich darauf antworten, daß die Naturen auch manches Andere nachahmen; daß ferner die Künste nicht das geradezu nachahmen was man mit Augen siehet, sondern auf jenes Vernünftige zurückgehen aus welchem die Natur bestehet und wornach sie handelt.

641. Ferner bringen auch die Künste vieles aus sich selbst hervor und fügen anderseits manches hinzu was der Vollkommenheit abgehet, indem sie die Schönheit in sich selbst haben. So konnte Phidias den Gott bilden, ob er gleich nichts sinnlich Erblickliches nachahmte, sondern sich einen solchen in den Sinn faßte wie Zeus selbst erscheinen würde, wenn er unsern Augen begegnen möchte.

642. Man kann den Idealisten alter und neuer Zeit nicht verargen, wenn sie so lebhaft auf Beherzigung des Einen dringen woher alles entspringt und worauf alles wieder zurückzuführen wäre. Denn freilich ist das belebende und ordnende Prinzip in der Erscheinung dergestalt bedrängt, daß es sich kaum zu retten weiß. Allein wir verkürzen uns

an der andern Seite wieder, wenn wir das Formende und die höhere Form selbst in eine vor unserm äußern und innern Sinn verschwindende Einheit zurückdrängen.

643. Wir Menschen sind auf Ausdehnung und Bewegung angewiesen; diese beiden allgemeinen Formen sind es, in welchen sich alle übrigen Formen, besonders die sinnlichen, offenbaren. Eine geistige Form wird aber keineswegs verkürzt, wenn sie in der Erscheinung hervortritt, vorausgesetzt daß ihr Hervortreten eine wahre Zeugung, eine wahre Fortpflanzung sei. Das Gezeugte ist nicht geringer als das Zeugende, ja es ist der Vorteil lebendiger Zeugung, daß das Gezeugte vortrefflicher sein kann als das Zeugende.

644. Dieses weiter auszuführen und vollkommen anschaulich, ja was mehr ist durchaus praktisch zu machen, würde von wichtigem Belang sein. Eine umständliche folgerechte Ausführung aber möchte den Hörern übergroße Aufmerksamkeit zumuten.

645. Was einem angehört wird man nicht los und wenn man es wegwürfe.

646. Die neueste Philosophie unserer westlichen Nachbarn gibt ein Zeugnis, daß der Mensch, er gebärde sich wie er wolle, und so auch ganze Nationen, immer wieder zum Angebornen zurückkehren. Und wie wollte das anders sein, da ja dieses seine Natur und Lebensweise bestimmt.

647. Die Franzosen haben dem Materialismus entsagt und den Uranfängen etwas mehr Geist und Leben zuerkannt; sie haben sich vom Sensualismus losgemacht und den Tiefen der menschlichen Natur eine Entwickelung aus sich selbst eingestanden, sie lassen in ihr eine produktive Kraft gelten und suchen nicht alle Kunst aus Nachahmung eines gewahrgewordenen Äußern zu erklären. In solchen Richtungen mögen sie beharren.

648. Eine eklektische Philosophie kann es nicht geben, wohl aber eklektische Philosophen.

649. Ein Eklektiker aber ist ein jeder, der aus dem was ihn umgibt, aus dem was sich um ihn ereignet, sich dasjenige aneignet was seiner Natur gemäß ist; und in diesem Sinne gilt alles was Bildung und Fortschreitung heißt, theoretisch oder praktisch genommen.

650. Zwei eklektische Philosophen könnten demnach die größten Widersacher werden, wenn sie, antagonistisch geboren, jeder von seiner Seite sich aus allen überlieferten Philosophien dasjenige aneignete was ihm gemäß wäre. Sehe man doch nur um sich her, so wird man immer finden, daß jeder Mensch auf diese Weise verfährt und deshalb nicht begreift, warum er andere nicht zu seiner Meinung bekehren kann.

651. Besieht man es genauer, so findet sich, daß dem Geschichtschreiber selbst die Geschichte nicht leicht historisch wird: denn der jedesmalige Schreiber schreibt immer nur so als wenn er damals selbst dabei gewesen wäre; nicht aber was vormals war und damals bewegte.

Der Chronikenschreiber selbst deutet nur mehr oder weniger auf die Beschränktheit, auf die Eigenheiten seiner Stadt, seines Klosters wie seines Zeitalters.

---

652. Sogar ist es selten, daß jemand im höchsten Alter sich selbst historisch wird, und daß ihm die Mitlebenden historisch werden, so daß er mit niemanden mehr kontrovertieren mag noch kann.

---

653. Verschiedene Sprüche der Alten, die man sich öfters zu wiederholen pflegt, hatten eine ganz andere Bedeutung, als man ihnen in späteren Zeiten geben möchte.

---

654. Das Wort: Es solle keiner mit der Geometrie Unbekannter, der Geometrie Fremder, in die Schule des Philosophen treten, heißt nicht etwa: Man solle ein Mathematiker sein, um ein Weltweiser zu werden.

---

655. Geometrie ist hier in ihren ersten Elementen gedacht, wie sie uns im Euklid vorliegt und wie wir sie einen jeden Anfänger beginnen lassen. Alsdann aber ist sie die vollkommenste Vorbereitung, ja Einleitung in die Philosophie.

---

656. Wenn der Knabe zu begreifen anfängt, daß einem sichtbaren Punkte ein unsichtbarer vorhergehen müsse, daß der nächste Weg zwischen zwei Punkten schon als Linie gedacht werde, ehe sie mit dem Bleistift aufs Papier gezogen wird, so fühlt er einen gewissen Stolz, ein Behagen. Und nicht mit Unrecht; denn ihm ist die Quelle alles Denkens aufgeschlossen, Idee und Verwirklichtes, poten-

tia et actu, ist ihm klar geworden; der Philosoph entdeckt ihm nichts Neues, dem Geometer war von seiner Seite der Grund alles Denkens aufgegangen.

---

657. Nehmen wir sodann das bedeutende Wort vor: *Erkenne dich selbst*, so müssen wir es nicht im asketischen Sinne auslegen. Es ist keineswegs die Heautognosie unserer modernen Hypochondristen, Humoristen und Heautontimorumenen damit gemeint; sondern es heißt ganz einfach: Gib einigermaßen Acht auf dich selbst, nimm Notiz von dir selbst, damit du gewahr werdest, wie du zu deines Gleichen und der Welt zu stehen kommst. Hiezu bedarf es keiner psychologischen Quälereien; jeder tüchtige Mensch weiß und erfährt was es heißen soll; es ist ein guter Rat der einem jeden praktisch zum größten Vorteil gedeiht.

---

658. Man denke sich das Große der Alten, vorzüglich der Sokratischen Schule, daß sie Quelle und Richtschnur alles Lebens und Tuns vor Augen stellt, nicht zu leerer Spekulation, sondern zu Leben und Tat auffordert.

---

659. Wenn nun unser Schulunterricht immer auf das Altertum hinweist, das Studium der griechischen und lateinischen Sprache fördert, so können wir uns Glück wünschen, daß diese zu einer höheren Kultur so nötigen Studien niemals rückgängig werden.

---

660. Wenn wir uns dem Altertum gegenüber stellen und es ernstlich in der Absicht anschauen, uns daran zu bilden, so gewinnen wir die Empfindung, als ob wir erst eigentlich zu Menschen würden.

---

661. Der Schulmann, indem er Lateinisch zu schreiben und zu sprechen versucht, kommt sich höher und vornehmer vor, als er sich in seinem Alltagsleben dünken darf.

---

662. Der für dichterische und bildnerische Schöpfungen empfängliche Geist fühlt sich, dem Altertum gegenüber, in den anmutigstideellen Naturzustand versetzt; und noch auf den heutigen Tag haben die Homerischen Gesänge die Kraft, uns wenigstens für Augenblicke von der furchtbaren Last zu befreien, welche die Überlieferung von mehrern tausend Jahren auf uns gewälzt hat.

---

663. Wie Sokrates den sittlichen Menschen zu sich berief, damit dieser ganz einfach einigermaßen über sich selbst aufgeklärt würde, so traten Plato und Aristoteles gleichfalls als befugte Individuen vor die Natur; der eine mit Geist und Gemüt sich ihr anzueignen, der andere mit Forscherblick und Methode sie für sich zu gewinnen. Und so ist denn auch jede Annäherung, die sich uns im Ganzen und Einzelnen an diese dreie möglich macht, das Ereignis was wir am freudigsten empfinden und was unsere Bildung zu befördern sich jederzeit kräftig erweist.

---

664. Um sich aus der grenzenlosen Vielfachheit, und Zerstückelung und Verwickelung der modernen Naturlehre wieder ins Einfache zu retten, muß man sich immer die Frage vorlegen: Wie würde sich Plato gegen die Natur, wie sie uns jetzt in ihrer größeren Mannigfaltigkeit, bei aller gründlichen Einheit, erscheinen mag, benommen haben?

---

665. Denn wir glauben überzeugt zu sein, daß wir auf demselben Wege bis zu den letzten Verzweigungen der Erkenntnis organisch gelangen, und von diesem Grund aus die Gipfel eines jeden Wissens uns nach und nach aufbauen und befestigen können. Wie uns hiebei die Tätigkeit des Zeitalters fördert und hindert, ist freilich eine Untersuchung die wir jeden Tag anstellen müssen, wenn wir nicht das Nützliche abweisen und das Schädliche aufnehmen wollen.

---

666. Man rühmt das achtzehnte Jahrhundert daß es sich hauptsächlich mit Analyse abgegeben; dem neunzehnten bleibt nun die Aufgabe: die falschen obwaltenden Synthesen zu entdecken und deren Inhalt aufs neue zu analysieren.

---

667. Es gibt nur zwei wahre Religionen, die eine, die das Heilige, das in und um uns wohnt, ganz formlos, die andere die es in der schönsten Form anerkennt und anbetet. Alles was dazwischen liegt ist Götzendienst.

---

668. Es ist nicht zu leugnen, daß der Geist sich durch die Reformation zu befreien suchte; die Aufklärung über griechisches und römisches Altertum brachte den Wunsch, die Sehnsucht nach einem freieren anständigeren und geschmackvolleren Leben hervor. Sie wurde aber nicht wenig dadurch begünstigt, daß das Herz in einen gewissen einfachen Naturstand zurückzukehren und die Einbildungskraft sich zu konzentrieren trachtete.

---

669. Aus dem Himmel wurden auf einmal alle Heiligen vertrieben, und von einer göttlichen Mutter mit einem

zarten Kinde, Sinne, Gedanken, Gemüt auf den Erwachsenen, sittlich Wirkenden, ungerecht Leidenden gerichtet, welcher später als Halbgott verklärt, als wirklicher Gott anerkannt und verehrt wurde.

670. Er stand vor einem Hintergrunde, wo der Schöpfer das Weltall ausgebreitet hatte; von ihm ging eine geistige Wirkung aus, seine Leiden eignete man sich als Beispiel zu und seine Verklärung war das Pfand für eine ewige Dauer.

671. So wie der Weihrauch einer Kohle Leben erfrischet, so erfrischet das Gebet die Hoffnungen des Herzens.

672. Ich bin überzeugt, daß die Bibel immer schöner wird, je mehr man sie versteht, d.h. je mehr man einsieht und anschaut, daß jedes Wort, das wir allgemein auffassen und im Besondern auf uns anwenden, nach gewissen Umständen, nach Zeit- und Ortsverhältnissen einen eigenen, besondern, unmittelbar individuellen Bezug gehabt hat.

673. Genau besehen haben wir uns noch alle Tage zu reformieren und gegen andere zu protestieren, wenn auch nicht in religiösem Sinne.

674. Wir haben das unabweichliche täglich zu erneuernde grundernstliche Bestreben: das Wort mit dem Empfundenen, Geschauten, Gedachten, Erfahrenen, Imaginierten, Vernünftigen, möglichst unmittelbar zusammentreffend zu erfassen.

675. Jeder prüfe sich und er wird finden, daß dies viel schwerer sei als man denken möchte; denn leider sind dem Menschen die Worte gewöhnlich Surrogate; er denkt und weiß es meistenteils besser als er sich ausspricht.

676. Verharren wir aber in dem Bestreben: das Falsche, Ungehörige, Unzulängliche, was sich in uns und andern entwickeln oder einschleichen könnte, durch Klarheit und Redlichkeit auf das möglichste zu beseitigen.

677. Mit den Jahren steigern sich die Prüfungen.

678. Wo ich aufhören muß sittlich zu sein habe ich keine Gewalt mehr.

679. Zensur und Preßfreiheit werden immerfort mit einander kämpfen. Zensur fordert und übt der Mächtige, Preßfreiheit verlangt der Mindere. Jener will weder in seinen Planen noch seiner Tätigkeit durch vorlautes widersprechendes Wesen gehindert, sondern gehorcht sein; jene wollten ihre Gründe aussprechen den Ungehorsam zu legitimieren. Dieses wird man überall geltend finden.

680. Doch muß man auch hier bemerken, daß der Schwächere, der leidende Teil, gleichfalls auf seine Weise die Preßfreiheit zu unterdrücken sucht, und zwar in dem Falle, wenn er konspiriert und nicht verraten sein will.

681. Man wird nie betrogen, man betriegt sich selbst.

682. Wir brauchen in unserer Sprache ein Wort, das, wie Kindheit sich zu Kind verhält, so das Verhältnis Volkheit zum Volke ausdrückt. Der Erzieher muß die Kindheit hören, nicht das Kind. Der Gesetzgeber und Regent die Volkheit, nicht das Volk. Jene spricht immer dasselbe aus, ist vernünftig, beständig, rein und wahr. Dieses weiß niemals für lauter Wollen was es will. Und in diesem Sinne soll und kann das Gesetz der allgemein ausgesprochene Wille der Volkheit sein, ein Wille den die Menge niemals ausspricht, den aber der Verständige vernimmt, und den der Vernünftige zu befriedigen weiß, und der Gute gern befriedigt.

683. Welches Recht wir zum Regiment haben, darnach fragen wir nicht – wir regieren. Ob das Volk ein Recht habe uns abzusetzen darum bekümmern wir uns nicht – wir hüten uns nur daß es nicht in Versuchung komme es zu tun.

684. Wenn man den Tod abschaffen könnte, dagegen hätten wir nichts; die Todesstrafen abzuschaffen wird schwer halten. Geschieht es, so rufen wir sie gelegentlich wieder zurück.

685. Wenn sich die Sozietät des Rechtes begibt die Todesstrafe zu verfügen, so tritt die Selbsthülfe unmittelbar wieder hervor, die Blutrache klopft an die Türe.

686. Alle Gesetze sind von Alten und Männern gemacht. Junge und Weiber wollen die Ausnahme, Alte die Regel.

687. Der Verständige regiert nicht, aber der Verstand; nicht der Vernünftige, sondern die Vernunft.

---

688. Wen jemand lobt, dem stellt er sich gleich.

---

689. Es ist nicht genug zu wissen, man muß auch anwenden; es ist nicht genug zu wollen, man muß auch tun.

---

690. Es gibt keine patriotische Kunst und keine patriotische Wissenschaft. Beide gehören, wie alles hohe Gute, der ganzen Welt an, und können nur durch allgemeine freie Wechselwirkung aller zugleich Lebenden, in steter Rücksicht auf das was uns vom Vergangenen übrig und bekannt ist, gefördert werden.

---

691. Wissenschaften entfernen sich im Ganzen immer vom Leben und kehren nur durch einen Umweg wieder dahin zurück.

---

692. Denn sie sind eigentlich Kompendien des Lebens; sie bringen die äußern und innern Erfahrungen ins allgemeine, in einen Zusammenhang.

---

693. Das Interesse an ihnen wird im Grunde nur in einer besondern Welt, in der wissenschaftlichen erregt, denn daß man auch die übrige Welt dazu beruft und ihr davon Notiz gibt, wie es in der neuern Zeit geschieht, ist ein Mißbrauch und bringt mehr Schaden als Nutzen.

---

694. Nur durch eine erhöhte Praxis sollten die Wissenschaften auf die äußere Welt wirken: denn eigentlich sind sie alle esoterisch und können nur durch Verbessern irgend eines Tuns exoterisch werden. Alle übrige Teilnahme führt zu nichts.

---

695. Die Wissenschaften, auch in ihrem innern Kreise betrachtet, werden mit augenblicklichem, jedesmaligem Interesse behandelt. Ein starker Anstoß, besonders von etwas Neuem und Unerhörtem oder wenigstens mächtig Gefördertem erregt eine allgemeine Teilnahme, die Jahre lang dauern kann, und die besonders in den letzten Zeiten sehr fruchtbar geworden ist.

---

696. Ein bedeutendes Faktum, ein geniales Aperçu beschäftigt eine sehr große Anzahl Menschen, erst nur um es zu kennen, dann um es zu erkennen, dann es zu bearbeiten und weiter zu führen.

---

697. Die Menge fragt bei einer jeden neuen bedeutenden Erscheinung, was sie nutze, und sie hat nicht Unrecht; denn sie kann bloß durch den Nutzen den Wert einer Sache gewahr werden.

---

698. Die wahren Weisen fragen wie sich die Sache verhalte in sich selbst und zu andern Dingen, unbekümmert um den Nutzen, d. h. um die Anwendung auf das Bekannte und zum Leben Notwendige, welche ganz andere Geister, scharfsinnige, lebenslustige, technisch geübte und gewandte schon finden werden.

---

699. Die Afterweisen suchen von jeder neuen Entdeckung nur so geschwind als möglich für sich einigen Vorteil zu ziehen, indem sie einen eitlen Ruhm, bald in Fortpflanzung, bald in Vermehrung, bald in Verbesserung, geschwinder Besitznahme, vielleicht gar durch Präokkupation zu erwerben suchen, und durch solche Unreifheiten die wahre Wissenschaft unsicher machen und verwirren, ja ihre schönste Folge, die praktische Blüte derselben, offenbar verkümmern.

700. Das schädlichste Vorurteil ist, daß irgend eine Art Naturuntersuchung mit dem Bann belegt werden könne.

701. Jeder Forscher muß sich durchaus ansehen als einer der zu einer Jury berufen ist. Er hat nur darauf zu achten in wiefern der Vortrag vollständig sei und durch klare Belege auseinandergesetzt. Er faßt hiernach seine Überzeugung zusammen und gibt seine Stimme, es sei nun, daß seine Meinung mit der des Referenten übereintreffe oder nicht.

702. Dabei bleibt er eben so beruhigt, wenn ihm die Majorität beistimmt als wenn er sich in der Minorität befindet; denn er hat das Seinige getan, er hat seine Überzeugung ausgesprochen, er ist nicht Herr über die Geister noch über die Gemüter.

703. In der wissenschaftlichen Welt haben aber diese Gesinnungen niemals gelten wollen; durchaus ist es auf Herrschen und Beherrschen angesehen; und weil sehr wenige Menschen eigentlich selbstständig sind, so zieht die Menge den Einzelnen nach sich.

704. Die Geschichte der Philosophie, der Wissenschaften, der Religion, alles zeigt, daß die Meinungen massenweis sich verbreiten, immer aber diejenige den Vorrang gewinnt, welche faßlicher, d.h. dem menschlichen Geiste in seinem gemeinen Zustande gemäß und bequem ist. Ja derjenige, der sich in höherem Sinne ausgebildet, kann immer voraussetzen daß er die Majorität gegen sich habe.

705. Wäre die Natur in ihren leblosen Anfängen nicht so gründlich stereometrisch, wie wollte sie zuletzt zum unberechenbaren und unermeßlichen Leben gelangen?

706. Der Mensch an sich selbst, insofern er sich seiner gesunden Sinne bedient, ist der größte und genaueste physikalische Apparat, den es geben kann; und das ist eben das größte Unheil der neuern Physik, daß man die Experimente gleichsam vom Menschen abgesondert hat, und bloß in dem, was künstliche Instrumente zeigen, die Natur erkennen, ja was sie leisten kann dadurch beschränken und beweisen will.

707. Eben so ist es mit dem Berechnen. – Es ist vieles wahr was sich nicht berechnen läßt, so wie sehr vieles, was sich nicht bis zum entschiedenen Experiment bringen läßt.

708. Dafür steht ja aber der Mensch so hoch, daß sich das sonst Undarstellbare in ihm darstellt. Was ist denn eine Saite und alle mechanische Teilung derselben gegen das Ohr des Musikers; ja man kann sagen, was sind die elementaren Erscheinungen der Natur selbst gegen den

Menschen, der sie alle erst bändigen und modifizieren muß, um sie sich einigermaßen assimilieren zu können.

709. Es ist von einem Experiment zu viel gefordert, wenn es alles leisten soll. Konnte man doch die Elektrizität erst nur durch Reiben darstellen, deren höchste Erscheinung jetzt durch bloße Berührung hervorgebracht wird.

710. Wie man der französischen Sprache niemals den Vorzug streitig machen wird, als ausgebildete Hof- und Weltsprache sich immer mehr aus- und fortbildend zu wirken, so wird es niemand einfallen, das Verdienst der Mathematiker gering zu schätzen, welches sie, in ihrer Sprache, die wichtigsten Angelegenheiten verhandlend, sich um die Welt erwerben, indem sie alles was der Zahl und dem Maß im höchsten Sinne unterworfen ist, zu regeln, zu bestimmen und zu entscheiden wissen.

711. Jeder Denkende, der seinen Kalender ansieht, nach seiner Uhr blickt, wird sich erinnern, wem er diese Wohltaten schuldig ist. Wenn man sie aber auch auf ehrfurchtsvolle Weise in Zeit und Raum gewähren läßt, so werden sie erkennen, daß wir etwas gewahr werden was weit darüber hinausgeht, welches allen angehört und ohne welches sie selbst weder tun noch wirken könnten: *Idee* und *Liebe*.

712. Wer weiß etwas von Elektrizität, sagte ein heiterer Naturforscher, als wenn er im Finstern eine Katze streichelt oder Blitz und Donner neben ihm niederleuchten und rasseln? Wie viel und wie wenig weiß er alsdann davon?

713. Lichtenbergs Schriften können wir uns als der wunderbarsten Wünschelrute bedienen; wo er einen Spaß macht liegt ein Problem verborgen.

---

714. In den großen leeren Weltraum zwischen Mars und Jupiter legte er auch einen heitern Einfall. Als Kant sorgfältig bewiesen hatte, daß die beiden genannten Planeten alles aufgezehrt und sich zugeeignet hätten, was nur in diesen Räumen zu finden gewesen von Materie, sagte jener scherzhaft, nach seiner Art: warum sollte es nicht auch unsichtbare Welten geben? – Und hat er nicht vollkommen wahr gesprochen? Sind die neu entdeckten Planeten nicht der ganzen Welt unsichtbar, außer den wenigen Astronomen, denen wir auf Wort und Rechnung glauben müssen?

---

715. Einer neuen Wahrheit ist nichts schädlicher als ein alter Irrtum.

---

716. Die Menschen sind durch die unendlichen Bedingungen des Erscheinens dergestalt obruiert, daß sie das Eine Urbedingende nicht gewahren können.

---

717. ›Wenn Reisende ein sehr großes Ergetzen auf ihren Bergklettereien empfinden, so ist für mich etwas Barbarisches ja Gottloses in dieser Leidenschaft; Berge geben uns wohl den Begriff von Naturgewalt, nicht aber von Wohltätigkeit der Vorsehung. Zu welchem Gebrauch sind sie wohl dem Menschen? Unternimmt er dort zu wohnen, so wird im Winter eine Schneelawine, im Sommer ein Bergrutsch sein Haus begraben oder fortschieben; seine Herden schwemmt der Gießbach weg, seine Kornscheuern

die Windstürme. Macht er sich auf den Weg, so ist jeder Aufstieg die Qual des Sisyphus, jeder Niederstieg der Sturz Vulkans; sein Pfad ist täglich von Steinen verschüttet, der Gießbach unwegsam für Schiffahrt; finden auch seine Zwergherden notdürftige Nahrung, oder sammelt er sie ihnen kärglich, entweder die Elemente entreißen sie ihm oder wilde Bestien. Er führt ein einsam kümmerlich Pflanzenleben, wie das Moos auf einem Grabstein, ohne Bequemlichkeit und ohne Gesellschaft. Und diese Zickzackkämme, diese widerwärtigen Felsenwände, diese ungestalteten Granitpyramiden, welche die schönsten Weltbreiten mit den Schrecknissen des Nordpols bedecken, wie sollte sich ein wohlwollender Mann daran gefallen und ein Menschenfreund sie preisen!‹

718. Auf diese heitere Paradoxie eines würdigen Mannes wäre zu sagen, daß wenn es Gott und der Natur gefallen hätte, den Urgebirgsknoten von Nubien durchaus nach Westen bis an das große Meer zu entwickeln und fortzusetzen, ferner diese Gebirgsreihe einigemal von Norden nach Süden zu durchschneiden, sodann Täler entstanden sein würden, worin gar mancher Urvater Abraham ein Kanaan, mancher Albert Julius eine Felsenburg würde gefunden haben, wo denn seine Nachkommen leicht mit den Sternen rivalisierend sich hätten vermehren können.

719. Steine sind stumme Lehrer, sie machen den Beobachter stumm, und das Beste was man von ihnen lernt ist nicht mitzuteilen.

720. Was ich recht weiß, weiß ich nur mir selbst; ein ausgesprochenes Wort fördert selten, es erregt meistens Widerspruch, Stocken und Stillstehen.

721. Die Kristallographie als Wissenschaft betrachtet gibt zu ganz eigenen Ansichten Anlaß. Sie ist nicht produktiv, sie ist nur sie selbst und hat keine Folgen, besonders nunmehr, da man so manche isomorphische Körper angetroffen hat, die sich ihrem Gehalte nach ganz verschieden erweisen. Da sie eigentlich nirgends anwendbar ist, so hat sie sich in dem hohen Grade in sich selbst ausgebildet. Sie gibt dem Geist eine gewisse beschränkte Befriedigung und ist in ihren Einzelnheiten so mannigfaltig, daß man sie unerschöpflich nennen kann, deswegen sie auch vorzügliche Menschen so entschieden und lange an sich fest hält.

722. Etwas mönchisch-hagestolzenartiges hat die Kristallographie, und ist daher sich selbst genug. Von praktischer Lebenseinwirkung ist sie nicht; denn die köstlichsten Erzeugnisse ihres Gebiets, die kristallinischen Edelsteine, müssen erst zugeschliffen werden, ehe wir unsere Frauen damit schmücken können.

723. Ganz das Entgegengesetzte ist von der Chemie zu sagen, welche von der ausgebreitetsten Anwendung und von dem grenzenlosesten Einfluß aufs Leben sich erweist.

724. Der Begriff vom Entstehen ist uns ganz und gar versagt; daher wir, wenn wir etwas werden sehen, denken daß es schon dagewesen sei. Deshalb das System der Einschachtelung kommt uns begreiflich vor.

725. Wie manches Bedeutende sieht man aus Teilen zusammensetzen; man betrachte die Werke der Baukunst, man sieht manches sich regel- und unregelmäßig anhäufen; daher ist uns der atomistische Begriff nah und bequem zur Hand, deshalb wir uns nicht scheuen ihn auch in organischen Fällen anzuwenden.

726. Wer den Unterschied des Phantastischen und Ideellen, des Gesetzlichen und Hypothetischen nicht zu fassen weiß, der ist als Naturforscher in einer üblen Lage.

727. Es gibt Hypothesen wo Verstand und Einbildungskraft sich an die Stelle der Idee setzen.

728. Man tut nicht wohl sich allzulange im Abstrakten aufzuhalten. Das Esoterische schadet nur, indem es exoterisch zu werden trachtet. Leben wird am besten durchs Lebendige belehrt.

729. Für die vorzüglichste Frau wird diejenige gehalten, welche ihren Kindern den Vater, wenn er abgeht, zu ersetzen im Stande wäre.

730. Der unschätzbare Vorteil, welchen die Ausländer gewinnen indem sie unsere Literatur erst jetzt gründlich studieren, ist der, daß sie über die Entwickelungskrankheiten, durch die wir nun schon beinahe während dem Laufe des Jahrhunderts durchgehen mußten, auf einmal weggehoben werden, und wenn das Glück gut ist, ganz eigentlich daran sich auf das Wünschenswerteste ausbilden.

731. Wo die Franzosen des achtzehnten Jahrhunderts zerstörend sind, ist Wieland neckend.

732. Das poetische Talent ist dem Bauer so gut gegeben wie dem Ritter, es kommt nur darauf an, daß jeder seinen Zustand ergreife und ihn nach Würden behandle.

733. ›Was sind Tragödien anders als versifizierte Passionen solcher Leute die sich aus den äußern Dingen ich weiß nicht was machen.‹

734. Das Wort Schule, wie man es in der Geschichte der bildenden Kunst nimmt, wo man von einer Florentinischen, Römischen und Venetianischen Schule spricht, wird sich künftighin nicht mehr auf das deutsche Theater anwenden lassen. Es ist ein Ausdruck, dessen man sich vor dreißig, vierzig Jahren vielleicht noch bedienen konnte, wo unter beschränkteren Umständen sich eine natur- und kunstgemäße Ausbildung noch denken ließ; denn genau gesehen gilt auch in der bildenden Kunst das Wort Schule nur von den Anfängen; denn sobald sie treffliche Männer hervorgebracht hat, wirkt sie alsobald in die Weite. Florenz beweist seinen Einfluß über Frankreich und Spanien; Niederländer und Deutsche lernen von den Italienern und erwerben sich mehr Freiheit in Geist und Sinn, anstatt daß die Südländer von ihnen eine glücklichere Technik und die genauste Ausführung von Norden her gewinnen.

735. Das deutsche Theater befindet sich in der Schluß-Epoche, wo eine allgemeine Bildung dergestalt verbreitet

ist, daß sie keinem einzelnen Orte mehr angehören, von keinem besondern Punkte mehr ausgehen kann.

---

736. Der Grund aller theatralischen Kunst, wie einer jeden andern, ist das Wahre, das Naturgemäße. Je bedeutender dieses ist, auf je höherem Punkte Dichter und Schauspieler es zu fassen verstehen, eines desto höhern Ranges wird sich die Bühne zu rühmen haben. Hiebei gereicht es Deutschland zu einem großen Gewinn, daß der Vortrag trefflicher Dichtung allgemeiner geworden ist und auch außerhalb des Theaters sich verbreitet hat.

---

737. Auf der Rezitation ruht alle Deklamation und Mimik. Da nun beim Vorlesen jene ganz allein zu beachten und zu üben ist, so bleibt offenbar, daß Vorlesungen die Schule des Wahren und Natürlichen bleiben müssen, wenn Männer, die ein solches Geschäft übernehmen, von dem Wert, von der Würde ihres Berufs durchdrungen sind.

---

738. Shakespeare und Calderón haben solchen Vorlesungen einen glänzenden Eingang gewährt; jedoch bedenke man immer dabei, ob nicht hier gerade das imposante Fremde, das bis zum Unwahren gesteigerte Talent, der deutschen Ausbildung schädlich werden müsse!

---

739. Eigentümlichkeit des Ausdruckes ist Anfang und Ende aller Kunst. Nun hat aber eine jede Nation eine von dem allgemeinen Eigentümlichen der Menschheit abweichende besondere Eigenheit, die uns zwar anfänglich widerstreben mag, aber zuletzt, wenn wir's uns gefallen ließen, wenn wir uns derselben hingäben, unsere eigene

charakteristische Natur zu überwältigen und zu erdrücken vermöchte.

---

740. Wie viel Falsches Shakespeare und besonders Calderón über uns gebracht, wie diese zwei großen Lichter des poetischen Himmels für uns zu Irrlichtern geworden, mögen die Literatoren der Folgezeit historisch bemerken.

---

741. Eine völlige Gleichstellung mit dem spanischen Theater kann ich nirgends billigen. Der herrliche Calderón hat so viel Konventionelles, daß einem redlichen Beobachter schwer wird, das große Talent des Dichters durch die Theateretikette durchzuerkennen. Und bringt man so etwas irgend einem Publikum, so setzt man bei demselben immer guten Willen voraus, daß es geneigt sei, auch das Weltfremde zuzugeben, sich an ausländischen Sinn, Ton und Rhythmus zu ergetzen, und aus dem was ihm eigentlich gemäß ist, eine Zeit lang herauszugehen.

---

742. Yorik Sterne war der schönste Geist der je gewirkt hat; wer ihn liest fühlt sich sogleich frei und schön; sein Humor ist unnachahmlich, und nicht jeder Humor befreit die Seele.

---

743. ›Mäßigkeit und klarer Himmel sind Apollo und die Musen.‹

---

744. Das Gesicht ist der edelste Sinn, die andern vier belehren uns nur durch die Organe des Takts, wir hören, wir fühlen, riechen und betasten alles durch Berührung; das Gesicht aber steht unendlich höher, verfeint sich über

die Materie und nähert sich den Fähigkeiten des Geistes.

745. Setzten wir uns an die Stelle anderer Personen, so würden Eifersucht und Haß wegfallen, die wir so oft gegen sie empfinden; und setzten wir andere an unsere Stelle, so würde Stolz und Einbildung gar sehr abnehmen.

746. Nachdenken und Handeln verglich einer mit Rahel und Lea; die eine war anmutiger, die andere fruchtbarer.

747. Nichts im Leben, außer Gesundheit und Tugend, ist schätzenswerter als Kenntnis und Wissen; auch ist nichts so leicht zu erreichen und so wohlfeil zu erhandeln: die ganze Arbeit ist ruhig sein, und die Ausgabe Zeit, die wir nicht retten ohne sie auszugeben.

748. Könnte man Zeit wie bares Geld bei Seite legen, ohne sie zu benutzen so wäre dies eine Art von Entschuldigung für den Müßiggang der halben Welt; aber keine völlige, denn es wäre ein Haushalt, wo man von dem Hauptstamm lebte, ohne sich um die Interessen zu bemühen.

749. Neuere Poeten tun viel Wasser in die Tinte.

750. Unter mancherlei wunderlichen Albernheiten der Schulen kommt mir keine so vollkommen lächerlich vor, als der Streit über die Echtheit alter Schriften, alter

Werke. Ist es denn der Autor oder die Schrift die wir bewundern oder tadeln? es ist immer nur der Autor den wir vor uns haben; was kümmern uns die Namen wenn wir ein Geisteswerk auslegen.

751. Wer will behaupten, daß wir Virgil oder Homer vor uns haben, indem wir die Worte lesen die ihm zugeschrieben werden? Aber die Schreiber haben wir vor uns, und was haben wir weiter nötig? Und ich denke fürwahr, die Gelehrten, die in dieser unwesentlichen Sache so genau zu Werke gehen, scheinen mir nicht weiser als ein sehr schönes Frauenzimmer, das mich einmal mit möglichst süßem Lächeln befragte: wer denn der Autor von Shakespeares Schauspielen gewesen sei.

752. Es ist besser das geringste Ding von der Welt zu tun, als eine halbe Stunde für gering halten.

753. Mut und Bescheidenheit sind die unzweideutigsten Tugenden; denn sie sind von der Art, daß Heuchelei sie nicht nachahmen kann; auch haben sie die Eigenschaft gemein, sich beide durch dieselbe Farbe auszudrücken.

754. Unter allem Diebsgesindel sind die Narren die schlimmsten: sie rauben euch beides, Zeit und Stimmung.

755. Uns selbst zu achten leitet unsre Sittlichkeit; andere zu schätzen regiert unser Betragen.

756. Kunst und Wissenschaft sind Worte die man so oft braucht und deren genauer Unterschied selten verstanden wird; man gebraucht oft eins für das andere.

757. Auch gefallen mir die Definitionen nicht die man davon gibt. Verglichen fand ich irgendwo Wissenschaft mit Witz, Kunst und Humor. Hierin find' ich mehr Einbildungskraft als Philosophie: es gibt uns wohl einen Begriff von dem Unterschied beider, aber keinen von dem Eigentümlichen einer jeden.

758. Ich denke Wissenschaft könnte man die Kenntnis des Allgemeinen nennen, das abgezogene Wissen; Kunst dagegen wäre Wissenschaft zur Tat verwendet; Wissenschaft wäre Vernunft, und Kunst ihr Mechanismus, deshalb man sie auch praktische Wissenschaft nennen könnte. Und so wäre denn endlich Wissenschaft das Theorem, Kunst das Problem.

759. Vielleicht wird man mir einwenden: Man hält die Poesie für Kunst, und doch ist sie nicht mechanisch; aber ich leugne daß sie eine Kunst sei; auch ist sie keine Wissenschaft. Künste und Wissenschaften erreicht man durch Denken, Poesie nicht, denn diese ist Eingebung; sie war in der Seele empfangen als sie sich zuerst regte. Man sollte sie weder Kunst noch Wissenschaft nennen, sondern Genius.

760. Auch jetzt im Augenblick sollte jeder Gebildete Sternes Werke wieder zur Hand nehmen, damit auch das neunzehnte Jahrhundert erführe was wir ihm schuldig sind, und einsähe was wir ihm schuldig werden können.

761. In dem Erfolg der Literaturen wird das frühere Wirksame verdunkelt und das daraus entsprungene Gewirkte nimmt überhand, deswegen man wohltut von Zeit zu Zeit wieder zurückzublicken. Was an uns Original ist wird am besten erhalten und belobt wenn wir unsre Altvordern nicht aus den Augen verlieren.

---

762. Möge das Studium der griechischen und römischen Literatur immerfort die Basis der höhern Bildung bleiben.

---

763. Chinesische, Indische, Ägyptische Altertümer sind immer nur Kuriositäten; es ist sehr wohlgetan sich und die Welt damit bekannt zu machen; zu sittlicher und ästhetischer Bildung aber werden sie uns wenig fruchten.

---

764. Der Deutsche läuft keine größere Gefahr, als sich mit und an seinen Nachbarn zu steigern; es ist vielleicht keine Nation geeigneter sich aus sich selbst zu entwickeln, deswegen es ihr zum größten Vorteil gereichte, daß die Außenwelt von ihr so spät Notiz nahm.

---

765. Sehen wir unsre Literatur über ein halbes Jahrhundert zurück, so finden wir daß nichts um der Fremden willen geschehen ist.

---

766. Daß Friedrich der Große aber gar nichts von ihnen wissen wollte, das verdroß die Deutschen doch, und sie taten das Möglichste, als Etwas vor ihm zu erscheinen.

---

767. Jetzt, da sich eine Weltliteratur einleitet, hat, genau besehen, der Deutsche am meisten zu verlieren; er wird wohl tun dieser Warnung nachzudenken.

768. Auch einsichtige Menschen bemerken nicht, daß sie dasjenige erklären wollen, was Grunderfahrungen sind, bei denen man sich beruhigen müßte.

769. Doch mag dies auch vorteilhaft sein, sonst unterließe man das Forschen allzu früh.

770. Wer sich von nun an nicht auf eine Kunst oder Handwerk legt, der wird übel dran sein. Das Wissen fördert nicht mehr bei dem schnellen Umtriebe der Welt; bis man von allem Notiz genommen hat verliert man sich selbst.

771. Eine allgemeine Ausbildung dringt uns jetzt die Welt ohnehin auf; wir brauchen uns deshalb darum nicht weiter zu bemühen, das Besondere müssen wir uns zueignen.

772. Die größten Schwierigkeiten liegen da wo wir sie nicht suchen.

773. Lorenz Sterne war geboren 1713, starb 1768. Um ihn zu begreifen darf man die sittliche und kirchliche Bildung seiner Zeit nicht unbeachtet lassen; dabei hat man wohl zu bedenken daß er Lebensgenosse Warburtons gewesen.

774. Eine freie Seele wie die seine kommt in Gefahr frech zu werden, wenn nicht ein edles Wohlwollen das sittliche Gleichgewicht herstellt.

775. Bei leichter Berührbarkeit entwickelte sich alles von innen bei ihm heraus; durch beständigen Konflikt unterschied er das Wahre vom Falschen, hielt am ersten fest und verhielt sich gegen das andere rücksichtlos.

776. Er fühlte einen entschiedenen Haß gegen Ernst, weil er didaktisch und dogmatisch ist und gar leicht pedantisch wird, wogegen er den entschiedensten Abscheu hegte. Daher seine Abneigung gegen Terminologie.

777. Bei den vielfachsten Studien und Lektüre entdeckte er überall das Unzulängliche und Lächerliche.

778. Shandeism nennt er die Unmöglichkeit über einen ernsten Gegenstand zwei Minuten zu denken.

779. Dieser schnelle Wechsel von Ernst und Scherz, von Anteil und Gleichgültigkeit, von Leid und Freude soll in dem irländischen Charakter liegen.

780. Sagazität und Penetration sind bei ihm grenzenlos.

781. Seine Heiterkeit, Genügsamkeit, Duldsamkeit auf der Reise, wo diese Eigenschaften am meisten geprüft werden, finden nicht leicht ihres Gleichen.

782. So sehr uns der Anblick einer freien Seele dieser Art ergetzt, eben so sehr werden wir gerade in diesem Fall erinnert daß wir von allem dem, wenigstens von dem meisten was uns entzückt, nichts in uns aufnehmen dürfen.

783. Das Element der Lüsternheit in dem er sich so zierlich und sinnig benimmt, würde vielen andern zum Verderben gereichen.

784. Das Verhältnis zu seiner Frau wie zur Welt ist betrachtenswert. ›Ich habe mein Elend nicht wie ein weiser Mann benutzt‹ sagt er irgendwo.

785. Er scherzt gar anmutig über die Widersprüche die seinen Zustand zweideutig machen.

786. ›Ich kann das Predigen nicht vertragen, ich glaube ich habe in meiner Jugend mich daran übergessen.‹

787. Er ist in nichts ein Muster und in allem ein Andeuter und Erwecker.

788. ›Unser Anteil an öffentlichen Angelegenheiten ist meist nur Philisterei.‹

789. ›Nichts ist höher zu schätzen als der Wert des Tages.‹

790. Pereant, qui ante nos, nostra dixerunt!

So wunderlich könnte nur derjenige sprechen, der sich einbildete ein Autochthon zu sein. Wer sich's zur Ehre hält, von vernünftigen Vorfahren abzustammen, wird ihnen doch wenigstens eben so viel Menschensinn zugestehn als sich selbst.

---

791. Die originalsten Autoren der neusten Zeit sind es nicht deswegen, weil sie etwas Neues hervorbringen, sondern allein, weil sie fähig sind, dergleichen Dinge zu sagen, als wenn sie vorher niemals wären gesagt gewesen.

---

792. Daher ist das schönste Zeichen der Originalität, wenn man einen empfangenen Gedanken dergestalt fruchtbar zu entwickeln weiß, daß niemand leicht, wie viel in ihm verborgen liege, gefunden hätte.

---

793. Viele Gedanken heben sich erst aus der allgemeinen Kultur hervor, wie die Blüten aus den grünen Zweigen. Zur Rosenzeit sieht man Rosen überall blühen.

---

794. Eigentlich kommt alles auf die Gesinnungen an; wo diese sind treten auch die Gedanken hervor, und nachdem sie sind, sind auch die Gedanken.

---

795. ›Nichts wird leicht ganz unparteiisch wieder dargestellt. Man könnte sagen: hievon mache der Spiegel eine Ausnahme, und doch sehen wir unser Angesicht niemals ganz richtig darin; ja der Spiegel kehrt unsre Gestalt um, und macht unsre linke Hand zur rechten. Dies mag ein Bild sein für alle Betrachtungen über uns selbst.‹

---

796. Im Frühling und Herbst denkt man nicht leicht ans Kaminfeuer, und doch geschieht es, daß wenn wir zufällig an einem vorbeigehen, wir das Gefühl, das es mitteilt, so angenehm finden, daß wir ihm wohl nachhängen mögen. Dies möchte mit jeder Versuchung analog sein.

797. ›Sei nicht ungeduldig wenn man deine Argumente nicht gelten läßt.‹

798. Wer lange in bedeutenden Verhältnissen lebt, dem begegnet freilich nicht alles was dem Menschen begegnen kann; aber doch das Analoge, und vielleicht einiges was ohne Beispiel war.

AUS DEM NACHLASS

Über Literatur und Leben

799. Jede große Idee, die als ein Evangelium in die Welt tritt, wird dem stockenden pedantischen Volke ein Ärgernis und einem Viel- aber Leichtgebildeten eine Torheit.

800. Eine jede Idee tritt als ein fremder Gast in die Erscheinung und wie sie sich zu realisieren beginnt ist sie kaum von Phantasie und Phantasterei zu unterscheiden.

801. Dies ist es was man Ideologie im guten und bösen Sinne genannt hat und warum der Ideolog den lebhaft wirkenden praktischen Tagesmenschen so sehr zuwider war.

802. Alle unmittelbare Aufforderung zum Ideellen ist bedenklich, besonders an die Weiblein; wie es auch sei umgibt sich der einzelne bedeutende Mann mit einem mehr oder weniger religiosmoralischästhetischen Serail.

803. Alle Empiriker streben nach der Idee und können sie in der Mannigfaltigkeit nicht entdecken, alle Theoretiker suchen sie im Mannigfaltigen und können sie darinne nicht auffinden.

804. Beide jedoch finden sich im Leben in der Tat in der Kunst zusammen und das ist so oft gesagt, wenige aber verstehen es zu nutzen.

805. Man kann die Nützlichkeit einer Idee anerkennen und doch nicht recht verstehen sie vollkommen zu nutzen.

806. Jedem Alter des Menschen antwortet eine gewisse Philosophie; das Kind erscheint als Realist, denn es findet sich so überzeugt von dem Dasein der Birnen und Äpfel als von dem seinigen. Der Jüngling von innern Leidenschaften bestürmt muß auf sich selbst merken, sich vorfühlen, er wird zum Idealisten umgewandelt. Dagegen ein Skeptiker zu werden hat der Mann alle Ursache; er tut wohl zu zweifeln ob das Mittel das er zum Zwecke gewählt hat auch das rechte sei. Vor dem Handeln, im Handeln hat er alle Ursache den Verstand beweglich zu erhalten, damit er nicht nachher sich über eine falsche Wahl zu betrüben habe.

Der Greis jedoch wird sich immer zum Mystizismus bekennen; er sieht daß so vieles vom Zufall abzuhängen scheint, das Unvernünftige gelingt, das Vernünftige schlägt fehl, Glück und Unglück stellen sich unerwartet ins gleiche; so ist es, so war es! und das hohe Alter beruhigt sich in dem, der da ist, der da war und der da sein wird.

807. Wir sind

Naturforschend	Dichtend	Sittlich
Pantheisten	Polytheisten	Monotheisten

808. Den teleologischen Beweis vom Dasein Gottes hat die kritische Vernunft beseitigt; wir lassen es uns gefallen; was aber nicht als Beweis gilt soll uns als Gefühl gelten, und wir rufen daher von der Brontotheologie bis zur Niphotheologie alle dergleichen fromme Bemühungen wie-

der heran. Sollten wir im Blitz, Donner und Sturm nicht die Nähe einer übergewaltigen Macht, in Blütenduft und lauem Luftsäuseln nicht ein liebevoll sich annäherndes Wesen empfinden dürfen?

---

809. Ich glaube einen Gott, dies ist ein schönes löbliches Wort; aber Gott anerkennen, wo und wie er sich offenbare, das ist eigentlich die Seligkeit auf Erden.

---

810. Wer die Natur als göttliches Organ leugnen will, der leugne nur gleich alle Offenbarung.

---

811. Die Natur verbirgt Gott!
Aber nicht jedem.

---

812. Kepler sagte: mein höchster Wunsch ist, den Gott den ich im Äußern überall finde, auch innerlich, innerhalb meiner, gleichermaßen gewahr zu werden. Der edle Mann fühlte, sich nicht bewußt, daß eben in dem Augenblicke das Göttliche in ihm mit dem Göttlichen des Universums in genauster Verbindung stand.

---

813. Gott wenn wir hoch stehen ist alles
Stehen wir niedrig so ist er ein Supplement unsrer Armseligkeit.

---

814. Die Kreatur ist sehr schwach denn sucht sie etwas, findet sie's nicht. Stark aber ist Gott denn Sucht er die Kreatur so hat er sie gleich in seiner Hand.

---

815. Glaube ist Liebe zum Unsichtbaren
Vertrauen aufs Unmögliche unwahrscheinliche.

---

816. Mythologie = Luxe de Croyance.

---

817. Was ist Praedestinatio?
Antwort. Gott ist mächtiger und weiser als wir drum macht er es mit uns nach seinem Gefallen.

---

818. Das Christentum steht mit dem Judentum in einem weit stärkern Gegensatz als mit dem Heidentum.

---

819. Die christliche Religion
Ist eine intentionierte Politische Revolution die, verfehlt, nachher moralisch geworden ist.

---

820. Es gibt Theologen die wollten daß es nur einen einzigen Menschen in der Welt gegeben hatte den Gott erlöst hätte, denn da hätte es keine Ketzer geben können.

---

821. ›Die Kirche schwächt alles was sie anrührt.‹

---

822. Apokrypha
Wichtig wäre es, das hierüber historisch schon Bekannte nochmals zusammen zu fassen und zu zeigen daß gerade jene apokryphischen Schriften mit denen die Gemeinden schon die ersten Jahrhunderte unserer Ära überschwemmt wurden, und woran unser Kanon jetzt noch leidet, die eigentliche Ursache sind warum das Christentum in keinem Momente der politischen und Kirchen-Ge-

schichte in seiner ganzen Schönheit und Reinheit hervortreten konnte.

---

823. Die Ohrenbeichte im besten Sinne ist eine fortgesetzte Katechisation der Erwachsnen.

---

824. In Neu=York sagt man finden sich neunzig christliche Kirchen abweichender Konfession, und nun wird diese Stadt, besonders seit Eröffnung des Eriekanals, grenzenlos reich. Wahrscheinlich ist man der Überzeugung daß religiose Gedanken und Gefühle, von welcher besondern Art sie auch seien, dem beruhigenden Sonntag angehören, angestrengte Tätigkeit, von frommen Gesinnungen begleitet, den Werkeltagen.

---

825. Wenn ein gutes Wort eine gute Statt findet; so findet ein frommes wort gewiß noch eine bessere.

---

826. Alles kommt bei der Mission darauf an daß der rohe, sinnliche Mensch gewahr wird daß es eine Sitte gebe; daß der leidenschaftliche, ungebändigte merkt daß er Fehler begangen hat die er sich selbst nicht verzeihen kann. Die erste führt zur Annahme zarter Maximen, das letzte auf Glauben einer Versöhnung. Alles Mittlere von zufällig scheinenden Übeln wird einer weisen unerforschlichen Führung anheim gegeben.

---

827. Wo Lampen brennen gibt's Ölflecken, wo Kerzen brennen gibt's Schnuppen, die Himmelslichter allein erleuchten rein und ohne Makel.

---

828. ›Vollkommenheit ist die Norm des Himmels, vollkommenes Wollen die Norm des Menschen.‹

829. Pflicht; wo man liebt was man sich selbst befiehlt.

830. Der rechtliche Mensch denkt immer er sei vornehmer und mächtiger als er ist.

831. Alle Gesetze sind Versuche sich den Absichten der moralischen Weltordnung im Welt- und Lebenslaufe zu nähern.

832. Es ist besser es geschehe dir unrecht als die Welt sei ohne Gesetz deshalb füge sich Jeder dem Gesetze.

833. Es ist besser, daß Ungerechtigkeiten geschehn, als daß sie auf eine ungerechte Weise gehoben werden.

834. Nero hätte in den 4 Jahren die das Interregnum dauerte (so nenne ich die Regierungen des Galba, Otto, Vitellius) nicht soviel Unheil stiften können, als nach seiner Ermordung über die Welt gekommen.

835. Wäre es Gott darum zu tun gewesen, daß die Menschen in der Wahrheit leben und handeln sollten, so hätte er seine Einrichtung anders machen müssen.

836. Man könnte zum Scherze sagen der Mensch sei ganz aus Fehlern zusammengesetzt wovon einige der Ge-

sellschaft nützlich, andre schädlich einige brauchbar einige unbrauchbar gefunden werden. Von jenen spricht man gutes (nennt sie Tugenden) von diesen böses (nennt sie Fehler).

---

837. Nicht allein das Angeborene sondern auch das Erworbene ist der Mensch.

---

838. Unsre Eigenschaften müssen wir kultivieren nicht unsre Eigenheiten.

---

839. Charakter in Großen und Kleinen, ist, daß der Mensch demjenigen eine stete Folge gibt dessen er sich fähig fühlt.

---

840. Man sieht gleich wo die zwei notwendigsten Eigenschaften fehlen, *Geist* und *Gewalt.*

---

841. Unsre Meinungen sind nur supplemente unsrer Existenz. Wie einer denkt daran kann man sehn was ihm fehlt. Die leersten menschen halten sehr viel auf sich, treffliche sind mißtrauisch, der Lasterhafte ist frech und der Gute ist ängstlich so setzt sich alles ins gleichgewicht. Jeder will ganz sein oder es vor sich scheinen.

---

842. Historisch betrachtet erscheint unser Gutes in mäßigem Lichte und unsere Mängel entschuldigen sich.

---

843. Der liebt nicht der die Fehler des Geliebten nicht für Tugenden hält.

---

844. Man kann niemand lieben als dessen Gegenwart man sicher ist, wenn man sein bedarf.

845. Man kennt nur diejenigen von denen man leidet.

846. Man beobachtet niemand als die Personen von denen man leidet. Um unerkannt in der Welt umher zu gehen müßte man nur niemand Wehe tun.

847. *Mit* Jemand leben oder *in* Jemand leben ist ein großer Unterschied. Es gibt Menschen in denen man leben kann, ohne mit ihnen zu leben, und umgekehrt. Beides zu verbinden ist nur der reinsten Liebe und Freundschaft möglich.

848. Es ist besser man betrügt sich an seinen Freunden als daß man seine Freunde betrüge.

849. Wenn ein Paar Menschen recht mit einander zufrieden sind, kann man meistens versichert sein daß sie sich irren.

850. Der Wolf im Schafpelze ist weniger gefährlich als das Schöps in irgend einem Pelze wo man es für mehr als einen Schöps nimmt.

851. Sage nicht daß du geben willst sondern gib
Die Hoffnung befriedigst du nie.

852. Man würde viel Almosen geben wenn man Augen hätte zu sehen was eine empfangende Hand für ein schönes Bild macht.

853. Zum Tun gehört Talent, zum Wohltun Vermögen.

854. Eine gefallene Schreibe Feder muß man gleich aufheben, sonst wird sie zertreten.

855. Es ist keine Kunst eine Göttin zur Hexe eine Jungfrau zur Hure zu machen, aber zur umgekehrten Operation, Würde zu geben dem Verschmähten wünschenwert zu machen das Verworfene dazu gehört entweder Kunst oder Charakter.

856. Es gibt keine Lage die man nicht veredlen könnte durch Leisten oder Dulden.

857. Dem Verzweiflenden verzeiht man alles
Dem Verarmten gibt man jeden Erwerb zu.

858. Glaube, Liebe, Hoffnung, fühlten einst in ruhiger geselliger Stunde einen plastischen Trieb in ihrer Natur, sie befleißigten sich zusammen und schufen ein liebliches Gebild eine Pandora im höhern Sinne, die Geduld.

859. Lüsternheit Spiel mit dem zu genießenden
Spiel mit dem genossenen.

860. Eitelkeit ist eine persönliche Ruhmsucht; man will nicht wegen seiner Eigenschaften seiner Verdienste, Taten geschätzt, geehrt, gesucht werden; sondern um seines individuellen Daseins willen. Am besten kleidet die Eitelkeit deshalb eine frivole Schöne.

861. Dummheit seinen Feind vor dem Tode und Niederträchtigkeit nach dem Siege zu verkleinern.

862. Die schwer zu lösende Aufgabe strebender Menschen ist die Verdienste älterer Mitlebenden anzuerkennen und sich von ihren Mängeln nicht hindern zu lassen.

863. Das radikale Übel

daß jeder gern sein möchte was er sein könnte und die übrigen nichts ja nicht wären.

864. Ein Mensch zeigt nicht eher seinen Charakter als wenn er von einem großen Menschen oder irgend von etwas außerordentlichem spricht. Es ist der rechte Probierstein aufs Kupfer.

865. Nur solchen Menschen die nichts hervorzubringen wissen denen ist nichts da.

866. Warum man doch ewige Mißreden hört? Sie glauben sich alle etwas zu vergeben wenn sie das kleinste Verdienst anerkennen.

867. Vom Verdienste fordert man Bescheidenheit aber diejenigen die Unbescheiden das Verdienst schmälern werden mit Behagen angehört.

868. Dem Menschen ist verhaßt was er nicht glaubt selbst getan zu haben.

Deswegen der Parteigeist so eifrig ist. Jeder alberne glaubt ins beste einzugreifen und alle Welt die nichts ist wird zu was.

869. Egoistische Kleinstädterei die sich Zentrum deucht.

870. Es ist niemand fähig zu denken daß jemand etwas konstruieren und protegieren möchte als um Partei zu machen.

871. Im Laufe des frischen Lebens erduldet man viel es sei nun vom Veralteten oder Überneuen.

872. Wie haben sich die Deutschen nicht gebart um dasjenige abzuwehren was ich allenfalls getan und geleistet habe, und tun sie's nicht noch. Hätten sie alles gelten lassen und wären weiter gegangen, hätten sie mit meinem Erwerb gewuchert so wären sie weiter wie sie sind.

873. Daß die Naturforscher nicht durchaus mit mir einig werden ist bei der Stellung so verschiedener Denkweisen ganz natürlich; die meinige werde ich gleichfalls künftig zu behaupten suchen. Aber auch im ästhetischen und moralischen Felde, wird es Mode gegen mich zu streiten und zu wirken. Ich weiß recht gut woher und wohin, warum

und wozu; erkläre mich aber weiter nicht darüber. Die Freunde mit denen ich gelebt, für die ich gelebt, werden sich und mein Andenken aufrecht zu erhalten wissen.

874. Das Urteil können sie verwehren aber die Wirkung nicht hindern.

875. Toleranz sollte eigentlich nur eine vorübergehende Gesinnung sein; sie muß zur Anerkennung führen. Dulden heißt beleidigen.

876. Die wahre Liberalität ist Anerkennung.

877. Mit wahrhaft Gleichgesinnten kann man sich auf die Länge nicht entzweien, man findet sich immer wieder einmal zusammen; mit eigentlich Widergesinnten versucht man umsonst Einigkeit zu halten, es bricht immer wieder einmal aus einander.

878. Ich bin mit allen Menschen einig die mich zunächst angehen und von den übrigen laß ich mir nichts mehr gefallen und da ist die Sache aus.

879. Ich höre das ganze Jahr Jedermann anders reden als ich's meine warum sollt ich denn auch nicht einmal sagen wie ich gesinnt bin.

880. Eine Nachgesprochne Wahrheit verliert schon ihre Grazie

Aber ein Nachgesprochner Irrtum ist ganz ekelhaft.

881. Jovis omnia plena.

Das Absurde falsche läßt sich jedermann gefallen denn es
Schleicht sich ein
Das Wahre derbe nicht denn es schließt aus.

882. Es gibt Menschen die auf die Mängel ihrer Freunde sinnen, dabei ist nichts zu gewinnen, ich habe immer auf die Verdienste meiner Widersacher acht gehabt und davon Vorteil gezogen.

883. Vernünftiges und Unvernünftiges haben gleichen Widerspruch zu erleiden.

884. Es ist ganz einerlei ob man das Wahre oder das Falsche sagt beidem wird widersprochen.

885. Gegner glauben uns zu widerlegen, wenn sie ihre Meinung wiederholen und auf die unsrige nicht achten.

886. Diejenigen welche widersprechen und streiten sollten mitunter bedenken daß nicht jede Sprache jedem verständlich sei.

887. Es hört doch jeder nur was er versteht.

888. Eine richtige Antwort ist wie ein lieblicher Kuß.

889. Es gibt viele Menschen die sich einbilden was sie erfahren das verstünden sie auch.

890. Wer kann sagen er erfahre was wenn er nicht ein *Erfahrender* ist.

891. Über die wichtigsten Angelegenheiten des Gefühls wie der Vernunft, der Erfahrung wie des Nachdenkens, soll man nur mündlich verhandeln. Das ausgesprochene Wort ist sogleich tot wenn es nicht durch ein folgendes dem Hörer gemäßes am Leben erhalten wird. Man merke nur auf ein geselliges Gespräch! Gelangt das Wort nicht schon tot zu dem Hörer, so ermordet er es alsogleich durch Widerspruch, Bestimmen, Bedingen, Ablenken, Abspringen, und wie die tausendfältigen Unarten des Unterhaltens auch heißen mögen. Mit dem Geschriebenen ist es noch schlimmer; niemand mag lesen, als das woran er schon einigermaßen gewöhnt ist, das Bekannte, das Gewohnte verlangt er unter veränderter Form. Doch hat das Geschriebene den Vorteil, daß es dauert und die Zeit abwarten kann, wo ihm zu wirken gegönnt ist.

892. Was man mündlich ausspricht muß der Gegenwart dem Augenblick gewidmet sein, was man schreibt widme man der Ferne der Folge.

893. Man frage nicht ob man durchaus übereinstimmt sondern ob man in einem Sinne verfährt.

894. Nichts peinlichers habe gefunden als mit jemand in widerwärtigem Verhältnis zu stehn mit dem ich übrigens aus einem Sinne gern gehandelt hätte.

895. Beim Zerstören gelten alle falschen Argumente, beim Aufbauen keineswegs. Was nicht wahr ist baut nicht.

896. Die gegenwärtige Welt ist nicht wert daß wir etwas für sie tun, denn die bestehende kann in dem augenblick abscheiden. Für die Vergangne und Künftige müssen wir arbeiten. Für Jene daß wir ihr Verdienst anerkennen für diese daß wir ihren Wert zu erhöhen suchen.

897. Wie viele Jahre muß man nicht *tun* um nur eingermaßen zu wissen was und wie es zu tun sei.

898. Es ist nichts furchtbarer anzuschauen als grenzenlose Tätigkeit ohne Fundament. Glücklich diejenigen die im Praktischen gegründet sind und sich zu gründen wissen. Hiezu bedarf's aber einer ganz eigenen Doppelgabe.

899. Es ist nichts inkonsequenter als die höchste konsequenz weil sie unnatürliche Phänomene hervorbringt, die zuletzt umschlagen.

900. Wer das erste Knopfloch verfehlt kommt mit dem Zuknöpfen nicht zu Rande.

901. Man geht nie weiter als wenn man nicht mehr weiß wohin man geht.

902. Wer sein Leben mit einem Geschäft zubringt dessen Undankbarkeit er zuletzt einsieht der haßt es und kann es doch nicht los werden.

903. Frage sich doch jeder mit welchem Organ er allenfalls in seine Zeit einwirken kann und wird.

904. Ein schäbiges Kamel trägt immer noch
Die Lasten vieler Esel.

905. Derjenige der's allen andern zuvortun will betrügt sich meist selbst, er tut nur alles was er kann und bildet sich dann gefällig vor das sei soviel und mehr als das was alle können.

906. Versuche die eigne Autorität zu fundieren.
Sie ist überall begründet wo Meisterschaft ist.

907. Denke nur niemand daß man auf ihn als den Heiland gewartet habe.

908. Wer tätig sein will und muß hat nur das Gehörige des Augenblicks zu bedenken und so kommt er ohne Weitläufigkeit durch. Das ist der Vorteil der Frauen wenn sie ihn verstehn.

909. Der Augenblick ist eine Art von Publikum, man muß ihn betrügen daß er glaube man tue was, dann läßt er uns gewähren und im Geheimen fortführen worüber seine Enkel erstaunen müssen.

910. Der Tag an und für sich ist gar zu miserabel, wenn man nicht ein Lustrum anpackt so gibt's keine Garbe.

911. Der Tag gehört dem Irrtum und dem Fehler
Die Zeitreihe dem Erfolg und dem Gelingen.
912. Wer vorsieht ist Herr des Tags.

913. Ich verwünsche das tägliche weil es immer absurd ist. Nur Was wir durch mögliche Anstrengung ihm übergewinnen läßt sich wohl ein mal summieren.

914. Indes wir dem Ungeheuren unterworfen kaum auf- und umschauen was zu tun sei Und wohin wir unser Bestes Von Kräften, Tätigkeiten hinwenden sollen und des höchsten Enthusiasmus bedürftig sind Der nur nachhalten Kann wenn er nicht empirisch ist Nagen zwar keine Lind aber Lump Wurme an unsern Täglichkeiten.

915. Das ganze Leben besteht aus
Wollen und nicht vollbringen
Vollbringen und nicht wollen.

916. Wollen und vollbringen ist
Nicht der mühe wert
Oder verdrießlich davon zu sprechen.

917. Das Leben vieler Menschen besteht aus Klatschigkeiten Tägigkeiten Intrigue zu Momentaner Wirkung.

918. Wenn die Affen es dahin bringen könnten Langeweile zu haben so könnten sie menschen werden.

919. Dem Klugen kommt das Leben leicht vor wenn dem Toren schwer und oft dem Klugen schwer dem Toren Leicht.

920. Es ist besser eine Torheit pure geschehen zu lassen als ihr mit einiger Vernunft nachhelfen zu wollen. Die Vernunft verliert ihre Kraft indem sie sich mit der Torheit vermischt und die Torheit ihr Naturell, das ihr oft forthilft.

---

921. Mit Gedanken die nicht aus der tätigen Natur entsprungen sind, und nicht wieder aufs tätige Leben wohltätig hinwirken und so in einem mit dem jedesmaligen Lebenszustand übereinstimmenden mannigfaltigen Wechsel unaufhörlich entstehen und sich auflösen, ist der Welt wenig geholfen.

---

922. In Rücksicht aufs praktische ist der unerbittliche Verstand Vernunft. Weil der Vernunft Höchstes ist Visa vis des Verstands nämlich den Verstand unerbittlich zu machen.

---

923. Falsche Tendenzen sind eine Art realer Sehnsucht, immer noch vorteilhafter als die falsche Tendenz die sich als ideelle Sehnsucht ausdrückt.

---

924. Alle praktische Menschen suchen sich die Welt handrecht zu machen, alle Denker wollen sie kopfrecht haben; wie weit es jedem gelingt mögen sie zusehen.

---

925. *Die Realen.*
Was nicht geleistet wird wird nicht verlangt.
Die Idealen.
Was verlangt wird ist nicht gleich zu leisten.

---

926. Im Idealen kommt alles auf die Elans, im Realen auf die Beharrlichkeit an.

927. Das wunderlichste im Leben ist das Vertrauen daß andre uns führen werden – haben wir's nicht so tappen und tolpen wir unsern eignen Weg hin

Haben wir's so sind wir auch eh wir's uns versehen, auf das schlechteste geführet.

928. Die ungeheuerste Kultur die der Mensch sich geben kann ist die Überzeugung daß die andern nicht nach ihm fragen.

929. Wer hätte mit mir Geduld haben sollen wenn ich's nicht gehabt hätte.

930. Die Menschen glauben daß man sich mit ihnen abgeben müsse da man sich mit sich selbst nicht abgibt.

931. Ein gebranntes Kind scheut das Feuer, ein oft versengter Greis scheut sich zu wärmen.

932. Wie viel vermag nicht die Übung! Die Zuschauer schreien und der Geschlagne schweigt.

933. Welcher Gewinn wäre es fürs Leben wenn man dies früher gewahr würde, zeitig erführe, daß man mit seiner Schönen nie besser steht als wenn man seinen Rivalen lobt. Alsdenn geht ihr das Herz auf, jede Sorge euch zu verletzen, die Furcht euch zu verlieren ist verschwunden; sie macht euch zum Vertrauten und ihr überzeugt euch

mit Freuden, daß ihr es seid, dem die Frucht des Baumes gehört, wenn ihr guten Humor genug habt, anderen die abfallenden Blätter zu überlassen.

---

934. Wenn mir eine Sache mißfällt, so laß ich sie liegen, oder mache sie besser.

---

935. Wer in sich recht ernstlich hinabsteigt wird sich immer nur als Hälfte finden, er fasse nach her ein Mädchen oder eine Welt um sich zum ganzen zu konstituieren das ist einerlei.

---

936. Weiß denn der Sperling wie dem Storch zu Mute sei.

---

937. Der Tiger der dem Hirsch begreiflich machen will wie köstlich es ist Blut zu schlürfen.

---

938. Gesunde Menschen sind die in deren Leibes und Geistes Organisation jeder Teil eine Vita propria hat.

---

939. Daß man gerade nur denkt wenn man das worüber man denkt nicht ausdenken kann.

---

940. Wenn weise Männer nicht irrten;
Müßten die Narren verzweifeln.

---

941. Manche sind auf das was sie wissen Stolz,
gegen das was sie nicht wissen hoffärtig.

---

942. Wer sich in ein Wissen einlassen soll muß betrogen werden, oder sich selbst betrügen, wenn äußere Nötigungen ihn nicht unwiderstehlich bestimmen. Wer würde ein Arzt werden wenn er alle Unbilden auf einmal vor sich sähe die seiner warten?

943. Der Historiker kann und braucht nicht alles aufs Gewisse zu führen; wissen doch die Mathematiker auch nicht zu erklären, warum der Komet von 1770. der in fünf oder 11. Jahren wieder kommen sollte, sich zur bestimmten Zeit noch nicht wieder hat sehen lassen.

944. Es ist mit der Geschichte wie mit der Natur, wie mit allem Profunden, es sei vergangen, gegenwärtig oder zukünftig; je tiefer man ernstlich eindringt desto schwierigere Probleme tun sich hervor. Wer sie nicht fürchtet, sondern kühn darauf losgeht, fühlt sich, indem er weiter gedeiht höher gebildet und behaglicher.

945. Die Geschichte, wie das Universum das sie repräsentieren soll, hat einen realen und idealen Teil.

946. Zum idealen Teile gehört der Kredit, zum realen, Besitztum physische Macht pp.

947. Der Kredit ist eine durch reale Leistungen erzeugte Idee der Zuverlässigkeit.

948. Jeder Besitz ist eine plumpe Sache und es ist gut daß darüber abgesprochen werde ne incerta sint rerum dominia.

949. Jeder Mensch fühlt sich privilegiert.
Diesem Gefühl widerspricht
1. die Naturnotwendigkeit
2. die Gesellschaft.

ad 1. Der Mensch kann ihr nicht entgehen, nicht ausweichen nichts abgewinnen. Nur kann er durch Diät sich fügen und ihr nicht vorgreifen.

ad 2. Der Mensch kann ihr nicht entgehen nicht ausweichen aber er kann ihr abgewinnen daß sie ihn ihre Vorteile mitgenießen läßt wenn er seinem Privilegien Gefühl entsagt.

950. Der Höchste Zweck der Gesellschaft ist Konsequenz der Vorteile jedem gesichert. Jeder einzelne Vernünftige opfert schon der Konsequenz vieles auf. Geschweige die Gesellschaft. Über diese Konsequenz geht fast der momentane Vorteil der Glieder zu Grunde.

951. In der Gesellschaft sind alle gleich. Es kann keine Gesellschaft anders als auf den Begriff der Gleichheit gegründet sein keineswegs aber auf dem Begriff der Freiheit. Die Gleichheit will ich in der Gesellschaft finden, die Freiheit nämlich die sittliche daß ich mich subordinieren mag bringe ich mit.

952. Die Gesellschaft in die ich trete muß also zu mir sagen: du sollst allen uns andern gleich sein, sie kann aber nur hinzufügen wir wünschen daß du auch frei sein mögest das heißt wir wünschen daß du dich mit überzeugung aus freiem vernünftigem Willen deiner Privilegien begibst.

953. Gesetzgeber oder Revolutionärs die Gleichsein und Freiheit zugleich versprechen sind Phantasten oder Scharlatans.

954. Eingebildete Gleichheit das erste Mittel die ungleichheit zu zeugen.

955. Jede Revolution geht auf Naturzustand hinaus. Gesetz- und Schamlosigkeit. Pikarden, Wiedertäufer, Sansculotten.

956. Sobald die Tyrannei aufgehoben ist geht der Konflikt zwischen Aristokratie und Demokratie unmittelbar an.

957. Die Menschen sind als Organe ihres Jahrhunderts anzusehen, die sich meist unbewußt bewegen.

958. Fehler der sogenannten Aufklärung: daß sie Menschen Vielseitigkeit gibt deren einseitige Lage man nicht ändern kann.

959. Vor der Revolution war alles Bestreben
Nachher ist alles Forderung.

960. In einigen Staaten ist in Folge der erlebten heftigen Bewegungen fast in allen Richtungen eine gewisse Übertreibung im Unterrichtswesen eingetreten, dessen Schädlichkeit in der Folge allgemeiner eingesehen, aber jetzt schon von tüchtigen redlichen Vorstehern solcher Anstalten vollkommen anerkannt ist. Treffliche Männer leben in einer Art von Verzweiflung daß sie dasjenige, was sie Amts- und Vorschriftsgemäß lehren und überliefern müssen, für unnütz und schädlich halten.

961. Es ist nichts trauriger anzusehn als das unvermittelte Streben ins Unbedingte in dieser durchaus bedingten Welt; es erscheint im Jahre 1830 vielleicht ungehöriger als je.

962. Einen *gerüsteten*, auf die *Defensive* berechneten Zustand kann kein Staat aushalten.

963. Ob eine Nation reif werden könne ist eine wunderliche Frage. Ich beantworte sie mit Ja, wenn alle Männer als dreißigjährig geboren werden könnten; da aber die Jugend vorlaut, das Alter aber kleinlaut ewig sein wird, so ist der eigentlich reife Mann immer zwischen beiden geklemmt und wird sich auf eine wunderliche Weise behelfen und durchhelfen müssen.

964. Das große Recht

Nicht etwa nur in seinen Privatangelegenheiten (denn das weiß ein jeder) sondern auch in Öffentlichen verständig ja vernünftig zu sein.

965. Majestät ist das Vermögen ohne rücksicht auf Belohnung oder Bestrafung recht oder unrecht zu handlen.

966. Herrschen und genießen geht nicht zusammen

Genießen heißt sich und andern in Fröhlichkeit angehören

Herrschen heißt sich und andern im Ernstlichsten Sinne wohltätig sein.

967. Herrschen lernt sich leicht
Regieren schwer.

968. Wer klare Begriffe hat kann befehlen.

969. Was von Seiten der Monarchen in den Zeitungen gedruckt wird, nimmt sich nicht gut aus, denn die Macht soll handeln und nicht reden. Was die Liberalen vorbringen läßt sich immer lesen, denn der Übermächtigte, weil er nicht handeln kann, mag sich wenigstens redend äußern. ›Laßt sie singen wenn sie nur bezahlen!‹ sagte Mazarin als man ihm die Spottlieder auf eine neue Steuer vorlegte.

970. Wenn man einige Monate die Zeitungen nicht gelesen hat, und man liest sie alsdann zusammen, so zeigt sich erst wieviel Zeit man mit diesen Papieren verdirbt. Die Welt war immer in Parteien geteilt, besonders ist sie es jetzt, und während jedes zweifelhaften Zustandes kirrt der Zeitungsschreiber eine oder die andere Partei mehr oder weniger und nährt die innere Neigung und Abneigung von Tag zu Tag, bis zuletzt Entscheidung eintritt und das Geschehene wie eine Gottheit angestaunt wird.

971. In den Zeitungen ist alles Offizielle geschraubt, das übrige platt.

972. Nach Preßfreiheit schreit niemand als wer sie mißbrauchen will.

973. Die Deutschen der neueren Zeit haben nichts anders für Denk und Preßfreiheit gehalten als daß sie sich einander öffentlich mißachten dürfen.

974. Die Deutschen der Alten Zeit freute nichts als daß keiner dem andern gehorchen Durfte.

975. Gerechtigkeit
Eigenschaft und Phantom der Deutschen.

---

976. Der echte Deutsche bezeichnet sich durch mannigfaltige Bildung und Einheit des Charakters.

---

977. Die Engländer werden uns beschämen durch reinen Menschenverstand und guten Willen, die Franzosen durch geistreiche Umsicht und praktische Ausführung.

---

978. Der Deutsche soll alle Sprachen lernen damit ihm zu Hause kein Fremder unbequem; er aber in der Fremde überall zu Hause sei.

---

979. Die Gewalt einer Sprache, ist nicht daß sie das Fremde abweist, sondern daß sie es verschlingt.

---

980. Ich verfluche allen negativen Purismus daß man ein Wort nicht brauchen soll in welchem eine andre Sprache pp. vieles oder zarteres gefaßt hat.

---

981. Meine Sache ist der affirmative Purismus der produktiv ist und nur davon ausgeht. Wo müssen wir *umschreiben* und der Nachbar hat ein entscheidendes Wort.

---

982. Der pedantische Purismus ist ein absurdes Ablehnen weiterer Ausbreitung des Sinnes und Geistes. (Z. B. Das englische Wort Grief)

---

983. Kein Wort steht still, sondern es rückt immer durch den Gebrauch von seinem anfänglichen Platz, eher hinab als hinauf, eher ins schlechtere als ins Bessere, ins Engere und weitere, und an der Wandelbarkeit des Worts läßt sich die Wandelbarkeit der Begriffe erkennen.

984. Philologen, Apollo Sauroktonos, immer mit dem spitzen Griffelchen in der Hand aufpassend eine Eidechse zu spießen.

985. Es ist kein großer Unterschied ob ich eine korrekte Stelle falsch verstehe Oder ob ich einer korrupten irgend einen Sinn unterlege Das letzte ist für den einzelnen vorteilhafter als das erste. Es wird eine Privat Emendation, wodurch er für seinen Geist gewinnt was jene für den Buchstaben gewonnen.

986. Was man Mode heißt ist augenblickliche Überlieferung. Alle Überlieferung führt eine Gewisse Notwendigkeit mit sich sich ihr gleichzustellen.

987. Wenn man älter wird muß man mit Bewußtsein auf einer gewissen Stufe stehen bleiben.

988. Es ziemt sich dem Bejahrten weder in der Denkweise noch in der Art sich zu kleiden der Mode nachzugehen.

989. Aber man muß wissen wo man steht und wohin die andern wollen.

990. Es ist mit den Jahren wie mit den Sibyllinischen Büchern je mehr man ihrer verbrennt desto teurer werden sie.

991. Wenn die Jugend ein Fehler ist, so legt man ihn sehr bald ab.

992. In der Jugend bald die Vorzüge des Alters gewahr zu werden. Im Alter die Vorzüge der Jugend zu erhalten; beides ist nur ein Glück.

993. Es betrügt sich kein Mensch der in seiner Jugend noch soviel erwartet. Aber wie er damals die Ahndung in seinem Herzen empfand so muß er auch die Erfüllung in seinem Herzen suchen

Nicht außer sich.

994. ›Ich bin über die Wurzeln des Baums gestolpert den ich gepflanzt hatte.‹ Das muß ein alter Forstmann gewesen sein der dies gesagt hat.

995. Daß der Mensch zuletzt Epitomator von sich selbst wird! und dahin zu gelangen ist schon Glück genug.

996. Eltern und Kindern bleibt nichts übrig als entweder vor oder hinter einander zu sterben und man weiß am Ende nicht was man vorziehen sollte.

997. Wenn ich an meinen Tod denke darf ich kann ich nicht denken welche Organisation zerstört wird.

998. In jeder großen Trennung liegt ein Keim von Wahnsinn man muß sich hüten ihn nachdenklich auszubrüten und zu pflegen.

999. Höchst merkwürdig ist daß von dem menschlichen Wesen das Entgegengesetzte übrig bleibt: Gehäus und Gerüst worin und womit sich der Geist hienieden genügte, sodann aber die idealen Wirkungen die in Wort und Tat von ihm ausgingen.

1000. Ein ausgesprochnes Wort fordert sich selbst wieder.

1001. Mystik
eine unreife Poesie
eine unreife Philosophie
Poesie
eine reife Natur
Philosophie
eine reife Vernunft.

1002. Poesie deutet auf die Geheimnisse der Natur und sucht sie durchs Bild zu lösen

Philosophie deutet auf die Geheimnisse der Vernunft und sucht sie durchs Wort zu lösen.

Naturphilosophie

Experimental Philosophie

Mystik deutet auf die Geheimnisse der Natur und Vernunft und sucht sie durch Wort und Bild zu lösen.

1003. Bildliche Vorstellung
Reich der Poesie
Hypothetische Erklärung
Reich der Philosophie.

1004. Das Wahre (allgemeine)
das wir erkennen und festhalten
Das Leidenschaftliche (besondere)
das uns hindert und festhält
Das Dritte Rednerische
schwankend zwischen Wahrheit und Leidenschaft.

1005. Die Laune ist ein bewußtloses, und beruht auf der Sinnlichkeit. Es ist der Widerspruch der Sinnlichkeit mit sich selbst.

1006. Der Humor entsteht, wenn die Vernunft nicht im Gleichgewicht mit den Dingen ist, sondern entweder sie zu beherrschen strebt und nicht damit zu Stande kommen kann: welches der ärgerliche oder üble Humor ist; oder sich ihnen gewissermaßen unterwirft und mit sich spielen läßt, salvo honore; welches der heitre Humor oder der gute ist. Sie läßt sich gut symbolisieren; durch einen Vater, der sich herabläßt mit seinen Kindern zu spielen, und mehr Spaß einnimmt, als ausgibt.

In diesem Falle spielt die Vernunft den goffo
Im ersten Falle den moroso.

1007. Das Genie übt eine Art Ubiquität aus ins Allgemeine vor- ins Besondere nach der Erfahrung.

1008. Das Glück des Genies
wenn es zu Zeiten des Ernstes Geboren wird.

1009. Große Talente sind das schönste Versöhnungs-Mittel.

1010. Das Genie mit Großsinn sucht seinem Jahrhundert vorzueilen, das Talent aus Eigensinn möchte es oft zurückhalten.

1011. Der Scharfsinn verläßt geistreiche Männer am wenigsten wenn sie unrecht haben.

1012. Das Fürchterlichste ist wenn platte unfähige Menschen zu Phantasten sich gesellen.

1013. Man kann sich nicht verleugnen, daß die deutsche Welt mit vielen guten trefflichen Geistern geschmückt immer uneiniger unzusammenhängenter in Kunst und Wissenschaft sich auf historischen, theoretischen und praktischen Wege immer mehr verirrt und verwirrt.

1014. Sehe man Kunst und Wissenschaft nicht als ein ewiges in sich selbst lebendig fertiges verehrend an, das im Zeitverlaufe nur Vorzüge und Mängel durcheinander mischt, so würde man selbst irre werden, und sich betrüben, daß Reichtum in eine solche Verlegenheit setzen kann.

1015. Was ist das für eine Zeit wo man die Begrabenen beneiden muß.

1016. Was nicht originell ist daran ist nichts gelegen. Und was originell ist trägt immer die Gebrechen des Individuums an sich.

1017. Wer's nicht besser machen kann macht's wenigstens anders; Zuhörer und Leser in herkömmlicher Gleichgültigkeit, lassen dergleichen am liebsten gelten!

1018. Man spricht soviel von Geschmack
Der Geschmack besteht in Euphemismen.
Diese sind Schonungen des Ohrs mit aufregung des Sinnes.

1019. Das Publikum will wie Frauenzimmer behandelt sein, man soll ihnen durchaus nichts sagen als was sie hören möchten.

1020. Das Publikum beklagt sich lieber unaufhörlich übel bedient worden zu sein, als daß es sich bemühte besser bedient zu werden.

1021. Es gibt empirische Enthusiasten, die, obgleich mit Recht an neuen guten Produkten, aber mit einer Ekstase sich erweisen, als wenn sonst in der Welt nichts Vorzügliches zu sehen gewesen wäre.

1022. Ein großes Unheil entspringt aus den falschen Begriffen der Menge, weil der Wert vorhandener Werke gleich verkannt wird, wenn sie nicht im kurrenten Vorurteil mit einbegriffen sind.

1023. Innerhalb einer Epoche gibt es keinen Standpunkt eine Epoche zu betrachten.

1024. Keine Nation hat ein Urteil, als über das was bei ihr getan und geschrieben ist. Man könnte dies auch von jeder Zeit sagen.

1025. Wahre, in alle Zeiten und Nationen eingreifende Urteile sind sehr selten.

1026. Keine Nation hat eine Kritik als in der Maße, wie sie vorzügliche tüchtige und vortreffliche Werke besitzt.

1027. Die Kritik erscheint wie Ate,
Sie verfolgt die Autoren aber hinkend.

1028. Das Wahre, Gute und Vortreffliche ist einfach und sich immer gleich, wie es auch erscheine. Das Irren aber, das den Tadel hervorruft, ist höchst mannigfaltig, in sich selbst verschieden, und nicht allein gegen das Gute und Wahre, sondern auch gegen sich selbst kämpfend, mit sich selbst in Widerspruch. Daher müssen in jeder Literatur die Ausdrücke des Tadels die Worte des Lobes überwiegen.

1029. Bei den Griechen, deren Poesie und Rhetorik einfach und positiv war, erscheint die Billigung öfter als die Mißbilligung; bei den Lateinern hingegen ist es umgekehrt, und jemehr sich Poesie und Redekunst verdirbt, destomehr wird der Tadel wachsen und das Lob sich zusammenziehen.

1030. Die Literatur verdirbt sich nur in dem Maße als die Menschen verdorbener werden.

1031. Klassisch ist das Gesunde, Romantisch das Kranke.

1032. Ovid blieb Klassisch auch im Exil, er sucht sein Unglück nicht in sich sondern in seiner Entfernung von der Hauptstadt der Welt.

1033. Das Romantische ist schon in seinen Abgrund verlaufen, das Gräßlichste der neuern Produktionen ist kaum noch gesunkener zu denken.

1034. Engländer und Franzosen haben uns darin überboten, Körper die bei Leibesleben verfaulen und sich in detaillierter Betrachtung ihres Verwesens erbauen. Tote, die zum Verderben anderer am Leben bleiben und ihren Tod am Lebendigen ernähren, dahin sind unsre Produzenten gelangt.

1035. Im Altertum spuken dergl. Erscheinungen nur vor wie seltene Krankheitsfälle bei den Neuern sind sie endemisch und epidemisch geworden.

1036. *Sakontala.*

Hier erscheint der Dichter in seiner höchsten Funktion als Repräsentant des natürlichsten Zustandes, der feinsten Lebensweise, des reinsten sittlichen Bestrebens, der würdigsten Majestät und der ernstesten Gottesverehrung, wagt er sich in gemeine und lächerliche Gegensätze.

1037. Jemand sagte: was bemüht ihr euch um den Homer! ihr versteht ihn doch nicht. Darauf antwortet ich: Versteh ich doch auch Sonne Mond und Sterne nicht, aber sie gehen über meinem Haupt hin und ich erkenne mich in ihnen, indem ich sie sehe und ihren regelmäßigen wunderbaren Gang betrachte und denke dabei ob auch wohl etwas aus mir werden könnte.

1038. Daß die bildende Kunst in der Ilias auf einer so hohen Stufe erscheint möchte wohl ein Argument für die Modernität des Gedichtes abgeben.

1039. Die Modernen sollen nur Lateinisch schreiben wenn sie aus Nichts Etwas zu machen haben. Umgekehrt machen sie ihr weniges Etwas immer zu nichts.

1040. Die Lateinische Sprache hat eine Art von Imperativus der Autorschaft.

1041. Zu den glücklichen Umständen welche Shakespeares gebornes großes Talent frei und rein entwickelten, gehört auch daß er Protestant war, er hätte sonst wie Kālidāsa und Calderón Absurditäten verherrlichen müssen.

1042. *Heinrich der vierte von Shakespeare.*

Wenn alles verloren wäre was je dieser Art geschrieben zu uns gekommen, so könnte man Poesie und Rhetorik daraus vollkommen wieder herstellen.

1043. Um die alten abgeschmacktesten Locos communes der menschheit durch zu peitschen hat Klopstock Himmel und Hölle Sonne Mond und sterne Zeit und Ewigkeit Gott und Teufel aufgeboten.

1044. Schmidt v. Werneuchen ist der wahre Charakter der Natürlichkeit. Jedermann hat sich über ihn lustig gemacht und das mit recht. Und doch hätte man sich über ihn nicht lustig machen können wenn er nicht als Poet wirklich Verdienst hätte das wir an ihm zu ehren haben.

1045. Eulenspiegel.

Alle Hauptspäße des Buchs beruhen darauf, daß alle Menschen *figürlich* sprechen und Eulenspiegel es *eigentlich* nimmt.

1046. Märchen

das uns unmögliche Begebenheiten unter möglichen oder unmöglichen Bedingungen als möglich darstellt.

1047. Roman

der uns mögliche Begebenheiten unter unmöglichen oder beinahe unmöglichen Bedingungen als wirklich darstellt.

1048. Der Romanenheld assimiliert sich alles; der Theaterheld muß nichts Ähnliches in allem dem finden, was ihn umgibt.

1049. Einen wundersamen Anblick geben des Aristoteles Fragmente des Traktats über Dichtkunst. Wenn man das Theater in- und auswendig kennt, wie unsereiner, der einen bedeutenden Teil des Lebens auf diese Kunst verwendet und selbst viel darin gearbeitet hat, so sieht man erst, daß man sich vor allen Dingen mit der philosophischen Denkart des Mannes bekannt machen müßte, um zu begreifen, wie er diese Kunsterscheinung angesehen habe; außerdem verwirrt unser Studium nur, wie denn die moderne Poetik das Alleräußerlichste ihrer Lehre nur zu ihrem Verderben anwendet und angewendet hat.

1050. Des tragischen Dichters Aufgabe und Tun ist nichts anders, als: ein psychisch-sittliches Phänomen, in einem faßlichen Experiment dargestellt, in der Vergangenheit nachzuweisen.

1051. Was man Motive nennt sind also eigentlich Phänomene des Menschengeistes, die sich wiederholt haben und wiederholen werden und die der Dichter nur als historische nachweist.

1052. Ein dramatisches Werk zu verfassen dazu gehört Genie. Am Ende soll die Empfindung, in der Mitte die Vernunft, am Anfang der Verstand vorwalten, und alles gleichmäßig durch eine lebhaft klare Einbildungskraft vorgetragen werden.

1053. Es ist nichts theatralisch was nicht für die Augen symbolisch wäre.

1054. Die gewöhnlichen Theaterkritiken sind unbarmherzige Sündenregister die ein böser Geist Vorwurfsweise den armen Schächern vorhält ohne hülfreiche Hand zu einem bessern Wege.

1055. Eine Romanze ist kein Prozeß wo ein Definitiv Urteil sein muß.

Leonorens Letzte Strophe.

1056. Beim Übersetzen muß man bis ans Unübersetzliche herangehen, alsdann wird man aber erst die fremde Nation und die fremde Sprache gewahr.

1057. Es ist ein großer Unterschied ob ich lese
Zu Genuß und Belebung oder
Zu Erkenntnis und Belehrung.

1058. Es gibt Bücher durch welche man alles erfährt und doch zuletzt von der Sache nichts begreift.

1059. Wenn einem Autor ein Lexikon nachkommen kann so taugt er nichts.

1060. Ich denke immer wenn ich einen Druckfehler sehe es sei etwas neues erfunden.

1061. Verleger haben die Autoren und sich selbst für vogelfrei erklärt, wie wollen sie untereinander, wer will mit ihnen rechten.

1062. Die Sehnsucht die nach außen in die Ferne strebt, sich aber melodisch in sich selbst beschränkt erzeugt den Minor.

1063. Cantilene
die Fülle der Liebe und jedes leidenschaftlichen Glücks verewigend.

AUS DEM NACHLASS

Über Kunst und Kunstgeschichte

Aphorismen,
Freunden und Gegnern zur Beherzigung

1064. Wer gegenwärtig über Kunst schreiben oder gar streiten will, der sollte einige Ahndung haben von dem, was die Philosophie in unsern Tagen geleistet hat und zu leisten fortfährt.

1065. Wer einem Autor Dunkelheit vorwerfen will, sollte erst sein eigenes Innere beschauen ob es denn da auch recht hell ist. In der Dämmerung wird eine sehr deutliche Schrift unlesbar.

1066. Wer streiten will muß sich hüten bei dieser Gelegenheit Sachen zu sagen die ihm niemand streitig macht.

1067. Wer Maximen bestreiten will, sollte fähig sein sie recht klar aufzustellen und innerhalb dieser Klarheit zu kämpfen, damit er nicht in den Fall gerate mit selbstgeschaffenen Luftbildern zu fechten.

1068. Die Dunkelheit gewisser Maximen ist nur relativ. Nicht alles ist dem Hörenden deutlich zu machen was dem Ausübenden einleuchtet.

1069. Ein Künstler, der schätzbare Arbeiten verfertiget, ist nicht immer im Stande von eignen oder fremden Werken Rechenschaft zu geben.

1070. Natur und Idee läßt sich nicht trennen, ohne daß die Kunst so wie das Leben zerstört werde.

1071. Wenn Künstler von Natur sprechen, subintelligieren sie immer die Idee, ohne sich's deutlich bewußt zu sein.

1072. Eben so geht's allen, die ausschließlich die Erfahrung anpreisen; sie bedenken nicht, daß die Erfahrung nur die Hälfte der Erfahrung ist.

1073. Erst hört man von Natur und Nachahmung derselben, dann soll es eine schöne Natur geben. Man soll wählen; doch wohl das beste und woran soll man's erkennen? nach welcher Norm soll man wählen? und wo ist denn die Norm? Doch wohl nicht auch in der Natur?

1074. Und gesetzt, der Gegenstand wäre gegeben der schönste Baum im Walde der in seiner Art als vollkommen auch vom Förster anerkannt würde. Nun, um den Baum in ein Bild zu verwandeln, gehe ich um ihn herum und suche mir die schönste Seite. Ich trete weit genug weg um ihn völlig zu übersehen; ich warte ein günstiges Licht ab, und nun soll von dem Naturbaum noch viel auf das Papier übergegangen sein.

1075. Der Laie mag das glauben; der Künstler hinter den Kulissen seines Handwerks sollte aufgeklärter sein.

1076. Gerade das, was ungebildeten Menschen am Kunstwerk als Natur auffällt, das ist nicht Natur, (von außen) sondern der Mensch. (Natur von innen)

1077. Wir wissen von keiner Welt als im Bezug auf den Menschen; wir wollen keine Kunst als die ein Abdruck dieses Bezugs ist.

1078. Wer zuerst im Bilde auf seinen Horizont die Zielpunkte des mannigfaltigen Spiels wagerechter Linien bannte, erfand das Prinzip der Perspektive.

1079. Wer zuerst aus der Systole und Diastole zu der die Retina gebildet ist, aus dieser Synkrisis und Diakrisis, mit Plato zu sprechen, die Farbenharmonie entwickelte, der hat die Prinzipien des Kolorits entdeckt.

1080. Suchet in euch, so werdet ihr alles finden und erfreuet euch wenn da draußen, wie ihr es immer heißen möget, eine Natur liegt, die ja und amen zu allem sagt was ihr in euch selbst gefunden habt.

1081. Gar vieles kann lange erfunden, entdeckt sein, und es wirkt nicht auf die Welt; es kann wirken und doch nicht bemerkt werden; wirken und nicht ins allgemeine greifen. Deswegen jede Geschichte der Erfindung sich mit den wunderbarsten Rätseln herumschlägt.

1082. Es ist so schwer etwas von Mustern zu lernen als von der Natur.

1083. Die Form will so gut verdaut sein als der Stoff, ja sie verdaut sich viel schwerer.

1084. Mancher hat nach der Antike studiert und sich ihr Wesen nicht ganz zugeeignet. Ist er darum scheltenswert?

1085. Die höheren Forderungen sind an sich schon schätzbarer auch unerfüllt, als niedrige ganz erfüllte.

1086. Das trocken Naive, das steif Wackere, das ängstlich Rechtliche und womit man ältere deutsche Kunst charakterisieren mag, gehört zu jeder früheren einfacheren Kunstweise. Die alten Venezianer, Florentiner u. s. w. haben das alles auch.

1087. Und wir Deutsche sollen uns dann nur für original halten, wenn wir uns nicht über die Anfänge erheben!

1088. Weil Albrecht Dürer bei dem unvergleichlichen Talent sich nie zur Idee des Ebenmaßes der Schönheit, ja sogar nie zum Gedanken einer schicklichen Zweckmäßigkeit erheben konnte, sollen wir auch immer, an der Erde kleben!

1089. Albrecht Dürern förderte ein höchst inniges realistisches Anschauen, ein liebenswürdiges menschliches Mitgefühl aller gegenwärtigen Zustände. Ihm schadete eine trübe, form und bodenlose Phantasie.

1090. Wie Martin Schön neben ihm steht, und wie das deutsche Verdienst sich dort beschränkt, wäre interessant zu zeigen, und nützlich zu zeigen daß dort nicht aller Tage Abend war.

1091. Löste sich doch in jeder italiänischen Schule der Schmetterling aus der Puppe los!

1092. Sollen wir ewig als Raupen herum kriechen, weil einige Nordische Künstler ihre Rechnung dabei finden?

1093. Nachdem uns Klopstock vom Reim erlöste und Voß uns prosodische Muster gab, so sollen wir wohl wieder Knittelverse machen wie Hans Sachs.

1094. Laßt uns doch vielseitig sein. Märkische Rübchen schmecken gut, am besten gemischt mit Kastanien. Und diese beiden edlen Früchte wachsen weit auseinander.

1095. Erlaubt uns in unsern vermischten Schriften doch neben den Abend- und Nordländischen Formen auch die Morgen- und Südländischen.

1096. Man ist nur vielseitig wenn man zum höchsten strebt weil man muß, (im Ernst) und zum Geringern herabsteigt, wenn man will. (zum Spaß.)

1097. Laßt doch den deutschen Dichtern den frommen Wunsch auch als Homeriden zu gelten. Deutsche Bildhauer es wird euch nicht schaden zum ruhm der letzten Praxiteliden zu streben.

1098. Was hat ein Maler zu studieren bis er eine Pfirsche sehen kann wie Huysum und dann sollen wir nicht versuchen ob es möglich sei den Menschen zu sehen wie ihn ein Grieche gesehen hat.

1099. Wer Proportion (das Meßbare) von der Antike nehmen muß sollte uns nicht gehässig sein weil wir das unmeßbare von der Antike nehmen wollen.

1100. Es ist schon genug daß Kunstliebhaber das Vollkommene übereinstimmend anerkennen und schätzen über das Mittlere läßt sich der Streit nicht endigen.

1101. Alles Prägnante, was allein an einem Kunstwerke vortrefflich ist, wird nicht anerkannt, alles Fruchtbare und Fördernde wird beseitigt, eine tief umfassende Synthesis begreift nicht leicht jemand.

1102. Ihr wählt euch ein Muster und damit vermischt ihr eure Individualität das ist alle eure Kunst. Da ist an keine Grundsätze an keine Schule, an keine Folge zu denken alles willkürlich und wie es einem jeden einfällt. Daß man sich von Gesetzen los macht die bloß durch Tradition geheiligt sind dagegen ist nichts zu sagen. Aber daß man nicht denkt es müssen doch Gesetze sein die aus der Natur jeder Kunst entspringen daran denkt niemand.

1103. Jedes gute und schlechte Kunstwerk sobald es entstanden ist gehört zur Natur. Die Antike gehört zur Natur und zwar wenn sie anspricht zur natürlichsten Natur und diese edle Natur sollen wir nicht studieren aber die gemeine.

1104. Denn das Gemeine ist's eigentlich was den Herren Natur heißt. Aus sich schöpfen mag wohl heißen mit dem eben fertig werden was uns bequem wird.

1105. Kunst eine andere Natur auch geheimnisvoller aber verständlicher denn sie entspringt aus dem Verstande.

1106. Die Natur wirkt nach Gesetzen die sie sich in Eintracht mit dem Schöpfer vorschrieb

Die Kunst nach Regeln über die sie mit dem Genie einverstanden [gestrichen: ist] hat.

1107. Die Kunst ruht auf einer Art religiosen Sinn, auf einem tiefen unerschütterlichen Ernst deswegen sie sich auch so gern mit der Religion vereinigt. Die Religion bedarf keines Kunstsinnes, sie ruht auf ihrem eignen Ernst, sie verleiht aber auch keinen, so wenig sie Geschmack gibt.

1108. Realität in der *höchsten* nützlichkeit (Zweckmäßigkeit) wird auch schön sein.

1109. Vollkommenheit ist schon da wenn das notwendige geleistet wird

Schönheit wenn das notwendige geleistet doch verborgen ist.

1110. Vollkommenheit kann mit Disproportion bestehen

Schönheit allein mit Proportion.

1111. Werke der Kunst werden zerstört sobald der Kunstsinn verschwindet.

1112. Die Allegorie verwandelt die Erscheinung in einen Begriff, den Begriff in ein Bild, doch so daß der Begriff im Bilde immer noch begrenzt und vollständig zu halten und zu haben und an demselben auszusprechen sei.

1113. Die Symbolik verwandelt die Erscheinung in Idee, die Idee in ein Bild und so daß die Idee im Bild immer unendlich wirksam und unerreichbar bleibt, und selbst in allen Sprachen ausgesprochen doch unaussprechlich bliebe.

1114. In Rembrandts trefflicher Radierung, der Austreibung der Käufer und Verkäufer aus den Tempelhallen ist die Glorie, welche gewöhnlich des Herrn Haupt umgibt, in die vorwärts wirkende Hand gleichsam gefahren, welche nun in göttlicher Tat glanzumgeben derb zuschlägt. Um das Haupt ist's wie auch das Gesicht dunkel.

1115. Jeder große Künstler reißt uns weg steckt uns an. Alles was in uns von eben der Fähigkeit ist wird rege und da wir eine Vorstellung vom Großen und einige Anlage dazu haben so bilden wir uns gar leicht ein der Keim davon stecke in uns.

1116. Gemüt hat Jedermann, Naturell Manche, Kunstbegriffe sind selten.

1117. In allen Künsten gibt es einen gewissen Grad, den man mit den natürlichen Anlagen, so zu sagen allein erreichen kann. Zugleich aber ist es unmöglich denselben zu überschreiten wenn nicht die Kunst zu Hülfe kommt.

1118. Man sagt wohl zum Lobe des Künstlers, er hat alles aus sich selbst. Wenn ich das nur nicht wieder hören müßte! Genau besehen sind die Produktionen eines solchen Original-Genies meistens Reminiszenzen, wer Erfahrung hat wird sie einzeln nachweisen können.

1119. Das sogenannte aus sich schöpfen macht gewöhnlich falsche Originale und Manieristen.

1120. Warum schelten wir das manierirte so sehr als weil wir glauben das umkehren daher auf den rechten Weg sei unmöglich.

1121. Die Kunst soll das Penible nicht vorstellen.

1122. Was die letzte Hand tun kann muß die erste schon entschieden aussprechen. Hier muß schon bestimmt sein, was getan werden soll.

1123. An meinen Bildern müßt ihr nicht schnuffeln, die Farben sind ungesund. *Rembrandt*

1124. Aus vielen Skizzen endlich ein Ganzes hervorzubringen gelingt selbst den Besten nicht immer.

1125. Selbst das mäßige Talent hat immer Geist in Gegenwart der Natur deswegen einigermaßen sorgfältige Zeichnungen der Art immer Freude machen.

1126. Ursache des Dilettantismus
Flucht vor der Manier
Unkenntnis der Methode
Törigtes Unternehmen gerade immer das Unmögliche leisten zu wollen welches die höchste Kunst erforderte wenn man sich ihm je nähern könnte.

1127. Fehler der Dilettanten
Phantasie und Technik unmittelbar verbinden zu wollen.

1128. Es ist eine Tradition Dädalus der erste Plastiker habe die Erfindung der Drehscheibe des Töpfers beneidet. Von Neid möchte wohl nichts vorgekommen sein, aber der große Mann hat wahrscheinlich vorempfunden daß die Technik zuletzt in der Kunst verderblich werden müsse.

1129. Die Technik im Bündnis mit dem Abgeschmackten ist die fürchterlichste Feindin der Kunst.

1130. Bei Gelegenheit der Berlinischen Vorbilder für Fabrikanten kam zur Sprache: ob so großer Aufwand auf die höchste Ausführung der Blätter wäre nötig gewesen? Wobei sich ergab daß gerade den talentvollen jungen Künstler und Handwerker die Ausführung am meisten reizt und daß er durch Beachtung und Nachbildung derselben erst befähigt wird das Ganze und den Wert der Formen zu begreifen.

1131. Chodowiecki ist ein sehr respektabler und wir sagen *idealer* Künstler.

Seine *guten* Werke zeugen durchaus von *Geist* und *Geschmack* mehr ideales war in dem Kreise in dem er arbeitete nicht zu fordern.

1132. Das schrecklichste für den Schüler ist daß er sich am Ende doch gegen den Meister wiederherstellen muß. Je kräftiger das ist was dieser gibt in desto größerem Unmut ja Verzweiflung ist der Empfangende.

1133. Ein edler Philosoph sprach von der Baukunst als einer *erstarrten Musik* und mußte dagegen manches Kopfschütteln gewahr werden. Wir glauben diesen schönen Gedanken nicht besser nochmals einzuführen als wenn wir die Architektur eine *verstummte Tonkunst* nennen.

Man denke sich den Orpheus, der, als ihm ein großer wüster Bauplatz angewiesen war, sich weislich an den schicklichsten Ort niedersetzte und durch die belebenden Töne seiner Leier den geräumigen Marktplatz um sich her bildete. Die von kräftig gebietenden, freundlich lokkenden Tönen schnell ergriffenen aus ihrer massenhaften Ganzheit gerissenen Felssteine mußten indem sie sich enthusiastisch herbei bewegten, sich kunst- und handwerksgemäß gestalten, um sich sodann in rhythmischen Schichten und Wänden gebührend hinzu ordnen. Und so mag sich Straße zu Straßen anfügen! An wohlschützenden Mauern wird's auch nicht fehlen.

Die Töne verhallen aber die Harmonie bleibt. Die Bürger einer solchen Stadt wandlen und weben zwischen ewigen Melodieen, der Geist kann nicht sinken, die Tätigkeit nicht einschlafen; das Auge übernimmt Funktion, Gebühr und Pflicht des Ohres, und die Bürger am gemeinsten Tage fühlen sich in einem ideellen Zustand; ohne Reflexion, ohne nach dem Ursprung zu fragen werden sie des höchsten sittlichen und religiosen Genusses teilhaftig. Man gewöhne sich in Sankt Peter auf und ab zu gehen und man wird ein Analogon desjenigen empfinden was wir auszusprechen gewagt.

Dagegen in einer schlecht gebauten Stadt, wo der Zufall mit leidigem Besen die Häuser zusammenkehrte, lebt der Bürger unbewußt in der Wüste eines düstern Zustandes; dem fremden Eintretenden jedoch ist es zu Mute als wenn er Dudelsack, Pfeifen und Schellen-Trommeln hörte und sich bereiten müßte Bärentänzen und Affensprüngen beizuwohnen.

1134. Antike Tempel
konzentrieren den Gott im Menschen
Des Mittelalters Kirchen
Streben nach dem Gott in der Höhe.

AUS DEM NACHLASS

Über Natur und Naturwissenschaft

1135. Begriff ist *Summe*, Idee *Resultat* der Erfahrung, jene zu ziehen wird Verstand, diese zu erfassen Vernunft erfordert.

1136. Was man Idee nennt, das was immer zur Erscheinung kommt und daher als Gesetz aller Erscheinungen uns entgegentritt.

1137. Nur im höchsten und im gemeinsten trifft Idee und Erscheinung zusammen, auf allen mittlern Stufen des Betrachtens und Erfahrens trennen sie sich. Das höchste ist das Anschauen des Verschiednen als identisch, das gemeinste ist die Tat, das aktive Verbinden des getrennten zur Identität.

1138. Was uns so sehr irre macht wenn wir die Idee in der Erscheinung anerkennen sollen ist daß sie oft und gewöhnlich den Sinnen widerspricht.

Das Kopernikanische System beruht auf einer Idee die schwer zu fassen war und noch täglich unsern Sinnen widerspricht. Wir sagen nur nach was wir nicht erkennen noch begreifen.

Die Metamorphose der Pflanzen widerspricht gleichfalls unsern Sinnen.

1139. Das Erhabene, durch Kenntnis, vor unserm Geist nach und nach zerpflückt, tritt nicht leicht wieder zusammen und so werden wir stufenweise um das Höchste gebracht was uns gegönnt war, um die Einheit die uns in vollem Maß zur Mitempfindung des Unendlichen erhebt. Dagegen wir bei vermehrter Kenntnis immer kleiner werden da wir vorher mit dem Ganzen als Riese standen sehen wir uns als Zwerg gegen die Teile.

1140. Es ist ein angenehmes Geschäft die Natur zugleich und sich selbst zu erforschen weder ihr noch seinem Geiste Gewalt anzutun sondern beide durch gelinden Wechseleinfluß mit einander ins Gleichgewicht zu setzen.

1141. Sich den Objekten in der Breite gleichstellen heißt lernen.

Die Objekte in ihrer Tiefe auffassen heißt erfinden.

1142. Was man erfindet tut man mit Liebe
Was man gelernt hat mit Sicherheit.

1143. Was ist denn das Erfinden
Es ist der Abschluß des Gesuchten.

1144. Was ist der Unterschied zwischen Axiom und Enthymem

Axiom was wir von Haus aus ohne Beweis anerkennen

Enthymem was uns an viele Fälle erinnert und das zusammenknüpft was wir schon einzeln erkannten.

1145. Die Freude des ersten Gewahrwerdens (des sogenannten Entdeckens) kann uns niemand nehmen, verlangen wir aber auch Ehre davon, die kann uns sehr verkümmert werden, denn wir sind meistens nicht die Ersten.

1146. Was heißt auch erfinden und wer kann sagen daß er dies oder jenes erfunden habe? wie es denn überhaupt auf Priorität zu pochen wahre Narrheit ist, denn es ist nur bewußtloser Dünkel, wenn man sich nicht redlich als Plagiarier bekennen will.

1147. Mit den Ansichten wenn sie aus der Welt verschwinden gehen oft die Gegenstände selbst verloren. Kann man doch im höheren Sinne sagen daß die Ansicht der Gegenstand sei.

1148. Es ist viel mehr schon entdeckt als man glaubt

Da die Gegenstände durch die Ansichten der Menschen erst aus dem Nichts hervorgehoben werden, so kehren sie wenn sich die Ansichten verlieren auch wieder ins Nichts zurück

Rundung der Erde

Platos Bläue.

1149. Es sind zwei Gefühle die schwersten zu überwinden

Gefunden zu haben was schon gefunden ist

Und nicht gefunden zu sehen was man hatte finden sollen.

1150. Denken ist interessanter als Wissen aber nicht als Anschauen.

1151. Das Wissen beruht auf der Kenntnis des zu Unterscheidenden, die Wissenschaft auf der Anerkennung des Nicht zu Unterscheidenden.

1152. Das Wissen wird durch das Gewahrwerden seiner Lücken, durch das Gefühl seiner Mängel, zur Wissenschaft geführt welche vor mit und nach allem Wissen besteht.

1153. Im Wissen und NachSinnen ist Falsches und Wahres wie das sich nun das Ansehn der Wissenschaft gibt So wird's ein wahr-lügenhaftes Wesen.

1154. Wir würden unser Wissen nicht für Stückwerk erklären, wenn wir nicht einen Begriff von einem Ganzen hätten.

1155. Die Wissenschaften so gut als die Künste bestehen in einem überlieferbaren (realen) erlernbaren Teil und in einem unüberlieferbaren (idealen) unlernbaren Teil.

1156. In der Geschichte der Wissenschaften hat der ideale Teil ein ander Verhältnis zum realen als in der übrigen Weltgeschichte.

1157. Geschichte der Wissenschaften
Der reale Teil sind die Phänomene.
Der Ideale die Ansichten der Phänomene.

1158. Epochen der Wissenschaften

Sinnlichkeit	neugierig	
	poetisch	
Phantasie	Abergläubisch	Kindliche
	Mystisch	
Vernunft	Methodisch	Ideelle
	Dogmatisch	
Verstand	pedantisch	Didaktische
	forschend	
	[neugierig]	Empirische

1159. ›Nur die gegenwärtige Wissenschaft gehört uns an, nicht die vergangne noch die zukünftige.‹

1160. Im sechzehnten Jahrhundert gehören die Wissenschaften nicht diesem oder jenem Menschen sondern der Welt. Diese hat sie, besitzt sie, der Mensch ergreift nur den Reichtum.

1161. Die Wissenschaften zerstören sich auf doppelte Weise selbst durch die Breite in die sie gehen und durch die Tiefe in die sie sich versenken.

1162. Alles was man (in Wissenschaften) fordert ist so ungeheuer daß man recht gut begreift daß gar nichts geleistet wird.

1163. Was die Wissenschaften am meisten retardiert ist: daß diejenigen die sich damit beschäftigen ungleiche Geister sind.

1164. Der Fehler schwacher Geister ist daß sie im reflektieren sogleich vom Einzelnen ins Allgemeine gehen. Anstatt daß man nur in der Gesamtheit das Allgemeine suchen kann.

1165. In der Geschichte der Naturforschung bemerkt man durchaus, daß die Beobachter von der Erscheinung zu schnell zur Theorie hineilen und dadurch unzulänglich, hypothetisch werden.

1166. Man datiert von Baco von Verulam eine Epoche der Erfahrungs-Naturwissenschaften. Ihr Weg ist jedoch durch theoretische Tendenzen oft durchschnitten und ungangbar gemacht worden. Genau besehen kann und soll man von jedem Tag eine neue Epoche datieren.

1167. Das Jahrhundert ist vorgerückt, jeder Einzelne aber fängt doch von vorne an.

1168. Jeden Tag hat man Ursache die Erfahrung aufzuklären und den Geist zu reinigen.

1169. Da diejenigen welche wissenschaftliche Versuche anstellen selten wissen was sie eigentlich wollen und was dabei herauskommen soll, so verfolgen sie ihren Weg meistenteils mit großem Eifer, bald aber, da eigentlich nichts Entschiedenes entstehen will so lassen sie die Unternehmung fahren und suchen sie sogar andern verdächtig zu machen.

1170. Nachdem man in der 2ten Hälfte des 17. Jahrhunderts dem Mikroskop so unendlich viel schuldig geworden war, so suchte man zu Anfang des 18. Jahrhunderts dasselbe geringschätzig zu behandeln.

1171. Nachdem man in der neuern Zeit die meteorologischen Beobachtungen auf den höchsten Grad der Genauigkeit getrieben hatte, so will man sie nunmehr aus den nördlichen Gegenden verbannen und will sie nur dem Beobachter unter den Tropen zugestehen.

1172. Ward man doch auch des Sexualsystems, das im höhern Sinne genommen so großen Wert hat überdrüssig und wollt es verbannt wissen. Und geht es doch mit der alten Kunstgeschichte eben so in der man seit funfzig Jahren sich gewissenhaft zu üben und die Unterschiede der auf einander folgenden Zeiten einzusehen sich auf das genauste bestrebt hat. Das soll nun alles vergebens gewesen und alles auf einander Folgende als identisch und ununterscheidbar anzusehen sein.

1173. Nach unserm Rat bleibe jeder auf dem eingeschlagenen Wege und lasse sich ja nicht durch Autorität imponieren, durch allgemeine Übereinstimmung bedrängen und durch Mode hinreißen.

1174. *Autorität.* Ohne sie kann der Mensch nicht existieren und doch bringt sie eben soviel Irrtum als Wahrheit mit sich; sie verewigt im Einzelnen, was einzeln vorübergehen sollte, lehnt ab und läßt vorübergehen was festgehalten werden sollte und ist hauptsächlich Ursache daß die Menschheit nicht vom Flecke kommt.

1175. Der gemeine Wissenschäftler hält alles für überlieferbar und fühlt nicht daß die Niedrigkeit seiner Ansichten ihm sogar das eigentlich überlieferbare nicht fassen läßt.

1176. Das Unzulängliche widerstrebt mehr als man denken sollte dem Auslangenden.

1177. Vor zwei Dingen kann man sich nicht genug in Acht nehmen: beschränkt man sich in seinem Fache – vor Starrsinn; tritt man heraus – vor Unzulänglichkeit.

1178. Wenn in Wissenschaften alte Leute retardieren, so retrogradieren junge. Alte leugnen die Vorschritte, wenn sie nicht mit ihren früheren Ideen zusammenhängen, junge wenn sie der Idee nicht gewachsen sind und doch auch etwas außerordentliches leisten möchten.

1179. Es ist ihnen wohl Ernst, aber sie wissen nicht was sie mit dem Ernst machen sollen.

1180. Von dem was sie verstehen wollen sie nichts wissen.

1181. In Neu York sind neunzig verschiedene, christliche Konfessionen, von welchen jede auf ihre Art Gott und den Herrn bekennt, ohne weiter an einander irre zu werden. In der Naturforschung, ja in jeder Forschung, müssen wir es so weit bringen; denn was will das heißen daß jedermann von Liberalität spricht und den andern hindern will nach seiner Weise zu denken und sich auszusprechen?

1182. Alle Individuen und wenn sie tüchtig sind und auf andre wirken ihre Schulen sehen das *Problematische* in den Wissenschaften als etwas an wofür oder wogegen man streiten soll, eben als wenn es eine andre Lebenspartei wäre anstatt daß das wissenschaftliche, eine Auflösung ausgleichung oder eine aufstellung unausgleichbarer *anti*nomien fordert

In diesem Falle ist auch Aguilonius.

1183. Wenn jemand spricht er habe mich widerlegt so bedenkt er nicht daß er nur eine Ansicht der meinigen entgegen aufstellt, dadurch ist ja noch nichts ausgemacht

Ein Dritter hat eben das Recht und so ins Unendliche fort.

1184. Bei wissenschaftlichen Streitigkeiten nehme man sich in Acht die Probleme nicht zu vermehren.

1185. In Wissenschaften, so wie auch sonst, wenn man sich über das Ganze verbreiten will, bleibt zur Vollständigkeit am Ende nichts übrig als Wahrheit für Irrtum, Irrtum für Wahrheit gelten zu machen. Er kann nicht alles selbst untersuchen, muß sich an Überlieferung halten und wenn er ein Amt haben will, den Meinungen seiner Gönner frönen. Mögen sich die sämtlichen Akademischen Lehrer hiernach prüfen.

1186. Das wäre wohl der werteste Professor der Physik der die Nichtigkeit seines Kompendiums und seiner Figuren, gegen die Natur und gegen die höhren Forderungen des Geists gehalten durchaus zur Anschauung bringen könnte.

1187. Nicht alles Wünschenswerte ist erreichbar, nicht alles Erkennenswerte erkennbar.

1188. Derjenige der sich mit Einsicht für beschränkt erklärt ist der Vollkommenheit am nächsten.

1189. Die Menschen, da sie zum Notwendigen nicht hinreichen bemühen sich ums Unnütze.

1190. Die Tiere werden durch ihre Organe belehrt. Der Mensch belehrt die Organe.

1191. *Anaxagoras* lehrt, daß alle Tiere die tätige Vernunft haben, aber nicht die leidende, die gleichsam der Dolmetscher des Verstandes ist.

1192. Die Alten vergleichen die Hand der Vernunft.

Die Vernunft ist die Kunst der Künste, die Hand die Technik alles Handwerks.

1193. Die Sinne trügen nicht das Urteil trügt.

1194. Der Mensch ist genugsam ausgestattet zu allen wahren irdischen Bedürfnissen, wenn er seinen Sinnen traut und sie dergestalt ausbildet daß sie des Vertrauens wert bleiben.

1195. Man leugnet dem Gesicht nicht ab, daß es die Entfernung der Gegenstände die sich neben und übereinander befinden zu schätzen wisse; das Hintereinander will man nicht gleichmäßig zugestehen.

1196. Und doch ist dem Menschen, der nicht stationär sondern beweglich gedacht wird, hierin die sicherste Lehre durch Parallaxe verliehen.

1197. Die Lehre von dem Gebrauch der korrespondierenden Winkel ist genau besehen darin eingeschlossen.

1198. Kant beschränkt sich mit Vorsatz in einen gewissen Kreis
Und deutet Ironisch immer darüber hinaus.

1199. Man hat sich lange mit der Kritik der Vernunft beschäftigt; ich wünschte eine Kritik des Menschenverstandes. Es wäre eine wahre Wohltat fürs Menschengeschlecht wenn man dem Gemein-Verstand bis zur Überzeugung nachweisen könnte wie weit er reichen kann und das ist gerade soviel als er zum Erdenleben vollkommen bedarf.

1200. ›Genau besehen ist alle Philosophie nur der Menschenverstand in amphigurischer Sprache.‹

1201. Der Menschenverstand der eigentlichst aufs Praktische angewiesen ist irrt nur alsdann wenn er sich an die Auflösung höherer Probleme wagt. Dagegen weiß aber auch eine höhere Theorie sich selten in den Kreis zu finden wo jener wirkt und west.

1202. Die Dialektik ist die Ausbildung des Widerspre-chungsgeistes, welcher dem Menschen gegeben damit er den Unterschied der Dinge erkennen lerne.

1203. Eine tätige Skepsis, welche unablässig bemüht ist sich selbst zu überwinden um, durch geregelte Erfahrung, zu einer Art von bedingter Zuverlässigkeit zu gelangen.

1204. Das Allgemeine eines solchen Geistes ist die Tendenz zu erforschen ob irgend einem Objekt irgend ein Prädikat wirklich zu komme? und geschieht diese Untersuchung in der Absicht das als geprüft gefundene in Praxis mit Sicherheit anwenden zu können.

1205. Der lebendige begabte Geist sich in praktischer Absicht ans Allernächste haltend ist das Vorzüglichste auf Erden.

1206. Je weiter man in der Erfahrung fortrückt desto näher kommt man dem Unerforschlichen; je mehr man die Erfahrung zu nutzen weiß desto mehr sieht man daß das Unerforschliche keinen praktischen Nutzen hat.

1207. Das schönste Glück des denkenden Menschen ist das Erforschliche erforscht zu haben und das Unerforschliche ruhig zu verehren.

1208. Wir leben innerhalb der abgeleiteten Erscheinungen, und wissen keineswegs wie wir zur Urfrage kommen sollen.

1209. Alles ist einfacher als man denken kann, zugleich verschränkter als zu begreifen ist.

1210. Es ist das Eigne zu bemerken, daß der Mensch sich mit dem einfachen Erkennbaren nicht begnügt, sondern auf die verwickelteren Probleme losgeht, die er vielleicht nie erfassen wird. Jenes einfache Faßliche ist durchaus anwendbar und nützlich und kann uns ein ganzes Leben durch beschäftigen, wenn es uns genügt und belebt.

1211. Man erkundige sich ums Phänomen, nehme es so genau damit als möglich und sehe wie weit man in der Einsicht und in praktischer Anwendung damit kommen kann und lasse das Problem ruhig liegen. Umgekehrt handeln die Physiker, sie gehen gerade aufs Problem los und verwickeln sich unterwegs in soviel Schwierigkeiten daß ihnen zuletzt jede Aussicht verschwindet.

1212. Deshalb hat die Petersburger Akademie auf ihre Preisfrage keine Antwort erhalten, auch der verlängerte Termin wird nichts helfen. Sie sollte jetzt den Preis verdoppeln und ihn demjenigen versprechen der sehr klar und deutlich vor Augen legte warum keine Antwort eingegangen ist und warum sie nicht erfolgen konnte. Wer dies vermöchte hätte jeden Preis wohl verdient.

1213. Schon jetzt erklären die Meister der NaturWissenschaften die Notwendigkeit monographischer Behandlung und also das Interesse an Einzelnheiten. Dies aber ist nicht denkbar ohne eine Methode die das Interesse an der Gesamtheit offenbart; hat man das erlangt so braucht man freilich nicht in Millionen Einzelnheiten umherzutasten.

1214. Zur Methode wird nur der getrieben dem die Empirie lästig wird.

1215. Cartesius schrieb sein Buch de Methodo einigemale um, und wie es jetzt liegt kann es uns doch nichts helfen. Jeder der eine Zeitlang auf dem redlichen Forschen verharrt muß seine Methode irgend einmal umändern.

1216. Das neunzehnte Jahrhundert hat alle Ursache hierauf zu achten.

1217. So ganz leere Worte, wie die von der Dekomposition und Polarisation des Lichts, müssen aus der Physik hinaus wenn etwas aus ihr werden soll. Doch wäre es möglich, ja es ist wahrscheinlich daß diese Gespenster noch bis in die zweite Hälfte des Jahrhunderts hinüber spuken.

1218. Man nehme das nicht übel. Eben dasjenige was niemand zugibt, niemand hören will, muß desto öfter wiederholt werden.

1219. Wer das Falsche verteidigen will hat alle Ursache leise aufzutreten und sich zu einer feinen Lebensart zu bekennen. Wer das Recht auf seiner Seite fühlt muß derb auftreten, ein höfliches Recht will gar nichts heißen.

1220. Zum Ergreifen der Wahrheit braucht es ein viel höheres Organ als zur Verteidigung des Irrtums.

1221. Alle Hypothesen hindern den 'Αναθεωρισμὸς
Das Wiederbeschauen, das Betrachten der Gegenstände der fraglichen Erscheinungen von allen Seiten.

1222. Hypothesen sind Gerüste die man vor dem Gebäude aufführt und die man abträgt wenn das Gebäude fertig ist, sie sind dem Arbeiter unentbehrlich nur muß er das Gerüste nicht für das Gebäude ansehn.

1223. Wenn man den Menschlichen Geist von einer Hypothese befreit die ihn unnötig einschränkte die ihn zwang falsch oder halb zu sehen, falsch zu kombinieren, anstatt zu schauen zu grübeln, anstatt zu urteilen zu sophistisieren so hat man ihm schon einen großen Dienst erzeigt. Er sieht die Phänomene freier in anderen Verhältnissen und Verbindungen an er ordnet sie nach seiner Weise und er erhält wieder die Gelegenheit selbst und auf seine Weise zu irren eine Gelegenheit die unschätzbar ist wenn er in der Folge bald dazu gelangt seinen Irrtum selbst wieder einzusehen.

1224. Die Erscheinung ist vom Beobachter nicht losgelöst, vielmehr in die individualität desselben verschlungen und verwickelt.

1225. Aus dem Größten wie aus dem Kleinsten (nur durch künstlichste Mittel dem Menschen zu vergegenwärtigen) geht die Metaphysik der Erscheinungen hervor; in der Mitte liegt das Besondere unsern Sinnen Angemessene worauf ich angewiesen bin, deshalb aber die Begabten von Herzen segne die jene Regionen zu mir heranbringen.

1226. Wer kann sagen daß er eine Neigung zur reinen Erfahrung habe? Was Baco dringend empfohlen hatte glaubte jeder zu tun und wem gelang es?

1227. Wer ein Phänomen vor Augen hat, denkt schon oft drüber hinaus, wer nur davon erzählen hört, denkt gar nichts.

1228. Die Phänomene sind nichts wert als wenn sie uns eine tiefere reichere Einsicht in die Natur gewähren, oder wenn sie uns zum Nutzen anzuwenden sind.

1229. Die Konstanz der Phänomene ist allein bedeutend, was wir dabei denken ist ganz einerlei.

1230. Kein Phänomen erklärt sich an und aus sich selbst; nur viele zusammen überschaut, methodisch geordnet, geben zuletzt etwas was für Theorie gelten könnte.

1231. Theorie und Erfahrung / Phänomen stehen gegeneinander in beständigem Konflikt. Alle Vereinigung in der Reflexion ist eine Täuschung nur durch Handeln können sie vereinigt werden.

1232. Etwas Theoretisches populär zu machen muß man es absurd darstellen. Man muß es erst selbst ins Praktische einführen dann gilt's für alle Welt.

1233. Man sagt gar gehörig: das Phänomen ist eine Folge ohne Grund, eine Wirkung ohne Ursache. Es fällt dem Menschen so schwer Grund und Ursache zu finden, weil sie so einfach sind daß sie sich dem Blick verbergen.

1234. Der denkende Mensch irrt besonders, wenn er sich nach Ursach und Wirkung erkundigt, sie beide zusammen machen das unteilbare Phänomen; wer das zu erkennen weiß ist auf dem rechten Wege zum Tun zur Tat.

1235. Das genetische Verfahren leitet uns schon auf bessere Wege, ob man gleich damit auch nicht ausreicht.

1236. Der eingeborenste Begriff, der notwendigste, von *Ursach* und *Wirkung* wird in der Anwendung die Veranlassung zu unzähligen sich immer wiederholenden Irrtümern.

1237. Ein großer Fehler den wir begehen ist, die Ursache der Wirkung immer nahe zu denken, wie die Senne [soll heißen: Sehne] dem Pfeil den sie fortschnellt; und doch können wir ihn nicht vermeiden, weil Ursache und Wirkung immer zusammengedacht und also im Geiste angenähert werden.

1238. Die nächsten faßlichen Ursachen sind greiflich und eben deshalb am begreiflichsten; weswegen wir uns gern als mechanisch denken was höherer Art ist.

1239. Indem wir der Einbildungskraft zumuten das Entstehen statt des Entstandenen

Der Vernunft die Ursache statt der Wirkung zu reproduzieren und auszusprechen;

So haben wir zwar beinahe nichts getan weil es nur ein Umsetzen der { Anschauung / Vorstellung } ist

Aber genug für den Menschen, der vielleicht im Verhältnis { zur / gegen die } außenwelt nicht mehr leisten kann.

1240. Es gibt jetzt eine böse Art in den Wissenschaften abstrus zu sein, man entfernt sich vom gemeinen Sinne, ohne einen höhern aufzuschließen, transzendiert, phantasiert, fürchtet lebendiges Anschauen und wenn man zuletzt ins Praktische will und muß wird man auf einmal atomistisch und mechanisch.

1241. Der Granit verwittert auch sehr gern in Kugel und Eiform, man hat daher keineswegs nötig die in Norddeutschland häufig gefundenen Blöcke solcher Gestalten wegen als im Wasser hin und hergeschoben und durch Stoßen und Wälzen enteckt und entkandet zu denken.

1242. Fall und Stoß, dadurch die Bewegung der Weltkörper erklären zu wollen ist eigentlich ein versteckter Anthropomorphismus, es ist des Wanderers Gang über

Feld. Der aufgehobene Fuß sinkt nieder, der zurückgebliebene strebt vorwärts und fällt; und immersofort, vom Ausgehen bis zum Ankommen.

1243. Wie wäre es wenn man auf demselben Wege den Vergleich von dem Schrittschuhfahren hernähme, wo das Vorwärtsdringen dem zurückbleibenden Fuße obliegt, indem er zugleich die Obliegenheit übernimmt noch eine solche Anregung zu geben daß sein nunmehriger Hintermann auch wieder eine Zeitlang sich vorwärts zu bewegen die Bestimmung erhält?

1244. Das Zurückführen der Wirkung auf die Ursache ist bloß ein historisches Verfahren. Z. B. die Wirkung daß ein Mensch getötet, auf die Ursache der losgefeuerten Büchse.

1245. Induktion habe ich zu stillen Forschungen bei mir selbst nie gebraucht weil ich zeitig genug deren Gefahr empfand.

1246. Dagegen aber ist mir's unerträglich wenn ein anderer sie gegen mich brauchen mich durch eine Art Treibejagen mürbe machen und in die Enge schließen will.

1247. Mitteilung durch Analogieen halt ich für so nützlich als angenehm; der Analoge Fall will sich nicht aufdringen, nichts beweisen, er stellt sich einem andern entgegen ohne sich mit ihm zu verbinden. Mehrere analoge Fälle vereinigen sich nicht zu geschlossenen Reihen sie sind wie gute Gesellschaft die immer mehr anregt als gibt.

1248. Irren heißt, sich in einem Zustande befinden, als wenn das Wahre gar nicht wäre; den Irrtum sich und andern entdecken heißt rückwärts erfinden.

1249. Die Kreise des Wahren berühren sich unmittelbar, aber in den Intermundien hat der Irrtum Raum genug sich zu ergehen und zu walten.

1250. Die Natur bekümmert sich nicht um irgend einen Irrtum; sie selbst kann nicht anders als ewig Recht handeln, unbekümmert was daraus erfolgen möge.

1251. Die Natur füllt mit ihrer grenzenlosen Produktivität alle Räume. Betrachten wir nur bloß unsre Erde; alles was wir bös, unglücklich nennen, kommt daher daß sie nicht allem Entstehenden Raum geben noch weniger ihm Dauer verleihen kann.

1252. Alles, was entsteht sucht sich Raum und will Dauer, deswegen verdrängt es ein anderes vom Platz und verkürzt seine Dauer.

1253. Das Lebendige hat die Gabe sich nach den vielfältigsten Bedingungen äußerer Einflüsse zu bequemen und doch eine gewisse errungene entschiedene Selbstständigkeit nicht aufzugeben.

1254. Man gedenke der leichten Erregbarkeit aller Wesen, wie der mindeste Wechsel einer Bedingung, jeder Hauch, gleich in den Körpern Polarität manifestiert, die eigentlich in ihnen allen schlummert.

1255. *Spannung* Ist der indifferent scheinende Zustand eines energischen Wesens in völliger Bereitschaft sich zu manifestieren, zu differenzieren, zu polarisieren.

1256. Die Vögel sind ganz späte Erzeugnisse der Natur.

1257. Natur hat zu nichts gesetzmäßige Fähigkeit, was sie nicht gelegentlich ausführte und zu Tage brächte.

1258. Nicht allein der freie Stoff sondern auch das Derbe und Dichte drängt sich zur Gestalt, ganze Massen sind von Natur und Grundaus kristallinisch; in einer gleichgültigen formlosen Masse entsteht durch stechiometrische Annäherung und übereinander greifen die porphyrartige Erscheinung, welche durch alle Formationen durchgeht.

1259. Die schönste Metamorphose des unorganischen Reiches ist wenn beim Entstehen das Amorphe sich ins Gestaltete verwandelt jede Masse hat hiezu Trieb und Recht. Der Glimmerschiefer verwandelt sich in Granaten und bildet oft Gebirgsmassen in denen der Glimmer beinahe ganz aufgehoben ist und nur als geringes Bindungsmittel sich zwischen jenen Kristallen befindet.

1260. Die Mineralien-Händler beklagen sich daß sich Liebhaberei zu ihrer Ware in Deutschland vermindere und geben der eindringlichen Kristallographie die Schuld. Es mag sein, jedoch in einiger Zeit wird gerade das Bestreben die Gestalt genauer zu erkennen auch den Handel wiederbeleben, ja gewisse Exemplare kostbarer machen.

1261. Kristallographie so wie Stechiometrie vollendet auch den Oryktognosten; ich aber finde daß man seit einiger Zeit in der Lehrmethode geirrt hat. Lehrbücher zu Vorlesungen und zugleich zum Selbstgebrauch vielleicht gar als Teile zu einer wissenschaftlichen Enzyklopädie sind nicht zu billigen, der Verleger kann sie bestellen der Schüler nicht wünschen.

1262. Lehrbücher sollen anlockend sein; das werden sie nur wenn sie die heiterste zugänglichste Seite des Wissens und der Wissenschaft hinbieten.

1263. Alle Männer vom Fach sind darin sehr übel dran daß ihnen nicht erlaubt ist das Unnütze zu ignorieren.

1264. ›Wir gestehen lieber unsre moralischen Irrtümer Fehler und Gebrechen, als unsre Wissenschaftlichen.‹

1265. Das kommt daher, weil das Gewissen demütig ist und sich sogar in der Beschämung gefällt; der Verstand aber ist hochmütig und ein abgenötigter Widerruf bringt ihn in Verzweiflung.

1266. Daher kommt daß offenbarte Wahrheiten erst im Stillen zugestanden werden, sich nach und nach verbreiten bis dasjenige was man hartnäckig geleugnet hat endlich als etwas ganz Natürliches erscheinen mag.

1267. Unwissende werfen Fragen auf, welche von Wissenden vor Tausend Jahren schon beantwortet sind.

1268. Bei Erweitung des Wissens macht sich von Zeit zu Zeit eine Umordnung nötig, sie geschieht meistens nach neueren Maximen, bleibt aber immer provisorisch.

1269. Männer vom Fach bleiben im Zusammenhange, dem Liebhaber dagegen wird es schwerer wenn er die Notwendigkeit fühlt nachzufolgen.

1270. Deswegen sind Bücher willkommen, die uns sowohl das neu Empirisch aufgefundene als die neubeliebten Methoden darlegen.

1271. In der Mineralogie ist dies höchst nötig, wo die Kristallographie so große Forderungen macht und wo die Chemie das Einzelne näher zu bestimmen und das Ganze zu ordnen unternimmt. Zwei willkommene: *Leonhard* und *Cleaveland.*

1272. Wenn wir das was wir wissen nach anderer Methode oder wohl gar in fremder Sprache dargelegt finden, so erhält es einen sonderbaren Reiz der Neuheit und frischen Ansehens.

1273. Wenn zwei Meister derselben Kunst in ihrem Vortrag von einander differieren so liegt wahrscheinlicherweise das unauflösliche Problem in der Mitte zwischen beiden.

1274. Die Geognosie des Herren d'Aubuisson de Voissins übersetzt vom Herrn Wiemann, wie sie mir zu Handen kommt fördert mich in diesem Augenblicke auf vielfache Weise ob sie mich gleich im Hauptsinne betrübt, denn hier ist die Geognosie, welche doch eigentlich auf der lebendigen Ansicht der Weltoberfläche ruhen sollte aller Anschauung beraubt, und nicht einmal in Begriffe verwandelt, sondern auf Nomenklatur zurück geführt, in welcher letzten Rücksicht sie freilich einem jeden und auch mir förderlich und nützlich ist.

1275. Das Große überkolossale der Natur eignet man so leicht sich nicht an, denn wir haben nicht reine Verkleinerung Gläser, wie wir Linsen haben um das unendlich kleine zu gewahren. Und da muß man doch noch Augen haben wie Carus und Nees wenn dem Geiste Vorteil entstehen soll.

Da jedoch die Natur im größten wie im kleinsten sich immer gleich ist und eine jede trübe Scheibe so gut die schöne Bläue darstellt wie die ganze Weltüberwölkende Atmosphäre, so find ich es geraten auf Musterstücke aufmerksam zu sein und sie vor mir zusammen zu legen. Hier nun ist das Ungeheuere nicht verkleinert, sondern im Kleinen und eben so unbegreiflich als im Unendlichen.

1276. Wenn in der Mathematik der menschliche Geist seine Selbstständigkeit und unabhängige Tätigkeit gewahr wird, und dieser ohne weitere Rücksicht ins Unendliche zu folgen sich geneigt fühlt, so flößt er zugleich der Erfahrungswelt ein solches Zutrauen ein, daß sie es an gelegentlichen Aufforderungen nicht fehlen läßt.

Astronomie,
Mechanik,
Schiffsbau,

Festungsbau,
Artillerie,
Spiel,
Wasserleitung,
Schnitt der Bausteine,
Verbesserung der Fernröhre
riefen in der zweiten Hälfte des 17ten Jahrhunderts die Mathematik wechselsweise zu Hülfe.

1277. Die Mathematiker sind wunderliche Leute, durch das Große was sie leisteten haben sie sich zur Universal Gilde aufgeworfen und wollen nichts anerkennen als was in ihren Kreis paßt was ihr Organ behandlen kann. Einer der ersten Mathematiker sagte bei Gelegenheit da man ihm ein physisches Kapitel andringlich empfehlen wollte: aber läßt sich denn gar nichts auf den Kalkül reduzieren.

1278. Falsche Vorstellung daß man ein Phänomen durch Kalkül oder durch Worte abtun und beseitigen könne.

1279. Die Mathematiker sind eine Art Franzosen, redet man zu ihnen, so übersetzen sie es in ihre Sprache und dann ist es alsobald ganz etwas anders.

1280. Es folgt eben gar nicht daß der Jäger der das Wild erlegt, auch zugleich der Koch sein müsse der es zubereitet. Zufälliger Weise kann ein Koch mit auf die Jagd gehen und gut schießen er würde aber einen bösen Fehlschluß tun wenn er behauptete um gut zu schießen müsse man Koch sein. So kommen mir die Mathematiker vor die behaupten daß man in physischen Dingen nichts Sehen nichts Finden könne ohne Mathematiker zu sein da sie doch immer zufrieden sein könnten wenn man ihnen in die Küche bringt das sie mit Formeln spicken und nach Belieben zurichten können.

1281. Wir müssen erkennen und bekennen was Mathematik sei, wozu sie der Naturforschung wesentlich dienen könne, wohingegen sie nicht hingehöre und in welche klägliche Abirrung Wissenschaft und Kunst durch falsche Anwendung seit ihrer Regeneration geraten sei.

1282. Die große Aufgabe wäre die mathematisch philosophischen Theorien aus den Teilen der Physik zu verbannen in welchen sie Erkenntnis anstatt sie zu fördern nur verhindern und in welchen die mathematische Behandlung durch Einseitigkeit der Entwicklung der neuern wissenschaftlichen Bildung eine so verkehrte Anwendung gefunden hat.

1283. Darzutun wäre welches der wahre Weg der Naturforschung sei wie derselbe auf dem einfachsten Fortgange der Beobachtung beruhe die Beobachtung zum Versuch zu steigern sei und wie dieser endlich zum Resultat führe.

1284. Tycho de Brahe, ein großer Mathematiker, vermochte sich nur halb von dem alten System loszulösen, das wenigsten den Sinnen gemäß war; er wollte es aber aus Rechthaberei durch ein kompliziertes Uhrwerk ersetzen, das weder den Sinnen zu schauen noch den Gedanken zu erreichen war.

1285. Newton, als Mathematiker, steht in so hohem Ruf,

daß der ungeschickteste Irrtum: nämlich das klare, reine ewig ungetrübte Licht sei aus dunklen Lichtern zusammengesetzt, bis auf den heutigen Tag sich erhalten hat; und sind es nicht Mathematiker die dieses Absurde noch immer verteidigen und gleich dem gemeinsten Hörer in Worten wiederholen bei denen man nichts denken kann?

1286. Der Mathematiker ist angewiesen aufs Quantitative, auf alles was sich durch Zahl und Maß bestimmen läßt und also gewissermaßen auf das äußerlich erkennbare Universum. Betrachten wir aber dieses, in so fern uns Fähigkeit gegeben ist, mit vollem Geiste und aus allen Kräften, so erkennen wir, daß Quantität und *Qualität* als die zwei Pole des erscheinenden Daseins gelten müssen; daher denn auch der Mathematiker seine Formelsprache so hoch steigert, um, in so fern es möglich, in der meßbaren und zählbaren Welt die unmeßbare mit zu begreifen. Nun erscheint ihm alles greifbar, faßlich und mechanisch und er kommt in den Verdacht eines heimlichen Atheismus, indem er ja das Unmeßbarste, welches wir Gott nennen, zugleich mit zu erfassen glaubt und daher dessen besonderes oder vorzügliches Dasein aufzugeben scheint.

1287. Der Sprache liegt zwar die Verstandes- und Vernunftfähigkeit des Menschen zum Grunde, aber sie setzt bei dem, der sich ihrer bedient nicht eben reinen Verstand, ausgebildete Vernunft, redlichen Willen voraus. Sie ist ein Werkzeug, zweckmäßig und willkürlich zu gebrauchen; man kann sie eben so gut zu einer spitzfindig-verwirrenden Dialektik wie zu einer verworren-verdüsternden Mystik verwenden; man mißbraucht sie bequem zu hohlen und nichtigen prosaischen und poetischen Phrasen, ja man versucht prosodisch untadelhafte und doch nonsensikalische Verse zu machen.

Unser Freund der Ritter Ciccolini sagt: ›ich wünschte wohl daß alle Mathematiker in ihren Schriften des Genies und der Klarheit eines La Grange sich bedienten‹. D. h. möchten doch alle den gründlich klaren Sinn eines La Grange besitzen und damit Wissen und Wissenschaft behandeln.

1288. Der Newtonische Versuch, auf dem die herkömmliche Farbenlehre beruht, ist von der vielfachsten Komplikation, er verknüpft folgende Bedingungen. Damit das Gespenst erscheine ist nötig:

Erstens	Ein gläsern Prisma.
Zweitens	dieses dreiseitig,
Drittens	klein,
Viertens	Ein Fensterladen,
Fünftens	Eine Öffnung darin,
Sechstens	Diese, sehr klein.
Siebentens	Sonnenbild, das hereinfällt
Achtens	Das in einer gewissen Entfernung,
Neuntens	In einer gewissen Richtung aufs Prisma fällt,
Zehntens	Sich auf einer Tafel abbildet,
Elftens	Die in einer gewissen Entfernung hinter das Prisma gestellt ist.

Nehme man von diesen Bedingungen drei sechs und eilf weg, man mache die Öffnung groß, man nehme ein großes Prisma, man stelle die Tafel nah heran und das beliebte Spektrum kann und wird nicht zum Vorschein kommen.

1289. Man spricht geheimnisvoll von einem wichtigen Experimente, womit man die Lehre erst recht befestigen will; ich kenn es recht gut und kann es auch darstellen, das ganze Kunststück ist daß zu obigen Bedingungen noch ein paar hinzugefügt werden, wodurch das Hokuspokus sich noch mehr verwickelt.

1290. Der Fraunhoferische Versuch, wo Querlinien im Spektrum erscheinen, ist von derselben Art, so wie auch die Versuche wodurch eine neue Eigenschaft des Lichts entdeckt werden soll. Sie sind doppelt und dreifach kompliziert; wenn sie was nützen sollten müßten sie in ihre Elemente zerlegt werden, welches dem Wissenden nicht schwer fällt, welches aber zu fassen und zu begreifen kein Laie weder Vorkenntnis noch Geduld, kein Gegner weder Intention noch Redlichkeit genug mitbringt; man nimmt lieber überhaupt an was man sieht und zieht die alte Schlußfolge daraus.

1291. Ich weiß wohl daß diese Worte vergebens dastehen, aber sie mögen als offenbares Geheimnis der Zukunft bewahrt bleiben. Vielleicht interessiert sich auch noch einmal ein La Grange für diese Angelegenheit.

1292. Da seit einiger Zeit meiner Farbenlehre mehr nachgefragt wird, machen sich frisch illuminierte Tafeln nötig. Indem ich nun dieses kleine Geschäft besorge, muß ich lächeln, welche unsägliche Mühe ich mir gegeben, das Vernünftige sowohl als das Absurde palpabel zu machen. Nach und nach wird man beides erfassen und anerkennen.

1293. Der Newtonische Irrtum steht so nett im Konversations Lexikon daß man die Oktav Seite nur auswendig lernen darf um die Farbe fürs ganze Leben los zu sein.

1294. Der Kampf mit Newton geht eigentlich in einer sehr niedern region vor. Man bestreitet ein schlecht gesehnes, schlecht entwickeltes schlecht angewendetes, schlecht theoretisiertes Phänomen. Man beschuldigt ihn in dem frühen Versuche einer Unvorsichtigkeit, in den folgenden einer Absichtlichkeit. Beim Theoretisieren der Übereilung beim Verteidigen der Hartnäckigkeit und im Ganzen einer halb bewußtlosen, halb bewußten unredlichkeit.

1295. Hundert graue Pferde machen nicht einen einzigen Schimmel.

1296. Diejenigen die das einzige grundklare Licht aus farbigen Lichtern zusammensetzen, sind die eigentlichen Obskuranten.

1297. Wer sich an eine falsche Vorstellung gewöhnt, dem wird jeder Irrtum willkommen sein.

1298. Deswegen sagte man ganz richtig: wer die Menschen betrügen will muß vor allen Dingen das Absurde plausibel machen.

1299. Licht und Geist, jenes im Physischen, dieser im Sittlichen Herrschend, sind die höchsten denkbaren unteilbaren Energien.

1300. Ich habe nichts dagegen wenn man die Farbe sogar zu fühlen glaubt; ihr eigenes Eigenschaftliche würde nur dadurch noch mehr betätigt.

1301. Auch zu schmecken ist sie; blau wird alkalisch, gelbrot sauer schmecken, alle Manifestationen der Wesenheiten sind verwandt.

1302. Und gehört die Farbe nicht ganz eigentlich dem Gesicht an?

AUS DEM NACHLASS

Skizziertes, Zweifelhaftes, Unvollständiges

1303. Religion Alte
Poesie Religion der Jugend.

1304. Die Natur ist immer Jehovah
Was sie ist, was sie war, und was sie sein wird.

1305. Daß Christus auf eine Hamletische Weise zu Grunde ging Und schlimmer weil er Menschen um sich berief die er fallen ließ da Hamlet bloß als Individuum perierte.

1306. Anthropomorphism
Erotomorphism
Daß er alles was auch vorgeht in sittlich-sinnlich Gefühl auflöst und verwandelt.

1307. Reine Natur Gesinnung in fremdem Zustande
Je reiner die Gesinnung desto weniger Bedürfnis des Zustandes
Je komplizierter, interessanter für sich selbst der Zustand ist so gibt er unsern Gesinnungen das Gesetz.

1308. Der grenzenlose Verstand dem jeder Verstand zusagt, dem die Vernunft nichts anhaben kann wenn auch das Gefühl nicht immer beistimmt.

1309. Stetigkeit
(als) mit (und doch)
Gegensatz

1310. Es ist nicht wahr daß das Leben ein Traum sei nur dem scheint es so der
auf ein alberne Weise ruhet
auf die ungeschickte Weise verletzt.

1311. Man hat den Epikur der ein armer Hund war wie ich, sehr mißverstanden wenn er das höchste in die Schmerzlosigkeit legte.

1312. Besonderes Vergnügen sich mit Personen die man liebt über Dinge zu erklären, und weitläufig zu sein Empfinden rege zu machen.

Wenn man gleich weiß daß was man sagt nicht wahr ist.

1313. Die Menschen wundern sich daß ich es besser weiß wie sie und es ist kein Wunder, sie halten sehr oft für falsch was ich denke.

1314. Man muß nicht fürchten überstimmt zu werden wenn uns widersprochen wird.

1315. Menschen die ihre Kenntnisse an die Stelle der Einsicht setzen (junge Leute).

1316. Das Falsche (der Irrtum) ist meistens der Schwäche bequemer.

1317. Wenn sie wüßten, wo das liegt was sie suchen, so suchten sie ja nicht.

1318. Die Güte des Herzens nimmt einen weiteren Raum ein als der Gerechtigkeit geräumiges Feld.

1319. Je uneigennütziger der Mensch ist desto mehr ist der .... unterworfen den Eigennützigen.

1320. Das was man für sie tut ist nicht genug, das was man für sie getan hat ist nichts, die ganze Existenz die man ihnen geschaffen hat nehmen sie von Gottes Gnaden und so ist man als wenn man nicht wäre, nicht gewesen wäre.

1321. In weltlichen Dingen sind nur zu betrachten die Mittel und der Gebrauch.

1322. Rasches Vorschreiten zum Zweck ohne die Mittel zu bedenken.

1323. Als wenn man um dem Sohn der in der Wiege liegt bei Zeiten Vorteil zu bringen den Vater totschlagen wolle.

1324. Gedankenlosigkeit die uns den Wert des Augenblicks verkennen läßt.

1325. Charakter der, Dargestellt kein Bild, pragmatisiert, kein Resultat gibt.

1326. Drei Dinge werden nicht eher erkannt als zu gewisser Zeit.

Ein Held im Kriege
ein weiser Mann im Zorn
ein Freund in der Not.

1327. Drei Klassen von Narren

Die Männer aus Hochmut
Die Mädchen aus Liebe
Die Frauen aus Eifersucht.

1328. Toll ist wer Toren belehrt.
Weisen widerredet
Von hohlen Reden bewegt wird
Huren glaubt
Geheimnisse unsichern vertraut.

1329. Wer muß Langmut üben
Der große Tat vor hat
Berg ansteigt
Fische speist.

1330. Jüdisches Wesen.

Energie der Grund von allem.

Unmittelbare Zwecke.

Keiner, auch nur der kleinste geringste Jude, der nicht entschiedenes Bestreben verriete, und zwar ein irdisches, zeitliches, Augenblickes.

Juden Sprache hat etwas pathetisches.

1331. Ein Deutscher war schon absurd solang er hoffte. Da er nun überwunden war, so war gar nicht mehr mit ihm zu leben.

1332. Vorschlag zu einem polemischen Purism in Schulen.

1333. Stoffartige Hülfe die sich die Poesie der letzten Zeit gibt, durch bedeutende Motive Religion und Ritterwesen.

1334. Beispiele wie sich die Menschen über das unerwartete, ja unerträgliche durch Poetische Formen begütigen.

empirisch erscheinende absolute Gewalt

Oberon

Blaubart.

1335. Identität

Rasenden Enthusiasmus und Unbarmherziger Kritik.

schwer in sich zu erzielen.

1336. Wirkung Namhafter gründlich arbeitender Autoren.

Gegenwirkung journalistisch anonymer.

1337. Ein geistreicher Humorist als quasi Poet, der Fülle seines Wissens und Empfindens gedenkend, sich in Tropen auszusprechen genötigt fühlt.

1338. Trübe Stellen, wo die Intention des Dichters uns nicht klar entgegen tritt, die man sich weil man ihn liebt, erst auslegt, und auf die man zurückkehrend immer eine gewisse Unbehaglichkeit empfindet.

1339. Es kommt mir wunderbar vor eine so tragische Schuld zu sehen, daß eine Tragödie gar nicht darauf zu folgen brauchte.

1340. Abstumpfen des Geistes durchs Geistreiche.

1341. *Englische Stücke*
Das verruchte des Stoffs
Das Absurde der Form
verwerfliche Handlungen
vermaledeites Englisches Theater.

1342. Hersilie sagte von der Pilgernden Törin wenn ich närrisch werden möchte wie mir manchmal die Lust ankommt so wäre es auf diese Weise.

1343. Das Erhabene für uns Über-Erhabene höchst verehrungswerte doch genau besehen mit einem absurden ja infamen Empirischen verbundene macht uns stutzig und man entschließt sich schwer.

1344. Es ist etwas Unbekanntes Gesetzliches im Objekt, welches dem Unbekannten Gesetzlichen im Subjekt entspricht.

1345. Zum Schönen wird erfordert ein Gesetz das in die Erscheinung tritt.

Beispiel von der Rose

In den Blüten tritt das vegetabilische Gesetz in seine höchste Erscheinung, und die Rose wäre nun wieder der Gipfel dieser Erscheinung.

Perikarpien können noch schön sein.

Die Frucht kann nie schön sein; denn da tritt das vegetabilische Gesetz in sich (ins bloße Gesetz) zurück.

1346. Das Gesetz, das in die Erscheinung tritt, in der größten Freiheit, nach seinen eigensten Bedingungen, bringt das Objektivschöne hervor, welches freilich würdige Subjekte finden muß, von denen es aufgefaßt wird.

1347. Die Unmöglichkeit, Rechenschaft zu geben von dem Natur- und Kunstschönen: denn

ad 1. müßten wir die Gesetze kennen, nach welchen die allgemeine Natur handeln will und handelt, wenn sie kann, und

ad 2. die Gesetze kennen, nach denen die allgemeine Natur unter der besondern Form der menschlichen Natur produktiv handeln will und handelt wenn sie kann.

1348. Schönheit der Jugend aus obigem abzuleiten

Alter, stufenweises Zurücktreten aus der Erscheinung

In wie fern das Alternde schön genannt werden kann.

Ewige Jugend der griechischen Götter.

1349. Beharren eines jeden im Charakter, bis zum Gipfel des menschlichen Daseins, ohne an die Rückkehr zu denken.

1350. Schönheit jehe milde hohe Übereinstimmung alles dessen was unmittelbar ohne Überlegen und Nachdenken zu erfordern gefällt.

1351. Vollkommne Künstler haben mehr dem Unterricht als der Natur zu danken.

1352. Die ḩöchste Absicht der Kunst ist Menschliche Formen zu zeigen so *sinnlich* bedeutend und so schön als es möglich ist.

1353. Friedrich der zweite zu Pferd nach Chodowiecki ist in Zinn gemalt in Nürnberg zu haben gewöhnlich führt er die Soldaten der Kinder an und ist auch da noch ehrwürdig. Ich möchte ihn aber doch auf ähnliche Weise weder in Lebensgröße noch weniger kolossal mit Augen sehen.

1354. Zeichnet doch Euere patriotischen Gegenstände Einen König der auf einer Brunnenröhre sitzt und denkt. Ja wenn ihr seine Gedanken zeichnen könntet. Ein solcher König hat mit eurer bildenden Kunst [nichts] zu tun er soll nur im Geiste und der Wahrheit verehrt werden.

1355. Zeichnet stecht in Kupfer Bezahlt verkauft belohnt immer in offenbarer Stille. Und wenn euch ein tadelnd Wort trifft so laßt's ja hingehn aber reizt nur niemanden diese Armseligkeiten immer lauter und lauter vor den Ohren der Welt auszulachen.

1356. Wenn ihr sagt wir machen's so da hat kein Mensch was dagegen, sagt ihr aber ihr sollt's auch so machen euch nach unserer Beschränkung beschränken da kommt ihr um vieles zu spät.

1357. Paris ist offen Italien wird's auch werden solange uns der Atem bleibt werden wir den Künstler in das Weite der Welt und Kunst und in die Beschränktheit seiner selbst weisen.
1358. Beschränkt doch den Künstler nicht durch solche [Lücke] fühlt sich doch ohnehin jeder in dem weitesten Welt und Kunstgenuß beschränkt genug.
1359. Sich in seiner Beschränktheit gefallen ist ein elender Zustand, in Gegenwart des Besten seine Beschränktheit fühlen ist freilich ängstlich aber diese Angst erhebt.

1360. Bei Betrachtung von Kunstwerken. Sowohl Dichterischen als Bildnerischen des 3tn und 4tn Jahrhunderts läßt sich bemerken, wie lange die Künstler noch am alten guten Sinne festgehalten haben, da schon alles um sie her dafür erstorben war. Erklärungsart der Kunstwerke auf diesem Wege. Sie sind keineswegs abstrus, sondern plastisch zu nennen. S. das kapitolinische Basrelief mit dem Prometheus pp.

1361. Das Menschliche Liebenswürdige Zarte unter der Form einer imaginierten Bildenden Kunst.
Klosterbruder Sternbald.

1362. Organische Natur
ins kleinste lebendig
Kunst
ins kleinste empfunden.

1363. Konflikte.
Sprünge der Natur und Kunst.
Eintretender Genius zur rechten Zeit.

Element genugsam vorbereitet.
Nicht roh und starr.
Auch nicht schon verbraucht.
Eben so mit der Organisation

Hier springt die Natur auch nur in sofern alles vorbereitet ist, als ein höheres in die Wirklichkeit tretendes zur eminenten Erscheinung gelangen kann.

1364. Daß die Natur die uns zu schaffen macht gar keine Natur mehr ist sondern ein ganz andres Wesen als dasjenige womit sich die Griechen beschäftigten.

1365. Die Griechen nannten
Entelecheia
ein Wesen das immer in Funktion ist.

1366. Die Griechen, wenn sie beschrieben oder erzählten sprachen weder von Ursache noch von Resultat sondern trugen die äußere Erscheinung vor.

Auch in der Naturwissenschaft machten sie keine Versuche wie wir, sondern hielten sich an den einzelnen Erfahrungs Fällen.

1367. Die Funktion ist das Dasein in Tätigkeit gedacht.

1368. Alle Wirksamkeit ist stärker am Mittelpunkt als gegen die Peripherie zu.
Raum zwischen Mars und Jupiter.

1369. *Urphänomene* [ideal] real symbolisch identisch.
Empirie unbegrenzte Vermehrung derselben
Hoffnung der Hülfe daher
Verzweiflung an Vollständigkeit.
Urphänomen
ideal als das letzte Erkennbare
real als erkannt
symbolisch weil es alle Fälle begreift:
identisch mit allen Fällen.

1370. Ersparnis der Erfahrung
Sündflut der Erfahrung
Dinge wovon man nicht reden würde wenn man wüßte wovon die Rede ist.

1371. Wie das Unbedingte sich selbst bedingen,
Und so das Bedingte zu seines Gleichen machen kann.

1372. Daß das Bedingte zugleich Unbedingt sei. Welches unbegreiflich ist ob wir es gleich alle Tage erfahren.

1373. Der Empirismus zur Unbedingtheit erhöht / erweitert
ist ja Naturphilosophie. Schelling.

1374. Daß es dem Menschen selten gegeben ist in dem einzelnen Falle das Gesetz zu erkennen. Und doch wenn er es nur in Tausenden erkennt muß er es ja wieder in jedem einzelnen finden. Die großen Umwege erspart sich der Geist.

1375. Bei Naturforschung auf Anordnung, auf System auszugehen, hinderlich und förderlich. (näher zu bestimmen)

1376. Alles was im Subjekt ist, ist im Objekt und noch etwas mehr

Alles was im Objekt ist, ist im Subjekt und noch etwas mehr

Wir sind auf doppelte Weise verloren oder geborgen

Gestehen wir dem Objekt sein Mehr zu und pochen auf unser Subjekt Mehr zu

Pochen wir auf unser Subjekt.

1377. Jede [Erscheinung] ist zugänglich wie ein planum inclinatum das bequem zu ersteigen ist wenn der hintere Teil des Keiles schroff und unerreichbar dasteht.

1378. Perspektivische Gesetze.
Die mit so großem Sinn als Richtigkeit die Welt auf das Auge des Menschen und seinen Standpunkt beziehen. Und dadurch möglich machen daß jedes sonderbare verworrne Gedräng von Gegenständen in ein reines ruhiges Bild verwandelt werden kann.

1379. Alle Verhältnisse der Dinge Wahr
Irrtum allein in dem Menschen
An ihm nichts Wahr als daß er irrt
Sein Verhältnis zu sich zu andern zu den Dingen nicht finden kann.

1380. Wissen
Das Bedeutende der Erfahrung, das immer ins Allgemeine hinweist.

Geschichte der Wissenschaft

1381. Was muß zu allen Zeiten den Menschen von Haus aus interessieren

Wie hat man nach und nach gesucht sich davon Rechenschaft zu geben oder sich zu beruhigen

Geschichte des Wissens

Was ist dem Menschen nach und nach bewußt geworden

Wie hat er sich dabei und damit benommen.

1382. Niederträchtigkeit der mittlern Zeit, bis in 16te Jahrhundert treffliche Menschen wie Aristoteles, Hippokrates durch dumme Märchen lächerlich und verhaßt zu machen.

1383. Unglücklich ist immer derjenige der sich in Korporationen einläßt v. Humboldt darf von Allem nichts melden als was in Paris gilt. Was soll denn da aus dem werden was wir Wissen und Wissenschaft nennen. In hundert Jahren wird es ganz anders aussehen.

1384. Redensarten wodurch das was das Genie in einer Folge und aus einer Folge entdeckt als etwas einzelnes und wonicht zufälliges doch unzusammen hangendes angesprochen wird.

1385. Nicht bloß Barbaren mit Feuer und Schwert
Nicht bloß Pfaffen Obskurantismus

Die Gelehrten selbst sind solche barbarische Obskuranten die etwas das pp.

1386. Bei den Kontroversen darauf zu sehen wer das Punctum saliens getroffen.

1387. Mathematik sich immer mit dem mächtigen und würdigen beschäftigend

Verglichen mit dem Wollen und Dichten.

1388. Mathematik die auf Konviktion Überführung ausgeht weshalb gute Köpfe sich an ihr ärgern.

1389. Man hört nur die Mathematik sei gewiß, sie ist es nicht mehr als jedes andere Wissen und Tun, sie ist gewiß wenn sie sich klüglich nur mit Dingen abgibt über die man gewiß werden und insofern man darüber gewiß werden kann.

1390. Das ist eben das Hohe der Mathematik daß ihre Methode daß sie es genau macht gleich zeigt wo ein Anstoß ist

fanden sie doch den Gang der himmlischen Körper nicht ihren Rechnungen gemäß und wendeten sich daher auf die Annahme der Störungen und diesen Störungen nach immer zu viel oder zu wenig.

1391. In diesem Sinne kann man die Mathematik als die höchste und sicherste Wertung ansprechen.

Aber wahr / gewiß kann sie nichts machen als was wahr ist.

1392. Was hat denn der Mathematiker für ein Verhältnis zum Gewissen? was doch das höchste das würdigste Erbteil der Menschen ist. Eine inkommensurable bis ins Feinste wirkende, sich selber spaltende und wieder verbindende Tätigkeit.

Und Gewissen ist's vom höchsten bis ins geringste. Gewissen ist's, wer das kleinste Gedicht gut und vortrefflich macht.

1393. Wenn die Hoffnungen sich verwirklichen, daß die Menschen sich mit allen ihren Kräften, mit Herz und Geist, mit Verstand und Liebe vereinigen, und von einander Kenntnis nehmen; so wird sich ereignen, woran jetzt noch kein Mensch denken kann. Die Mathematiker werden sich gefallen lassen in diesen allgemeinen sittlichen Weltbund als Bürger eines bedeutenden Staates aufgenommen zu werden, und nach und nach sich des Dünkels entäußern, als Universalmonarchen über alles zu herrschen; sie werden sich nicht mehr beigehen lassen, alles für nichtig, für inexakt, für unzulänglich zu erklären, was sich nicht dem Kalkül unterwerfen läßt.

1394. Alle Kristallisationen sind ein realisierter Kaleidoskop.

1395. Von denen selbst die sich mit meiner Vorstellungs Art befreundeten ist keiner über mich [bricht ab]

1396. Es war schon bei den Römern wenn sie was Tüchtigs sagen wollten sagen sie's *griechisch.*

Warum wir nicht *französisch.*

Was kommt daß eine fremde Sprache uns zum Ausdruck einer seltnen Empfindung mehr [bricht ab]

1397. Die Frage über die Instinkte der Tiere läßt sich nur durch den Begriff von Monaden und Entelechien auflösen.

Jede Monas ist eine Entelechie, die unter gewissen Bedingungen zur Erscheinung kommt. Ein gründliches Studium des Organismus läßt in die Geheimnisse [bricht ab]

1398. Bescheidenheit gehört in gute Geschlossene Gesellschaft. Schon in größerer Sozietät steht das Unbescheidne immer im Vorteil aber Derbheit ja grobheit gehört in eine Volksversammlung wo der Pöbel mitreden will und den man überschreien oder selbst schweigen und sich nach Hause drucken muß. Übrigens kann ich die newtonische Turba sie bestehe aus Volk Pharisäern oder Schriftgelehrten welche das [bricht ab]

1399. Das Wahre anerkannte so wie
Das Falsche angenommene
Werden nebeneinander aufgef [bricht ab]

1400. Das unheilbare Übel dieser religiosen Streitigkeiten besteht darin daß der Eine Teil auf Märchen und leere Worte das höchste Interesse der Menschheit zurückführen will, der andere aber es da zu begründen denkt wo sich niemand beruhigt.

1401. Ich erwarte wohl daß mir mancher Leser widerspricht aber er muß doch stehen lassen was er schwarz auf weiß vor sich hat. Ein anderer stimmt vielleicht mir bei eben dasselbe Exemplar in der Hand.

1402. Denn eben, wenn man Probleme, die nur dynamisch erklärt werden können bei Seite schiebt dann kommen mechanische Erklärungsarten wieder zur Tagesordnung.

1403. Was hat man sich nicht mit dem Granit beschäftigt, man hat ihn mit in die neuern Epochen herangezogen und doch entsteht keiner mehr vor unsern Augen. Geschäh' es im tiefsten Meeresgrunde, so hätten wir keine Kenntnis davon.

1404. Es ist daher das beste wenn wir bei Beobachtungen soviel als möglich uns der Gegenstände und beim Denken darüber so viel als möglich uns unsrer selbst bewußt sind.

Nachlese aus dem Nachlaß

1405. Der Mensch kann nur mit seines Gleichen leben und auch mit denen nicht; denn er kann auf die Länge nicht leiden, daß ihm jemand gleich sei.

1406. Der mittelmäßigste Roman ist immer noch besser als die mittelmäßigen Leser, ja der schlechteste partizipiert etwas von der Vortrefflichkeit des ganzen Genres.

1407. Schauspieler gewinnen die Herzen und geben die ihrigen nicht hin,

Sie hintergehen aber mit Anmut.

1408. Zu berichtigen verstehen die Deutschen, nicht nachzuhelfen.

1409. Aus der Natur, nach welcher Seite hin man schaue, entspringt Unendliches.

1410. Man muß eine Sache gefunden haben, wenn man wissen will, wo sie liegt.

1411. Wer freudig tut und sich des Getanen freut, ist glücklich.

1412. Mit Ungeduld bestraft sich zehnfach Ungeduld; man will das Ziel heranziehn und entfernt es nur.

1413. Die jungen Leute sind neue Aperçus der Natur.

Nachlese aus dem Archiv

ANHANG

Nachwort

Goethes ›Maximen und Reflexionen‹ sind ein aphoristisches Hauptwerk, würdig neben dem ›Faust‹, neben ›Dichtung und Wahrheit‹ und ›Wilhelm Meister‹ zu stehen, freilich ganz anders geartet als diese einen großen Zusammenhang darstellenden Bücher. Aphorismen bringen einzelne, wenngleich nicht vereinzelte Gedanken vor und stehen in einer glanzvollen, schon in der Antike begründeten Tradition. Namen wie Hippokrates, Gracián, Bacon bezeichnen Stationen dieser Gattung, die bei den großen Franzosen des 17. und 18. Jahrhunderts einen Höhepunkt erreichte. Freilich sah sich Goethe dieser Tradition nicht verpflichtet; in seiner Bibliothek finden sich weder Schriften von Montaigne noch von La Rochefoucauld, Vauvenargues, Chamfort oder Montesquieu, und in seinen Werken finden sie kaum eine Erwähnung. Wer diese Autoren kennt, wird bei der Lektüre Goethescher Aphorismen bald einen Unterschied bemerken: ihnen fehlt der durchgängige Bezug auf die Gesellschaft und das Gesellschaftliche, und sie suchen nicht die pointierte, den Witz kultivierende Formulierung.

Aber auch für Goethes Aphorismen gilt, was Pascal von der Gattung insgesamt sagt, der er den bescheidenen Namen ›Pensées‹ gegeben hatte: ›Ohne Anordnung, aber vielleicht nicht in einem planlosen Durcheinander werde ich meine Gedanken hier niederschreiben: das ist die wahre ‚Ordnung', die immer das, von dem ich handle, durch die Unordnung selbst bezeichnen wird. Zu gewichtig würde ich meinen Gegenstand nehmen, wollte ich ihn nach einem Plan behandeln, will ich doch zeigen, daß er hierzu ungeeignet ist.‹ In diesen Sätzen ist die Begründung für die Form des Aphorismus enthalten. Sein Gegenstand entzieht sich systematischer Behandlung; wird er ›in Ordnung‹ gebracht, so würde er entstellt; der ihn niederschreibt, will nicht alle Rätsel lösen und weiß, daß das Letzte nicht zu sagen, das Ganze nicht zu erschöpfen ist. Dem Aphorismus ist eine Vorläufigkeit eigen, er hat nicht das letzte Wort, sondern fordert zum Fortdenken heraus, zum Widerspruch oder zur Ergänzung. Er faßt einen Gedanken in Worte, der für sich gilt und bedacht sein will; er bedient sich dazu isolierender Schärfe, aber gerade diese fordert zur Prüfung und Fortsetzung heraus. Der Aphorismus blüht nur, wo Orthodoxie und Ideologie nicht gedeihen.

Zu seinem Wesen gehört die Kürze. ›Oft‹, so liest man in einer der Vorreden einer frühen Pascal-Ausgabe (1684), ›ist ein einziges Wort eine ganze Darlegung. Es läßt seine Leser begreifen, was anders nur mühsam in ausführlicher Gedankenführung erklärt werden könnte.‹ Zum Aphorismus gehört aber auch, daß er nicht allein steht. Makarie in den ›Wanderjahren‹ hat es zur Pflicht gemacht, ›einzelne gute Gedanken aufzubewahren, die aus einem geistreichen Gespräch, wie Samenkörner aus einer vielästigen Pflanze, hervorspringen‹. Die Lektüre läßt ›denn wieder auf eine merkwürdige Weise tausend Einzelnheiten hervorspringen, eben als wenn eine Masse Quecksilber fällt und sich nach allen Seiten hin in die vielfachsten unzähligen Kügelchen zerteilt‹ (WJ, I. Buch, 10. Kap.). Das Bild macht das Verhältnis anschaulich der ›Maximen und Reflexionen‹: Sie entspringen aus einer noch ungegliederten Masse von Gedachtem, das sich als deren teilweise, aber nicht fragmentarische Äußerung, in seinen ›Einzelnheiten‹ begreifen läßt.

Sie fordern also dem Leser Mitarbeit ab und ermöglichen ihm dadurch, in die Denkungsweise des Autors einzutreten. Im Falle der Goetheschen ›Maximen und Reflexionen‹ bedeutet das eine größere Anstrengung, als sie die Sammlungen der bedeutenden französischen Moralisten verlangen; denn wenn diese sich nur oder vorwiegend in Sinnsprüchen geäußert haben, um ihre Lebensweisheiten in pointierter Form festzuschreiben, so stehen Goethes Äußerungen in durchgängigem Verhältnis zu seinem gesamten unabsehlichen Werk. Sie sind ›Resultate ... die, wenn wir nicht ihre Veranlassung wissen, als paradox erscheinen, uns aber nötigen, vermittelst eines umgekehrten Findens und Erfindens, rückwärts zu gehen und uns die Filiation solcher Gedanken von weit her, von unten herauf, wo möglich zu vergegenwärtigen‹ (WJ, I. Buch, 10. Kap.).

Von Goethes ›Maximen und Reflexionen‹ zu sprechen heißt also nicht weniger, als von Goethe schlechthin zu sprechen; ein Unterfangen, das ohne eine gewisse Verwegenheit kaum auszuführen sein wird. Es gilt, das Ganze in den einzelnen Figuren wahrzunehmen, wie in dem ›alten chinesischen Teppich‹, dessen Anblick Goethe zu den ›Merkwürdigkeiten‹ des Jahres 1807 rechnete, ›an welchen die Figuren einzeln gefertigt und durch einen schicklichen Grund zu einem Bilde vereinigt waren‹ (WA I, 36, 391). Allein der Betrachter sieht sich in dem Fall, den Teppich gleichsam von der Kehrseite zu erblicken und seine Filiationen (das Wort ist mit ›Verknüpfungen‹ zu übersetzen) ›von unten herauf‹ einzusehen. Da erscheint ihm dann alles ›einfacher als man denken kann, zugleich verschränkter als zu begreifen ist‹ (1209). Es bedarf einer produktiven Findekunst, um im Sternenhimmel dieser vielfach funkelnden Erleuchtungen benennbare Sternbilder zu erkennen. Solcher Findekunst hat Goethe sich in allem anvertraut: ›Mein ganzes inneres Wirken erwies sich als eine lebendige Heuristik, welche eine unbekannte geahnete Regel anerkennend, solche in der Außenwelt zu finden und in die Außenwelt einzuführen trachtet.‹ (328) Die berühmten Sätze sind ein Bekenntnis und ein Leitsatz. Mit den Worten von ›Dichtung und Wahrheit‹ zu reden, sie sind ›eigentlich, was wir in wissenschaftlichen und poetischen Angelegenheiten Aperçus nennen: das Gewahrwerden einer großen Maxime, welches immer eine genialische Geistesoperation ist; man kommt durch Anschauen dazu, weder durch Nachdenken noch durch Lehre oder Überlieferung‹ (DuW IV, 16). Voraussetzung jener Heuristik ist ein elementares Weltvertrauen, eine Zuversicht in den freilich nicht offenbaren Sinn der Erscheinungen: ›Jedoch ein dergleichen Aperçu, ein solches Gewahrwerden, Auffassen, Vorstellen, Begriff, Idee, wie man es nennen mag, behält immerfort, man gebärde sich, wie man will, eine esoterische Eigenschaft: im ganzen läßt sich's aussprechen, aber nicht beweisen; im einzelnen läßt sich's wohl vorzeigen, doch bringt man es nicht rund und fertig.‹ (WA II, 8, 135) Nicht beweisen läßt sich der produktive Zirkel zwischen Ahnung und Entdeckung, zwischen Theorie und der von ihr ermöglichten Erkenntnis; ihm liegt die Goethesche Denkfigur von der Einheit im Widerspruch zugrunde. Das ›innere Wirken‹ und die ›Außenwelt‹ sind eines jener Gegensatzpaare, mit denen er das Lebendige zu begreifen sucht, das aus der Einheit heraustritt, um sich zu differenzieren, und sich differenziert, um der Zugehörigkeit zur Einheit gewärtig zu werden. Im ›Epirrhema‹ ist das bündig ausgesprochen:

Müsset im Naturbetrachten
Immer eins wie alles achten;
Nichts ist drinnen, nichts ist draußen;
Denn was innen, das ist außen.
So ergreifet ohne Säumnis
Heilig öffentlich Geheimnis.

Freuet euch des wahren Scheins,
Euch des ernsten Spieles:
Kein Lebendiges ist Eins,
Immer ists ein Vieles.

Aber mit dem Zitat wird mehr Zusammenhang hergestellt, als die ›Maximen und Reflexionen‹ als Folge erkennen lassen wollen. Es ist dies eine Stelle, an der man sich der Herkunft ihres Namens und ihrer Veröffentlichungen zu erinnern hat. Der Name, auf Goetheschen Überschriften beruhend, ist erst durch Max Hecker (1907) für das ganze Corpus eingeführt worden, das er mit der Musterhaftigkeit der Philologie des 19. Jahrhunderts zusammengefaßt und erläutert hat. Nach seiner Zählung wird bis heute zitiert, und die durchgehende Numerierung läßt zu leicht vergessen, daß die einzelnen Abteilungen verschiedenen Zeiträumen verdankt werden, an verschiedenen Orten publiziert und in verschiedenen Werken integriert wurden.

Da sind einmal die Stücke aus den ›Wahlverwandtschaften‹, gedruckt im Jahre 1809; ihnen kommt im Ganzen des rätselhaften Romans eine wesentliche, den unabweislichen Fortgang des Geschehens mit verfremdender Reflexion begleitende Funktion zu; insofern sie Notizen Ottiliens sind, geben sie dieser schweigsamen Figur unerwartete, aber notwendige Dimensionen. Die in Goethes weitgehend selbstverfaßter Zeitschrift ›Kunst und Altertum‹ zwischen 1818 und 1827 gelegentlich veröffentlichten Maximen haben ganz andere, lockerere Nachbarschaften. ›Ersten Bandes drittes Heft‹ versammelt neun Aperçus unter der Überschrift ›Bildende Kunst‹; sie sind eingebettet zwischen der Anzeige eines philologischen Werkes des russischen Staatsrats Ouwaroff und einem Aufsatz über Bilder, die redende Tiere darstellen. ›Dritten Bandes erstes Heft‹ bringt fast hundert, unter der neutralen Überschrift ›Eigenes und Angeeignetes in Sprüchen‹; sie folgen den verschiedensten Gedichten und werden von literarischen und kunsttheoretischen Miszellen abgelöst – das Ganze zusammengehalten durch den gemeinsamen Untertitel ›Poesie, Ethik, Literatur‹ – eine unverbindlichere Folge ist kaum denkbar, so, als ob der Autor die ganze Weite seines nutzbaren Vermögens andeuten wollte: es ist eine ironische Mischung.

Überaus ironisch war auch die List, mit der Goethe die ›Maximen und Reflexionen‹ in ›Wilhelm Meisters Wanderjahre‹ hat einbringen lassen. Eckermann berichtet darüber unter dem 15. Mai 1831, Goethe habe mit Cotta über den Druck der ›Wanderjahre‹ in drei Bänden disponiert, aber feststellen müssen, daß das Roman-Manuskript für solchen Umfang nicht ausreiche. Da habe er dem Adlatus ›zwei starke Manuskriptbündel‹ vorgelegt: ›... Einzelnheiten, vollendete und unvollendete Sachen, Aussprüche über Naturforschung, Kunst, Literatur und Leben, alles durcheinander. Wie wäre es nun, wenn Sie davon sechs bis acht gedruckte Bogen zusammenredigierten, um damit die Lücken der Wanderjahre zu füllen. Genau genommen gehört es zwar nicht dahin, allein es läßt sich damit rechtfertigen, daß bei Makarien von einem Archiv gesprochen wird, worin sich dergleichen Einzelnheiten befinden.‹

Eckermann machte sich folgsam ans Werk: ›Als nun aber die Wanderjahre erschienen, wußte niemand, wie ihm geschah. Den Gang des Romans sah man durch eine Menge rätselhafter Sprüche unterbrochen, deren Lösung nur von Männern vom Fach, das heißt von Künstlern, Naturforschern und Literatoren zu erwarten war, und die allen übrigen Lesern, zumal Leserinnen, sehr unbequem fallen mußten.‹ Offenbar war Eckermann nicht bewußt, daß sie ebenso wie in den ›Wahlverwandtschaften‹ in das Ganze der ›Wanderjahre‹ einen notwendigen, allzu gefälligen Deutungen entgegenwirkenden, Nachdenken erzwingenden Ton hineinbrachten. Bessere Leser wie der böhmische Literat St. Zauper hatten das wohl bemerkt und bekamen das Lob des Autors zu hören: ›Daß Sie Ihre Ungeduld beim Wiederlesen der Wanderjahre gezügelt haben, freut mich sehr. Zusammenhang, Ziel und Zweck liegt innerhalb des Büchleins selbst; ist es nicht aus Einem Stück, so ist es doch aus Einem Sinn und dies war eben die Aufgabe: mehrere fremdartige äußere Ereignisse dem Gefühl als übereinstimmend entgegen zu bringen.‹ (7. 9. 1821; WA IV, 35, 74)

Aber es war gerade die Varietät und Reichweite der Gedanken, welche die pädagogischen Provinzen des Buchs mit dem weiten Reich freien Geistes in Verbindung setzen sollten. Es mag erlaubt sein, dessen offene Grenzen abzuschreiten. Schon bei dem grundlegenden Satz, welcher das innere Wirken in Beziehung zur Außenwelt setzte, war die Denkfigur erkennbar, für die Goethe das Wort ›Polarität‹ hat. Es bezeichnet das lebhafte, dem Lebendigen eigentümliche Verhältnis einander bedingender oder gar begründender Entgegensetzungen und gilt in allen Bereichen. ›*Spannung*‹, so sagte er, ›ist der indifferent scheinende Zustand eines energischen Wesens in völliger Bereitschaft sich zu manifestieren, zu differenzieren, zu polarisieren.‹ (1255) Der nachgelassene Aphorismus spricht in definitorischer Kürze ein Grundgesetz aus, das für die ganze belebte Welt gilt. Indifferenz nannte die zeitgenössische Physik einen ›Zustand, wo zwei entgegenwirkende Kräfte zur Ausgleichung gelangt sind‹ (Pierers Lexikon, Bd. 10, 1835, S. 132). Allein überall dort, wo ›das Lebendige‹ sich findet, ist solche Ruhe nur scheinbar: ›Man gedenke der leichten Erregbarkeit aller Wesen, wie der mindeste Wechsel einer Bedingung, jeder Hauch, gleich in den Körpern Polarität manifestiert, die eigentlich in ihnen allen schlummert.‹ (1254) Gerade in dem Widerspiel der Kräfte, das sich als ›Spannung‹ realisiert, wird die Lebendigkeit der Erscheinungen faßlich, der Wechsel zwischen Ruhe und Bewegung als lebhaft erfahren.

Wie sehr solche Vorstellungen dem Goetheschen Denken von jeher eingeboren sind, zeigt eine Erinnerung an den ›Urfaust‹:

In Lebensfluten, im Tatensturm
Wall ich auf und ab,
Webe hin und her!
Geburt und Grab,
Ein ewges Meer,
Ein wechselnd Weben,
Ein glühend Leben!
So schaff' ich am sausenden Webstuhl der Zeit
Und würke der Gottheit lebendiges Kleid.

Die berühmten Verse sind wohl im Jahre 1773 niedergeschrieben und gebrauchen für die bewegte Fülle des Lebens (welche die deutsche Sprache gern mit der Wendung ›Leben und Weben‹ bezeichnet) das Bild des Webstuhls, der aus zwei entgegengesetzten Bewegungen erst das Ganze des Gewebes entstehen läßt. Goethe ist das Bild zeitlebens wert gewesen, weil es die Produktivität einander entgegenwirkender und aufeinander bezogener Kräfte augenfällig macht; so wenn er an Frau von Stein schrieb: ›Wir sind wohl verheiratet, das heißt: durch ein Band verbunden, wovon der Zettel aus Liebe und Freude, der Eintrag aus Kreuz, Kummer und Elend besteht.‹ (8.7.1781) Fast vierzig Jahre später notierte er in ›Kunst und Altertum‹ die Reflexion: ›Indem ich mich zeither mit der Lebensgeschichte wenig und viel bedeutender Menschen anhaltender beschäftigte, kam ich auf den Gedanken: es möchten sich wohl die einen in dem Weltgewebe als Zettel, die andern als Einschlag betrachten lassen; jene gäben eigentlich die Breite des Gewebes an, diese dessen Halt, Festigkeit, vielleicht auch mit Zutat irgend eines Gebildes. Die Schere der Parze hingegen bestimmt die Länge ...‹ (230) Hier war bildlich begriffen, wie die Frage nach der geschichtlichen Bedeutung auch der unbedeutenden Menschen, der namenlosen Menge so zu beantworten sei, daß ihnen Würde und Aufgabe erhalten bliebe – die Breite des Gewebes wäre ohne Halt, wenn sie nicht durch die hervorragenden Zeitgenossen Festigkeit erhielte. Diese wären ohne Bestimmung, wenn ihnen nicht solche Funktion zufiele. Es geht um kein Gegeneinander, sondern um eine wechselseitige Begründung des einen durch das andere; aus beiden entsteht das geschichtliche Weltgewebe.

Es wird gut sein, diese Denkweise nicht zu geschwind mit dem philosophischen Namen der Dialektik zu versehen, obgleich deren Nähe unüberhörbar ist. Aber Goethe geht es nicht um einen umfassenden theoretischen Entwurf, sondern um das Erkennen und Wiedererkennen, um ›etwas Unbekanntes Gesetzliches im Objekt, welches dem Unbekannten Gesetzlichen im Subjekt entspricht‹ (1344). Im ›Objekt‹, das heißt in der Welt der sichtbaren Dinge – jedwede Goethesche Reflexion kehrt immer wieder zu ihr zurück, geht immer wieder von ihr aus und wird nie in der Abstraktion verweilen. ›Es gibt eine zarte Empirie‹, so lautet die Maxime 565, ›die sich mit dem Gegenstand innigst identisch macht, und dadurch zur eigentlichen Theorie wird. Diese Steigerung des geistigen Vermögens aber gehört einer hochgebildeten Zeit an.‹ (565)

Zweifellos hatte er bei diesem letzten Satz die eigene Zeit und das eigene Tun im Sinn. Die ›kostbare Maxime‹ (Hermann Meyer) verdient diesen Namen, weil ihr erster Satz in aller der Gattung eigenen Kürze nicht nur Goethes Weltverhalten, sondern seine – wenn man so will – Erkenntnislehre zusammenfaßt. Zarte Empirie: das umschließt die respektvoll-sensitive Betrachtungs- und Erfahrungsweise, die ihrem Gegenstand keine Gewalt antut. Lange vor der modernen Physik, welche erkannt hat, daß die Betrachtung das Betrachtete zu verändern vermag, hat Goethe den Satz statuiert: ›Die Erscheinung ist vom Beobachter nicht losgelöst, vielmehr in die Individualität desselben verschlungen und verwickelt.‹ (1224) Erst die Unterordnung dieser Individualität, ihrer vorgegebenen Sehweisen, Meinungen oder Erwartungen unter das Phänomen ermöglicht jene innigste Identifikation, die vom Betrachter absehend nichts als den Gegenstand wahrnimmt im Wortsinne. Zur ›eigentlichen Theorie‹ wird sie, weil sie kein anderes Interesse als die reine Anschauung hat, welche das Ding in seinem Wesen zu erkennen trachtet; dabei mag eine Rolle gespielt haben, daß Goethe sich der Grundbedeutung von *theoria* bewußt war, die auf Schauen gründet.

Solches Verfahren hat zwei Voraussetzungen: ›Alle Verhältnisse der Dinge Wahr [sic!] / Irrtum allein in dem Menschen / An ihm nichts Wahr als daß er irrt / Sein Verhältnis zu sich zu andern zu den Dingen nicht finden kann.‹ (1379) Und die andere: ›Das Höchste wäre, zu begreifen, daß alles Faktische schon Theorie ist. Die Bläue des Himmels offenbart uns das Grundgesetz der Chromatik. Man suche nur nichts hinter den Phänomenen; sie selbst sind die Lehre.‹ (575) Die Überzeugung, daß alle Verhältnisse der Dinge wahr seien, entspringt nicht allein dem schon benannten Weltvertrauen, sondern ist die bedeutendste Lehre der zarten Empirie. Wäre der Mensch wahrnehmungsfähiger, so würde er angesichts der Erscheinungen die ›Idee‹, das ihnen einwohnende Wesentliche erkennen. Goethe hat es definiert: ›Was man Idee nennt, das was immer zur Erscheinung kommt und daher als Gesetz aller Erscheinungen uns entgegentritt.‹ (1136)

Nun ist es keineswegs einem jeden gegeben, das Wiederkehrend-Bleibende wahrzunehmen, das in den zeitlichen Dingen zur Erscheinung kommt. Mit Goethe zu reden – nicht jedermann hat ein ›Ideenvermögen‹ (614), welches die Dauer im Wechsel sieht, nicht allen ist die produktive Reife eigen, ›denn zum Gewahrwerden des Ideellen gehört auch eine Pubertät‹ (273). Und daraus folgt dann der im Grunde skeptische Satz: ›*Gewöhnliches* Anschauen, richtige Ansicht der irdischen Dinge ist ein Erbteil des allgemeinen Menschenverstandes. *Reines* Anschauen des Äußern und Innern ist sehr selten.‹ (533) Von früher Zeit an kreisen die Gedanken um das reine Anschauen; aus einem ganz sachlichen Reisebericht des Jahres 1778 entspringt der Grundsatz: ›Du weißt, wie ich im Anschauen lebe; es sind mir tausend Lichter aufgegangen.‹ (5. 8. 1778) Und spät, im Jahre 1823, findet sich Goethe beglückt durch die Charakteristik, die ein Leipziger Gelehrter seiner Denkungsweise zuteil werden läßt: ›daß nämlich mein Denkvermögen *gegenständlich* tätig sei; womit er aussprechen will: daß mein Denken sich von den Gegenständen nicht sondere, daß die Elemente der Gegenstände, die Anschauungen in dasselbe eingehen und von ihm auf das innigste durchdrungen werden, daß mein Anschauen selbst ein Denken, mein Denken ein Anschauen sei …‹ (WA II, 11, 58) Der so belobigte Dr. Heinroth hatte freilich Goethes Verfahren sehr glücklich bezeichnet als eines, ›wo die Beobachtung und das Denken gleichsam in einem Akt zusammengeschmolzen werden, auf den Weg, von welchem aus abstrakte Denken geradezu abführt und auf welchen zunächst die Beschauung von Kunstwerken hinleitet‹.

In den ›Maximen und Reflexionen‹ findet sich eine Fülle von Belegen für das Verfahren, welches ›die Beobachtung und das Denken gleichsam in einem Akt‹ zusammenschmilzt: ›Man tut nicht wohl sich allzulange im Abstrakten aufzuhalten‹ (728) ist die Devise. Und auch die immer wiederkehrenden Zentralbegriffe sind in Goethes Augen keineswegs Abstracta. Das gilt für die ›Idee‹, und das gilt nicht minder für Schlüsselworte wie das ›Wahre‹ oder das ›Urphänomen‹; sie alle sind schon insofern keine Abstracta, als zwischen ihnen eine innige Verwandtschaft besteht, welche zuweilen das eine durch das andere ›real als erkannt‹ (1369) werden läßt; neben dem ›Ideenvermögen‹ ist dem Menschen ein ›Wahrheitsgefühl‹ (562) gegeben, welche beide ihn davor bewahren, in jenen Schlüsselwörtern nur Kunstwörter zu sehen: ›*Urphänomene* ideal real symbolisch identisch. / … / ideal als das letzte Erkennbare / real als erkannt / symbolisch weil es alle Fälle begreift: / identisch mit allen Fällen.‹ (1369) Wie der Goethe so wichtige Begriff zu bewerten sei, hängt ab von der Frage, die man an ihn richtet: ›Ferner ist ein Urphänomen nicht einem Grundsatz gleichzuachten, *aus* dem sich mannichfaltige Folgen ergeben, sondern anzusehen als eine Grund*erscheinung*, innerhalb deren das Mannichfaltige anzuschauen ist. Schauen, wissen, ahnen, glauben und wie die Fühlhörner alle heißen, mit denen der Mensch ins Universum tastet, müssen denn doch eigentlich zusammenwirken, wenn wir unsern wichtigen, doch schweren Beruf erfüllen wollen.‹ (3. 5. 1827; WA IV, 42, 167)

Der Leser dieses Nachworts sollte mit Nachsicht aufnehmen, wenn es so viele Sätze wiederholt, die im Hauptteil schon einmal gedruckt sind; sie werden in einem Zusammenhang zitiert, den dieser Hauptteil vermeidet, nicht etwa, weil er dem Autor nicht vorschwebte: aber er schwebte eben nur vor, und nichts war Goethe mehr zuwider, als geahnte Beziehungen festzuschreiben. Die Welt, so meinte er, sei ›ein Buch von dem ungeheuersten, seltsamsten Inhalte ... zu einem Ganzen zu gelangen sei schwer, wo nicht völlig unmöglich. An dieser Aufgabe müßten eben darum alle Systeme scheitern‹ (Goethes Gespräche, hg. von Fl. Frhr. v. Biedermann, Bd. 4, 1910, S. 468). Es ist dies der tiefere Grund für die scheinbare Beliebigkeit, die zuweilen bunte Anordnung der ›Maximen und Reflexionen‹; für deren Lektüre gilt, was für Goethe ein Grundsatz der Natur- und Weltbetrachtung war: ›Um mich zu retten betrachte ich alle Erscheinungen als unabhängig von einander und suche sie gewaltsam zu isolieren; dann betrachte ich sie als Korrelate, und sie verbinden sich zu einem entschiedenen Leben.‹ (561) Indem der Leser die Aperçus ›unabhängig von einander‹ dargeboten erhält, sieht er sich aufgefordert, die ›Korrelate‹ aufzufinden und sie ›zu einem entschiedenen Leben‹ zu verbinden. Alle Eigenschaften, welche dem Urphänomen zugemessen wurden, werden sich bei nachdenklicher Lektüre schon innerhalb dieses Buches wechselseitig erhellen und erst recht bei einem beharrlichen Umgang mit Goethes Werken.

Freilich wird man bei solchem Unterfangen an Grenzen gelangen, vergleichbar denjenigen, die Goethe beim Nachdenken über die Urphänomene als unüberschreitbar respektierte: ›Wenn ich mich beim Urphänomen zuletzt beruhige, so ist es doch auch nur Resignation; aber es bleibt ein großer Unterschied, ob ich mich an den Grenzen der Menschheit resigniere oder innerhalb einer hypothetischen Beschränktheit meines bornierten Individuums.‹ (577)

Solche sehr bewußte Bescheidung wird von ihm stets geübt, wenn es um Fragen ›an den Grenzen der Menschheit‹, um die sogenannten letzten Fragen geht. Dazu gehört auch die Abneigung, die Vielfalt der Erscheinungen voreilig oder gar gewaltsam in einen erklärenden Zusammenhang zu bringen. Was er zu Eckermann über die Meteorologie sagte, gilt für die Natur- und Weltbetrachtung insgesamt: ›Die Gegenstände der *Meteorologie* sind zwar etwas Lebendiges, das wir täglich wirken und schaffen sehen, sie setzen eine Synthese voraus; allein der Mitwirkungen sind so mannigfaltige, daß der Mensch dieser Synthese nicht gewachsen ist und er sich daher in seinen Beobachtungen unnütz abmühet. Wir steuern dabei auf Hypothesen los, auf imaginäre Inseln, aber die eigentliche Synthese wird wahrscheinlich ein unentdecktes Land bleiben.‹ (13. 2. 1829) Man könnte an die Stelle des Wortes Resignation auch ein anderes setzen – Frömmigkeit; im gleichen Gespräch hieß es zuvor: ›... die *Natur* versteht gar keinen Spaß, sie ist immer wahr, immer ernst, immer strenge; sie hat immer recht, und die Fehler und Irrtümer sind immer des Menschen. Den Unzulänglichen verschmäht sie, und nur dem Zulänglichen, Wahren und Reinen ergibt sie sich und offenbart ihm ihre Geheimnisse. Der Verstand reicht zu ihr nicht hinauf, der Mensch muß fähig sein, sich zur höchsten Vernunft erheben zu können, um an die Gottheit zu rühren, die sich in Urphänomenen, physischen wie sittlichen, offenbaret, hinter denen sie sich hält und die von ihr ausgehen.‹

In diesen Bekenntnissen gegenüber Eckermann ist auch Goethesche Menschenkunde enthalten, wie sie in den ›Maximen und Reflexionen‹ reichlich ausgestreut wird. Dabei ist es programmatisch, daß die an bedeutender Stelle, in ›Makariens Archiv‹, versammelten und die Menschennatur bedenkenden Aperçus zwar als solche Goethes erscheinen, aber in Wahrheit Redaktionen antiker Texte sind: ›Aber die Menschen vermögen nicht leicht aus dem Bekannten das Unbekannte zu entwickeln; denn sie wissen nicht daß ihr Verstand eben solche Künste wie die Natur treibt.‹ (621) Der Satz wurde einer Schrift des Hippokrates verdankt, und wenn er von der Beschränktheit menschlicher Einsicht sprach, so tat er dies noch maßvoll, gemessen an Goethes hartem Diktum: ›Unsere Zustände schreiben wir bald Gott, bald dem Teufel zu, und fehlen ein- wie das andere mal: in uns selbst liegt das Rätsel, die wir Ausgeburt zweier Welten sind.‹ (429) Überhaupt war die Erfahrung ›Wir können einem Widerspruch in uns selbst nicht entgehen‹ überaus bewußt und der Nachsatz ›wir müssen ihn auszugleichen suchen‹ (351) keineswegs immer zu verwirklichen. Es ist ein Unterton von Skepsis, der vielen Gedanken über den Menschen eignet: ›Mir wird, je länger ich lebe, immer verdrießlicher, wenn ich den Menschen sehe, der eigentlich auf seiner höchsten Stelle da ist, um der Natur zu gebieten, um sich und die Seinigen von der gewalttätigen Notwendigkeit zu befreien; wenn ich sehe wie er aus irgendeinem vorgefaßten falschen Begriff gerade das Gegenteil tut von dem was er will, und sich alsdann, weil die Anlage im Ganzen verdorben ist, im Einzelnen kümmerlich herum pfuschet.‹ (445) Eine ähnliche Erfahrung hält die Maxime 340 fest: ›Die Vorurteile der Menschen beruhen auf dem jedesmaligen Charakter der Menschen, daher sind sie, mit dem Zustand innig vereinigt, ganz unüberwindlich. Weder Evidenz, noch Verstand, noch Vernunft haben den mindesten Einfluß darauf.‹

Aber nicht allein Vorurteil und Charakter sind Ursache menschlicher Beschränktheit, auch die Abhängigkeit von der geschichtlichen Situation ist der Freiheit nicht förderlich: ›Die Menschen sind als Organe ihres Jahrhunderts anzusehen, die sich meist unbewußt bewegen.‹ (957) Zu der historischen Bedingtheit tritt der Wandel im Weltverhältnis, den ein jedes denkende Individuum im Laufe des Lebens erfährt: ›Jedem Alter des Menschen antwortet eine gewisse Philosophie; das Kind erscheint als Realist, denn es findet sich so überzeugt von dem Dasein der Birnen und Äpfel als von dem seinigen. Der Jüngling von innern Leidenschaften bestürmt muß auf sich selbst merken, sich vorfühlen, er wird zum Idealisten umgewandelt. Dagegen ein Skeptiker zu werden hat der Mann alle Ursache ... Der Greis jedoch wird sich immer zum Mystizismus bekennen ...‹ (806) Eine Definition des Mystizismus, keine simple, liefert die Maxime 369: ›Der Mystizismus ist die Scholastik des Herzens, die Dialektik des Gefühls.‹ Zieht man in Rechnung, daß der Scholastik wie der Dialektik die Klärung der Begriffe angelegen ist, welche sie hin- und herwenden und auch in ihrer Widersprüchlichkeit zu erfassen suchen, so werden die beiden paradoxen Ausdrücke verständlicher; denn paradox muß die Vorstellung erscheinen, das Herz verfahre scholastisch differenzierend und das Gefühl dialektisch unterscheidend.

In beiden Fällen hat Goethe sich einer Metapher bedient, um sich dem Unergründlichen anzunähern. Das Bekenntnis zum Mystizismus wird erläutert, indem es vom Greise weiter heißt: ›er sieht daß so vieles vom Zufall abzuhängen scheint, das Unvernünftige gelingt, das Vernünftige schlägt fehl, Glück und Unglück stellen sich unerwartet ins gleiche; so ist es, so war es! und das hohe Alter beruhigt sich in dem, der da ist, der da war und der da sein wird.‹ (806) Angesichts solcher Erfahrungen sind die Schwankungen und widersprechenden Gefühle, mit denen das Herz auf die Wechselfälle des Lebens wechselhaft antwortet, den Wechselreden vergleichbar, in denen der Philosoph sich dem Begreifen zu nähern sucht. Auflösbar wird das Unauflösliche erst in der Anerkennung seiner Unauflöslichkeit – das ist die Dialektik des Herzens, und die Anerkennung ist kein Akt des Verstehens, sondern derjenigen Vermögen, die allein mit dem Unfaßlichen und Inkommensurablen der Welt- und Lebensverhältnisse ins reine kommen können: des Glaubens und der Liebe. Mit ihrer Hilfe (oder soll man sagen mit ihrer Kraft) beruhigen sich Gefühl und Herz ›in dem, der da ist, der da war und der da sein wird‹. Das drückt der Satz aus ›Glaube ist Liebe zum Unsichtbaren / Vertrauen aufs Unmögliche Unwahrscheinliche‹ (815). Nicht zufällig hat Goethe der unerkennbaren höchsten und sinnvollen Instanz den Namen gegeben, den ihr die Bibel gibt, im Alten (2. Mose 3, 14) wie im Neuen Testament (Offenbarung 1, 8). Man wird darin kein Bekenntnis zum Christentum sehen, wohl aber zu der Sprache, in der es für uns das Letzte und Höchste benennbar gemacht hat. ›Mystik‹, so endet die Maxime 1002, ›deutet auf die Geheimnisse der Natur und Vernunft und sucht sie durch Wort und Bild zu lösen.‹ Vielleicht ist dies die Stelle, die Aufmerksamkeit des Lesers auf eine andere zu lenken, welche ein Leitsatz Goethescher Denkungs- und Redeweise überhaupt, in all ihrer unabsehlichen Vielfalt gewesen ist: ›Wir haben das unabweichliche täglich zu erneuernde grundernstliche Bestreben: das Wort mit dem Empfundenen, Geschauten, Gedachten, Erfahrenen, Imaginierten, Vernünftigen, möglichst unmittelbar zusammentreffend zu erfassen.‹ (674)

Denn es ist nicht allein die Mystik, die auf die ›Geheimnisse der Natur und Vernunft‹ deutet, um sie ›durch Wort und Bild zu lösen‹. Ein gleiches lassen sich die Künste angelegen sein, und die dichterische bedarf des Wortes, das die ganze Variationsbreite zwischen dem Vernünftigen und dem Empfundenen, dem Erfahrenen und dem Imaginierten, dem Gedachten und dem Geschauten zutreffend benennen soll. Aber aus Gründen erhofft Goethe die hindeutende Lösung jener ›Geheimnisse‹ nicht vom Wort allein, sondern von ›Wort und Bild‹. Die Maxime 1002 charakterisiert freilich mit diesen beiden Begriffen die Mystik und nicht die Poesie; sie tut das um der Gradation willen, die sie, Poesie, Philosophie und Mystik vergleichend, vornimmt: ›Poesie deutet auf die Geheimnisse der Natur … / Philosophie deutet auf die Geheimnisse der Vernunft … / Mystik deutet auf die Geheimnisse der Natur und Vernunft …‹ Aber indem die von Hecker nachgeordnete Maxime 1003 lakonisch festhält: ›Bildliche Vorstellung / Reich der Poesie / Hypothetische Erklärung / Reich der Philosophie‹, erinnert sie den Leser daran, daß es keine poetischen Bilder gebe ohne Worte; denn ›Wort und Bild sind Korrelate, die sich immerfort suchen, wie wir an Tropen und Gleichnissen genugsam gewahr werden. So von jeher, was dem Ohr nach innen gesagt oder gesungen war, sollte dem Auge gleichfalls entgegen kommen. Und so sehen wir in kindlicher Zeit in Gesetzbuch und Heilsordnung, in Bibel und Fibel, sich Wort und Bild immerfort balancieren.‹ (188) Poetischer ist der Problemkreis in einem Gedicht angesprochen, das Goethe im Januar 1818 an Sulpiz Boisserée sandte, ›damit die letzte Seite nicht leer bleibe!‹ (16.1.1818; WA IV, 29, 14f.)

Worte sind der Seele Bild –
Nicht ein Bild! sie sind ein Schatten!
Sagen herbe, deuten mild
Was wir haben, was wir hatten –
Was wir hatten wo ist's hin?
Und was ist's denn was wir haben? –
Nun! wir sprechen! Rasch im Fliehn
Haschen wir des Lebens Gaben.

Die Verse machen die Differenz unüberhörbar, die zwischen der genauen und häufig lakonischen Prosa der ›Maximen und Reflexionen‹ und der bedeutenden, das heißt deutbaren des Gedichts besteht. Ursprünglich stand als Überschrift darüber ›Wert des Wortes‹. Als einen Kommentar mag man eine Stelle aus der ›Farbenlehre‹ heranziehen, welche auch als Aperçu für sich bestehen könnte:

›Man bedenkt niemals genug, daß eine Sprache eigentlich nur symbolisch, nur bildlich sei und die Gegenstände niemals unmittelbar, sondern nur im Widerscheine ausdrükken‹ (WA II, 1, 303). Die Kunst, wesentlich bildlich und symbolisch, verlangt Verständnis und Erklärung, denn: ›Die Kunst ist eine Vermittlerin des Unaussprechlichen; darum scheint es eine Torheit, sie wieder durch Worte vermitteln zu wollen. Doch indem wir uns darum bemühen, findet sich für den Verstand so mancher Gewinn, der dem ausübenden Vermögen auch wieder zu Gute kommt.‹ (384)

Genug der Zitate. Die ›Maximen und Reflexionen‹ verlocken immer aufs Neue dazu, Zusammenhänge aufzufinden, Folgerungen zu bedenken oder gar zu extrapolieren: ›Alles wahre Aperçu kömmt aus einer Folge und bringt Folge. Es ist ein Mittelglied einer großen produktiv aufsteigenden Kette.‹ (416) Es ist der Leser, der die Glieder dieser Kette verknüpft; für ihn gilt – hier in noch höherem Grade als bei jedem gewöhnlichen Buche –, was Goethe am 19. November 1796 an Schiller geschrieben hat, daß nämlich ›der Leser sich produktiv verhalten muß, wenn er an irgend einer Produktion Teil nehmen will‹ (WA IV, 11, 265).

Walther Killy

Zu dieser Ausgabe

Diese Ausgabe folgt in Umfang und Anordnung der von Max Hecker betreuten Edition aus dem Jahre 1907. Die Wiedergabe der Texte selbst hingegen geht auf die Erstdrucke bzw. die Handschriften zurück. Das bedeutet, daß für die Textgestaltung der Maximen 1–798 die Erstdrucke in den ›Wahlverwandtschaften‹ (1809), der Zeitschrift ›Über Kunst und Altertum‹ (1821–1827), den ›Heften zur Naturwissenschaft‹ (1823) und ›Wilhelm Meisters Wanderjahren‹ (1829) maßgeblich waren. Die Maximentexte ab Nr. 799 sind an den Handschriften, die weitgehend im Goethe- und Schiller-Archiv in Weimar aufbewahrt werden, überprüft worden. Für die Maximen 965 und 997 standen Xerokopien der handschriftlichen Überlieferung von der Universitätsbibliothek Leipzig zur Verfügung. Analoges gilt für die Maxime 1139, deren komplette handschriftliche Fassung im Stadtarchiv (Kestner-Museum) Hannover überliefert ist. Keine handschriftliche Vorlage konnte für die Nummern 1210, 1405–1407 und 1409–1413 ermittelt werden.

Die Transkription des Textes wahrt lautliche Vorgaben, Groß- und Kleinschreibung, Getrennt- und Zusammenschreibung sowie die Zeichensetzung der Vorlage. Nur bei offensichtlichen Versehen des Schreibers (sofern es nicht Goethe selbst gewesen ist) wurden Korrekturen eingebracht (z. B. ›Entelechie‹, nicht ›Entelegie‹). Im übrigen wurde der Text den heutigen Lesegewohnheiten insofern angepaßt, als die Regeln der gültigen Orthographie unter Wahrung des Lautstandes angewandt wurden. Das gilt auch für die Schreibweise der Namen. Für die verständnisvolle Beratung bei der Textkonstitution und besonders für die eingehende Überprüfung der Transkription bin ich der Lektorin der Verlagsgruppe Kiepenheuer, Frau Dr. Evi Rietzschel, dankbar verbunden.

Bei der Erarbeitung der Anmerkungen konnte ich mich auf reichhaltige Forschungsergebnisse der vorliegenden Kommentare, allem voran des Kommentars der Hecker-Ausgabe, stützen. Dabei war es mein Anliegen, nicht nur die Verbindung der Maximen mit dem gesamten Goetheschen Werk, einschließlich der Korrespondenz, zu verdeutlichen, sondern auch ihre enge gedankliche Verknüpfung untereinander aufzuzeigen. Deshalb geben die Anmerkungen dieser Ausgabe, neben Begriffserklärungen, Übersetzungen und Quellenangaben, vor allem Verweise auf Werke Goethes, auf seine Korrespondenz und auf Zeugnisse seiner Zeitgenossen. Sie erscheinen in Form von Zitaten oder auch nur als Belegstellen, wobei schon aus Raumgründen nicht alle bisher bekanntgewordenen Parallelstellen aufgeführt sind. Die Auswahl ist auf diejenigen beschränkt, die besonders zur Erläuterung der jeweiligen Maxime beitragen. Hinzu kommen allerdings neue, bisher noch nicht in Beziehung zu Goethes Maximenwerk gesehene Textstellen. Darüber hinaus findet der Leser Verweise von Maxime zu Maxime und – was zum Verständnis besonders beitragen kann – eine Verknüpfung der entsprechenden Maximen unter zentralen Begriffen. So findet man z. B. unter dem Stichwort ›Mathematik‹ oder dem Stichwortpaar ›Verstand, Vernunft‹ diejenigen Nummern aufgeführt, die dazu eine Aussage enthalten; in der Anmerkung zur einzelnen Nummer erscheint der Verweis auf die ›Sammel‹-Anmerkung.

Weimar, im September 1987 *Irmtraut Schmid*

Anmerkungen

Verzeichnis der Abkürzungen

AT	Altes Testament
›Divan‹	West-östlicher Divan
DuW	Dichtung und Wahrheit
FL	Farbenlehre
G.	Goethe
G Amtl Schr	Goethes Amtliche Schriften. Goethes Tätigkeit im Geheimen Consilium. Band 1. Hrsg. von Willy Flach. Weimar 1950.
Geschichte der FL	Materialien zur Geschichte der Farbenlehre
Gespräche	Johann Peter Eckermann: Gespräche mit Goethe. Hrsg. von Regine Otto unter Mitarbeit von Peter Wersig. Berlin und Weimar 1982.
GJb	Goethe-Jahrbuch
IR	Italienische Reise
Jb FDH	Jahrbuch des Freien Deutschen Hochstifts, Frankfurt am Main
KuA	Über Kunst und Altertum
LA	Goethe. Die Schriften zur Naturwissenschaft. Hrsg. im Auftrage der Deutschen Akademie der Naturforscher (Leopoldina) zu Halle von R. Matthaei, W. Troll, K. L. Wolf, D. Kuhn und W. von Engelhard. Weimar seit 1947.
LJ	Wilhelm Meisters Lehrjahre
Mitteilungen	Friedrich Wilhelm Riemer: Mitteilungen über Goethe. Hrsg. von Arthur Pollmer. Leipzig 1921.
NT	Neues Testament

Noten zum ›Divan‹	Noten und Abhandlungen zu besserem Verständnis des West-östlichen Divans
Tb	Goethes Tagebuch
TuJ	Tag- und Jahreshefte
Unterhaltungen	Kanzler Friedrich von Müller: Unterhaltungen mit Goethe. Hrsg. von Renate Grumach. Weimar 1982.
WA	Goethes Werke. Hrsg. im Auftrage der Großherzogin Sophie von Sachsen. Abt. I bis IV. Weimar 1897–1919.
WJ	Wilhelm Meisters Wanderjahre
WV	Die Wahlverwandtschaften

4. Nach Seneca, De beneficiis II 10, 4.

6. Vgl. 7, 594f., 886f., 891; ähnlich im 16. Buch von DuW (WA I 29, 11).

8. Vgl. 10; die ›Zahme Xenie‹: ›Gibt's ein Gespräch, wenn wir uns nicht betrügen, Mehr oder weniger versteckt?‹; Paralipomenon 68 zu ›Faust‹ II: ›Der Mensch vernimmt nur was ihm schmeichelt.‹ (WA I 15/2, 180).

9. Vgl. 720, 883f.; zu Riemer, 6. Dez. 1807: ›So wie etwas ausgesprochen wird, sogleich wird ihm widersprochen ...‹ (Mitteilungen, 286).

10. Vgl. 8.

16. Aus ›Vasconiana, ou recueil des bons mots, des pensées les plus plaisantes, et des rencontres les plus vives des Gascons‹, Lyon 1730, S. 414.

17. – 20. Vgl. 125, 151, 282, 323, 645 und Anm. zu 838; ›Lorenz Sterne‹: Die Eigenheiten ›sind irrtümlich nach außen, wahrhaft nach innen ... Sie sind das, was das Individuum konstituiert ...‹ (WA I, 41/2, 252f.).

22. Vgl. 305. Aus ›Vasconiana‹ (vgl. Anm. zu 16), S. 466. Vgl. im 13. Buch von DuW: ›Es ist eine sehr angenehme Empfindung, wenn sich eine neue Leidenschaft in uns zu regen anfängt ...‹ (WA I 28, 184).

23. Aus ›Vasconiana‹ (vgl. Anm. zu 16), S. 405.

25. Aus ›Vasconiana‹ (vgl. Anm. zu 16), S. 303.

28. Vgl. die ›Zahme Xenie‹: ›Was ich in meinem Haus' ertrag, Das

sieht ein Fremder am ersten Tag.‹; ›Divan‹ VI. ›Buch der Sprüche‹: ›Wer in mein Haus tritt der kann schelten/ Was ich ließ viele Jahre gelten‹ (WA I 6, 129).

32.f. *Lebensart*: Umgangsformen, Benehmen; vgl. Anm. zu 160.

37. Aus ›Vasconiana‹ (vgl. Anm. zu 16), S. 482.

42. Ähnlich in den LJ, 7. Buch, 8. Kap. (WA I 23, 115).

44. Vgl. 43, 504, 1188. Ähnlich in ›Ein Wort für junge Dichter‹ (WA I 42/2, 107 f.).

45. Vgl. Schiller an G., 2. Juli 1796: ›... daß es, dem Vortrefflichen gegenüber keine Freiheit gibt als die Liebe.‹

47. Anknüpfend an den sprichwörtlich gewordenen Satz aus den ›Lettres de Mademoiselle Aïssé à Madame Saladin‹: ›... qu'il ny avoit point de héros pour les valets de chambre ...‹

48. Ähnlich im Tb, 5. Juni 1807: ›Ein Deutscher, der sich über das Übergewicht des N[apoleon] dadurch tröstete, daß doch das Genie auch nicht unsterblich sei.‹

49. Vgl. 150, 313.

51. Vgl. 74, 465 und an Sulpiz Boisserée, 3. Okt. 1830: ›In den hohen Jahren werden mir alle halben Verhältnisse ganz unmöglich durchzuführen ...‹

56. Vgl. 57. Ähnlich in den WJ, 1. Buch, 4. Kap. (WA I 24, 50).

58. Vgl. Anm. zu 667 und 1107.

60. *Das Naive*: Vgl. 63, 1086. – *gemein*: Vgl. 61, 103, 191, 350, 1104.

63. Vgl. 60. – *Raffael*: Raffaello Santi (1483–1520), der von G. hochverehrte Maler der italienischen Renaissance. Von ihm stammen die Kartons zu den Teppichen im Vatikan mit der Darstellung der *Anbetung der* Heiligen Drei *Könige*. G. erwähnt diese Gobelins in der IR, 31. Mai und 8. Juni 1787 sowie im Nachtrag ›Päpstliche Teppiche‹. Vgl. im 9. Buch von DuW: ›Hier [im Empfangsgebäude für Marie-Antoinette in Straßburg am 7. Mai 1770] sah ich zum erstenmal ein Exemplar jenes nach Raffaels Kartonen gewirkten Teppiche ...‹ (WA I 27, 239); auch: G.s Rezension ›Die heiligen drei Könige‹ (WA I 41/1, 169–182).

64. *Byzantiner*: Maler der niederrheinischen Malerschule des 14. und 15. Jh., die die Heilige Familie oft zum Gegenstand gewählt hatten. G. hatte jene in KuA dargestellt. Auch für ihn war die Heilige Familie ein Gegenstand der Reflexion und Darstellung; vgl. WJ, Kap. ›Sankt Joseph der Zweite‹ und das Epigramm ›Heilige Familie‹.

65. *Humor*: Vgl. 64, 109, 657, 742, 757, 1006; zu Kanzler Müller, 6. Juni 1824 (Unterhaltungen, 125–127). – *Surrogat*: Ersatz.

66. *eine Arbeit*: nicht ausgeführt.

67. – 68. *Bedenklichstes*: etwas ernsthaft zu Bedenkendes. – Vgl. 83, 260, 331, 923; ›Zahme Xenie‹: ›Das Tüchtige, und wenn auch falsch, Wirkt Tag für Tag ...‹ – Ähnliches trifft auf die Rolle Wilhelm Meisters in den LJ und WJ zu. In gleichem Sinne: ›Konfession des Verfassers‹ der Geschichte der FL; an Wilhelm von Humboldt, 19. Okt. 1830, und zu Eckermann, 12. April 1829: ›... daß man im Leben so viel durch falsche Tendenzen ist gehindert worden und daß man nie eine solche Tendenz erkennt, als bis man sich davon frei gemacht‹ (Gespräche, 314). – *tantalisch-sisyphische Qual*: Der griechischen Sage nach mußte König Tantalus in der Unterwelt zur Strafe inmitten des Überflusses Hunger und Durst leiden. Sisyphus war dazu verurteilt, einen herabrollenden Felsbrocken immer wieder bergauf zu wälzen; vgl. 717.

72. Vgl. ›Über Mathematik und deren Mißbrauch‹, Kap. ›Traité de Physique par Depretz‹ (LA I 11, 276).

73. Wahrscheinlich nach französischer Quelle. – *Crème*: Sahne. Vgl. ›Divan‹ VI. ›Buch der Sprüche‹: ›Getretner Quark / Wird breit nicht stark‹ (WA I 6, 131).

74. Vgl. Anm. zu 51.

76. Vgl. 134, 473. – *Bürger*: der Dichter Gottfried August Bürger (1747–1794).

80. Vgl. 160. – Ähnlich im 11. Buch von DuW (WA I 28, 56f.).

81. Vgl. 116, 1028. – Gegen Newtons Experimente gerichtet; vgl. Anm. zu 115.

83. Vgl. Anm. zu 67.

86. Vgl. 745, 755.

92. Vgl. 93. – Diesen Gedanken äußert G. mehrfach, u.a. im Aufsatz ›Herder‹ (WA I 36, 255).

93. Vgl. 92, 198, 460. – *Travers*: Eigenwilligkeiten; vgl. zu Kanzler Müller, 8. März 1824: ›Was sind Travers? Falsche Stellungen zur Außenwelt‹ (Unterhaltungen, 115). Im Aufsatz ›Lenz‹ sagt G. über Jakob Michael Reinhold Lenz: ›Neben seinem Talent ... hatte er ein travers, das darin bestand, alles, auch das Simpelste, durch Intrigue zu tun ...‹ (WA I 36, 229).

94. *Richelieu* (1585–1642, französischer Staatsmann; vgl. 436) hatte die Académie française dazu veranlaßt, *Corneilles* (1606–1684) klassische Tragödie ›Cid‹ zu disqualifizieren. Vgl. im 3. Buch von DuW: ›Hier sah ich wenigstens auf das deutlichste, daß kein Mensch wußte was er wollte, daß ein Stück wie Cid, das die

herrlichste Wirkung hervorgebracht, auf Befehl eines allmächtigen Kardinals absolut sollte für schlecht erklärt werden ...‹ (WA I 26, 170).

96. *Metamorphose*: Umgestaltung; vgl. Anm. zu 1259. – *Dante* Alighieri (1265–1321), bedeutendster italienischer Dichter des Mittelalters, Autor der ›Divina Commedia‹, in deren 25. Gesang des ›Inferno‹ (Vers 49–141) die Vereinigung von einem Drachen mit einem Menschen zu einem höheren Wesen geschildert wird. – Vgl. auch ›Poetische Metamorphosen‹ (LA I 10, 251f.).

98. Vgl. Anm. zu 657f.

102. Zitat aus der von Ménage (1613–1692) zusammengetragenen Spruchsammlung ›Menagiana‹ (1790), 3. Band, S. 43.

103. Vgl. Anm. zu 60.

104. Ähnlich im Brief an Charlotte von Stein, 21. Aug. 1784, in dem G. von tätowierten Soldaten aus Amerika berichtet.

106. Ähnlich in ›Künstlers Erdewallen‹ und ›Faust‹ I, Vers 683: ›Erwirb es um es zu besitzen.‹

107. Vgl. ›Bedeutende Fördernis durch ein einziges geistreiches Wort‹: ›... ich raste nicht bis ich einen prägnanten Punkt finde, von dem sich vieles ableiten läßt ...‹ (LA I 9, 310).

108. *Symbol*: Vgl. Anm. zu 1113.

109. *humoristisch*: Vgl. Anm. zu 65.

112. *Naturdichter*: u. a. Dietrich Georg Babst ›Uhterlesene pladdütsche Gedichte‹ (1812), Johann Konrad Grübel ›Gedichte in Nürnberger Mundart‹ (1798–1812) und Johann Peter Hebel ›Alemannische Gedichte‹ (1803). Vgl. G.s Rezensionen von 1798 und 1805 (WA I 40, 242–248, 297–312) auch Vorwort zum ›Deutschen Gil Blas‹ (WA I 42/1, 88–99, besonders 97) und ›Deutscher Naturdichter‹ (WA I 41/2, 48–51) sowie 514f., 732, 1044.

113. Vgl. 517, 1024, 1026.

115. – 121. Polemik gegen die ›Optics, or a Treatise of the Reflexions, Inflexions and Colors of Light‹ (1704) von Isaac Newton (1643–1727; englischer Physiker und Mathematiker), in der das Zustandekommen der Farben durch unterschiedliche Brechungswinkel der Lichtstrahlen erklärt und somit bewiesen wird, daß das weiße Licht alle Farben enthält (vgl. 1296). Nach G.s Auffassung entstehen die Farben beim Zusammentreffen von Licht und Finsternis; vgl. u. a. Didaktischer Teil der FL, § 744: ›Wir fanden einen uranfänglichen ungeheueren Gegensatz von Licht und Finsternis, den man allgemeiner durch Licht und Nichtlicht ausdrücken kann; wir suchten denselben zu ver-

mitteln und dadurch die sichtbare Welt aus Licht, Schatten und Farbe herauszubilden ...‹ (LA I 4, 218). In der Auseinandersetzung mit Newton wird G.s spezifisches Verhältnis zur Natur und zu ihren Erscheinungen deutlich, bei dem es ihm darum ging, die natürlichen Objekte nicht durch Kalkül (vgl. 1293) zu zerstören, d. h. die für ihn einfachen und sinnfälligen Phänomene nicht in mathematische Abstraktionen aufzulösen. Vgl. 156–159, 432, 706–708, 1285, 1293, 1398 und Stichwort ›Mathematik‹ (Anm. zu 605).

115. Speziell durch das experimentum crucis veranlaßt, das G. im 6. Versuch des Polemischen Teils der FL, §§ 114–137, nachvollzog; vgl. 1288; auch 430f., 439, 1140. Ähnlich im Fragment ›Die Natur‹: ›Man reißt ihr keine Erklärung vom Leibe ...‹ (WA II 11, 9); ›Faust‹ I, Vers 674f.: ›Und was sie deinem Geist nicht offenbaren mag ...‹ – *Ja! ja! Nein! nein!*: nach NT, Matthäus 5, 37.

116. Vgl. 81. Ähnlich: Paralipomenon 19 zu ›Faust‹: ›Das Wahre wäre leicht zu finden/ Doch eben das genügt euch nicht‹ (WA I 14, 293); an Karl Friedrich Zelter, 2. Jan. 1829.

118. Vgl. 425.

119. Vgl. 158f., 221, 292, 419, 549f., 879, 1218.

120. G. irrt, weil die Brechungsabweichungen mit bloßem Auge nicht wahrgenommen werden. Ähnlich in der Geschichte der FL, Kap. ›Erste Gegner Newtons‹ (LA I 6, 273) und im ›Verzeichnis optischer Instrumente‹ (WA II 5/2, 423).

121. *schlagen nur in die Kohlen*: die gleiche Wendung auf Politik bezogen zu Kanzler Müller, 31. Okt. 1819 (Unterhaltungen, 47).

123. *Das längst Gefundene*: Vgl. 147, 254, 441, 470, 790, 1118, 1145f., 1148f. – *Tycho* Brahe (1546–1601), dänischer Astronom; vgl. 1284 und Geschichte der FL, 5. Abt., Kap. ›Johann Kepler‹. – *Seneca:* (4 v. u. Z.–65) römischer Dichter und Philosoph. In seinen ›Quaestiones naturales‹ bestritt er, daß die Kometen vorübergehende Erscheinungen seien; vgl. Geschichte der FL, 2. Abt., Kap. ›Nachtrag‹.

124. *Antipoden*: Menschen, die uns auf der anderen Seite der Erde gegenüber stehen, was nur unter Annahme der Kugelgestalt der Erde denkbar ist.

125. Aus Christoph Martin Wielands Brief an Johann Jakob Bodmer, 8. Juni 1752. – *Idiotismen*: Eigenheiten; vgl. Anm. zu 17.

126. Ähnlich an Heinrich Karl Abraham Eichstädt, 21. März 1804, bezogen auf ›Ugolino Gherardesca‹, einer Nachahmung von Schillers ›Wallenstein‹ von Kasimir Ulrich Böhlendorff.

127. Vgl. Didaktischer Teil der FL, § 147: ›Die vollendete Trübe ist das Weiße, die gleichgültigste, hellste, erste undurchsichtige Raumerfüllung.‹

128. *Begriff*: Vgl. Anm. zu 1135.

133. *Roman*: Vgl. 1047 f., 1406. – *Epopee*: Epopöe, episches Gedicht. Hegel nennt den Roman die moderne bürgerliche Epopöe; er fordere ›wie das Epos die Tätigkeit einer Welt- und Lebensanschauung‹, gestatte jedoch dem Dichter ›in bezug auf das Nähere‹ einen großen Spielraum (›Ästhetik‹, Kap. III: ›Das System der einzelnen Künste‹).

134. Vgl. Anm. zu 76. – Ähnlich in ›Sprichwörtlich‹: ›Wohl unglückselig ist der Mann, Der unterläßt das, was er kann, Und unterfängt sich, was er nicht versteht; Kein Wunder, daß er zu Grunde geht.‹

135. Vgl. 141. – *Clam, Vi et Precario*: (juristische Wendung) heimlich, gewaltsam und bittweise.

136. *Rollwagen*: Reisewagen.

138. G. hingegen war der Auffassung, ›daß jedes Geschöpf um sein selbst willen existiert‹ (so zu Eckermann, 11. April 1827; Gespräche, 215).

140. Ähnlich in ›Dauer im Wechsel‹ und an Friedrich Wilhelm Heinrich von Trebra, 5. Jan. 1814.

141. Vgl. 135.

147. Vgl. Anm. zu 123. Ähnlich in ›Vermächtnis‹.

148. Ähnlich an S. Boisserée, 18. Juni 1819: ›man sollte manchmal einen kühnen Gedanken auszusprechen wagen, damit er Frucht brächte.‹ – *im Brette*: Schachbrett; vgl. Anm. zu 420.

149. f. *Wahrheit, Irrtum*: Vgl. 166, 292, 309 f., 331, 532, 557, 588, 596, 715, 880, 1028, 1153, 1174, 1185, 1220, 1248 f., 1379, 1399.

150. Vgl. Anm. zu 49. – *Le malheur ... gloire*: frz., Das Elend der Zeit ist die Ursache seines Irrtums, aber die Kraft seines Geistes ließ ihn ruhmvoll daraus hervorgehen. – Ähnlich ›Kleine Biographien zur Trauerloge 15. Juni 1821‹: ›Mängel und Schicksale haben wir alle gemein, die Tugenden gehören jedem besonders‹ (WA I 36, 363).

151. Vgl. Anm. zu 17–20.

152. Vgl. 476.

155. Ähnlich die ›Zahme Xenie‹: ›Nichts vom Vergänglichen .../ Uns zu verewigen/ Sind wir ja da.‹

156. – 159. Vgl. Anm. zu 115; ›Der Versuch als Vermittler von Objekt und Subjekt‹: ›So schätzbar aber auch ein jeder Versuch einzeln

betrachtet sein mag, so erhält er doch nur seinen Wert durch Vereinigung und Verbindung mit andern‹ (LA I 8, 309). – Vgl. 709. – *Quartbande der lateinischen Übersetzung*: ›Optica‹ (1706).

158.f. Vgl. Anm. zu 119.

160. Vgl. Anm. zu 80. – *Tournure*: Betragen, Benehmen; vgl. 32f.

161. Wohl Anspielung auf die ästhetische Wirkung des Regenbogens. Tatsächlich kann ein Regenbogen auf Grund des sich verändernden Brechungswinkels der Lichtstrahlen kaum so lange sichtbar bleiben. Bis zum Ende seines Lebens blieb das Phänomen des Regenbogens für G. ein Problem; vgl. an S. Boisserée, 11. Jan. und 25. Febr. 1832.

162. Vgl. 348.

165. *Obskurantismus*: Erkenntnis- und Aufklärungsfeindlichkeit; vgl. 1296, 1385.

166. Ähnlich in ›Warte-Steine‹: ›Es ist aber mit dem Wahren völlig wie mit dem Bernstein in den Dünen, es täte Not man triebe Bergbau drauf‹ (LA I 8, 272). – *Irrtum, Wahrheit*: Vgl. Anm. zu 149f.

171. Ähnlich in ›Justus Möser‹: ›Aberglaube ist die Poesie des Lebens ...‹ (WA I 41/2, 54f.); vgl. 500.

172. Ähnlich in ›Vielrat‹: ›Spricht man mit jedermann / Da hört man keinen ...‹

174. *Faiseurs*: Macher, Schwindler. Ebenso leitet G. seine Wortbildung *Mächler* von ›machen‹ ab.

176. Vgl. 1027. Ähnlich die ›Zahme Xenie‹: ›Es mag sich Feindliches eräugnen, Du bleibe ruhig, bleibe stumm ...‹; an Schiller, 19. Okt. 1796: ›... man muß nur unablässig vor ihren [der ›Oppositions-Männer‹] Augen gelassen auf und abgehen.‹

178. *überträgt*: erträgt, hinnimmt.

179. Vgl. 230. Veranlaßt durch die Selbstbiographie des Weimarer Bibliothekars Johann Christoph Sachse, des ›deutschen Gil Blas‹, die G. herausgab (vgl. Anm. zu 112). Er beschäftigte sich mit den verschiedensten Memoiren und Selbstbiographien; vgl. u. a. ›Philipp Hackert‹. – *von oben herunter oder von unten herauf*: eine von G. öfters gebrauchte Wendung; vgl. an Schiller, 14. Sept. 1795.

181. *des Erhabenen*: Vgl. 248, 377, 1139, 1343.

182. *Veni Creator Spiritus*: lat., Komm Heiliger Geist. Pfingsthymnus des Papstes Gregor VII. – Vgl. G.s Übersetzung ›Veni Creator Spiritus. Weimar, den 10. April 1820‹ (WA I 4, 329f.) und an Zel-

ter, 12.–14. April 1820: ›Zu beiliegender Hymne wünsche eine wahrhaft Zelterische Komposition ...‹

183. *Das Schöne*: Vgl. 191, 376–378, 609, 1345–1350. – *Manifestation*: das Offenbarwerden; vgl. 375, 377–380, 619, 1255, 1301, 1363.

186. Dies beobachtete G. an Herzog Karl August von Sachsen-Weimar; vgl. ›Ilmenau‹.

187. Vgl. 422. – *retardieren*: hemmen; vgl. 189, 1178.

188. *Korrelate*: aufeinander bezogene und in Wechselwirkung stehende Begriffe; vgl. 561. – *Tropen*: bildhafte Redewendungen; vgl. 225, 252, 257, 534, 559, 1337.

189. *Retardationen*: Vgl. Anm. zu 187. – *Präokkupationen*: Vorwegnahmen; vgl. 699; ›Meteore des literarischen Himmels‹ (LA I 8, 64–69); an Zelter, 7. Nov. 1816: ›Die sämtlichen Narrheiten von Prä- und Postokkupationen ... erscheinen mir läppisch. Denn was in der Luft ist und was die Zeit fordert, das kann in hundert Köpfen auf einmal entspringen ohne daß einer dem andern abborgt.‹

191. Vgl. 450 und Anm. zu 1064–1099; Karl Philipp Moritz ›Über die bildende Nachahmung des Schönen‹ (1788). – *das Gemeine*: Vgl. Anm. zu 60. – *das Schöne*: Vgl. Anm. zu 183.

192. *Anteil*: Anteilnahme, Interesse.

193. Vgl. die ›Zahme Xenie‹: ›... Das Neue klingt, das Alte klappert.‹

194. *Dilettanten*: Man verstand darunter ›einen Liebhaber der Künste, der nicht allein betrachten und genießen sondern auch an ihrer Ausübung Teil nehmen will‹ (›Über den Dilettantismus‹; WA I 47, 299–326, besonders 321). Vgl. 326 und Anm. zu 249.

195. *Anteil*: Vgl. Anm. zu 192.

198. Vgl. Anm. zu 93.

199. Vgl. bes. 558; ferner 229, 279, 314, 419, 564, 569, 571, 692, 758, 1004, 1007, 1164, 1225, 1374, 1380 und ›Principes de philosophie zoologique‹ (LA I 10, 373–403).

201. Vgl. 384, 413. Ähnlich in den WJ, 2. Buch, 7. Kap.: ›... und indem die Natur das offenbare Geheimnis ihrer Schönheit entfaltete, mußte man nach Kunst als der würdigsten Auslegerin unbezwingliche Sehnsucht empfinden‹ (WA I 24, 357f.). – *offenbares Geheimnis*: ein häufiger Ausdruck bei G.; vgl. 551, 1291.

202. Vgl. 477 *(Zeitstrom)*, 747f., 752, 754, 789; an Christian Gottlob von Voigt, 29. März 1818: ›... hat man denn ganz vergessen daß die Zeit ein Element ist, das nur Wert und Würde durch den Sinn des Menschen erhält.‹

203. *anthropomorphisch*: vermenschlichend, vgl. 1242, 1306; zu Riemer, 2. Aug. 1807: ›Alle Philosophie über die Natur bleibt doch nur Anthropomorphismus, d.h. der Mensch, eins mit sich selbst, teilt allem, was er nicht ist, diese Einheit mit ...‹ (Mitteilungen, 279).

205. *Phanerogamie, kryptogamisches*: Fortpflanzung der offengeschlechtlichen Pflanzen durch Befruchtung bzw. der verborgengeschlechtlichen durch Sporen (Kryptogamie).

207. Vgl. 686. Nach G.s Erklärung in KuA IV 2 vom ›neapolitanischen Prinzeßchen‹ Teresa, der Schwester des Staatsrechtslehrers Gaetano Filangieri, stammend; vgl. IR, 12. Mai 1787.

208. Vgl. 396, 847, 1405.

211. Ital., Die Konvertiten sind bei mir kaltgestellt. Vgl. Anm. zu 212.

212. Hier wäre z. B. an den nur durch Pseudonym bekanntgewordenen Johann Friedrich Krafft (gest. 1785) zu denken, im Zusammenhang mit 211 auch an Friedrich Schlegel.

213. Als Angesprochener wurde Friedrich Heinrich Jacobi vermutet.

215. – 218. *liberalen, Liberalität*: G. versteht darunter: über den Parteien stehend; vgl. zu Eckermann, 3. Febr. 1830 (Gespräche, 613); vgl. 876, 969, 1181. – *Suppleanten*: Aushelfer, Stellvertreter.

220. Vgl. 593. Ähnlich zu Eckermann, 13. Febr. 1829: ›... die *Natur* ... ist immer wahr, immer ernst, immer strenge; sie hat immer recht, und die Fehler und Irrtümer sind immer des Menschen‹ (Gespräche, 272).

221. Vgl. Anm. zu 119. – *Archimedes* (um 287–212 v. u. Z., griechischer Mathematiker) soll mit Bezug auf die Hebelgesetze gesagt haben: ›Gib mir einen Punkt, wo ich stehen kann, und ich werde die Welt aus den Angeln heben.‹ – Karl Wilhelm *Nose* (1753–1835, Mineraloge) versuchte in seiner Schrift ›Historische Symbola, die Basalt-Genese betreffend‹ (1820) zwischen den vulkanistischen und neptunistischen Auffassungen zu vermitteln. Vgl. ›Karl Wilhelm Nose‹ (LA I 8, 157–164).

222. Vgl. 585, 597, 1233–1238, 1244, 1366.

223. Ähnlich ›Faust‹ II, Vers 11 840–11 843.

225. *Poesie ohne Tropen*: Vgl. 257 und Anm. zu 188.

226. *Etiam nihil didicisti*: lat., Du hast auch nichts gelernt.

228. Lat., Dem Aemilium Paullum, einem Mann, der in dem Maße preiswürdig ist, als Tugend überhaupt für andere erkennbar werden kann. – Aus Vellejus Paterculus ›Historiae romanae‹

Bd. 1, Kap. 9. – Lucius Aemilius Paullus (gest. 160 v. u. Z.) besiegte 168 v. u. Z. bei Pydna den König Perseus von Mazedonien.

229. Vgl. Anm. zu 199.

230. Vgl. Anm. zu 179. – *Zettel, Einschlag*: Kette und Schuß der Webtechnik; ein von G. oft verwendetes Gleichnis; vgl. an W. v. Humboldt, 17. März 1832, auch: Karl Friedrich Reinhard an G., 9. Aug. 1808. – *Parze*: eine Schicksalsgöttin der griechischen Sage; hier: Atropos, die den Lebensfaden abschneidet.

231. *Wer nie sein Brot ...*: Lied des Harfners aus den LJ, 2. Buch, 13. Kap. – *angebetete Königin*: Luise von Preußen, 1807 in Memel; vgl. zu Kanzler Müller, 22. Jan. 1821 (Unterhaltungen, 51 f.).

232. *Villa Aldobrandini*: Sommersitz der italienischen Fürsten Aldobrandini, in dem sich eine der reichsten Gemäldesammlungen befand. Vgl. IR, 25. Sept.–4. Okt. 1787. – *Domenichin*: Domenico Zampieri (1581–1641), italienischer Maler. – *Ovidischen Metamorphosen*: ›Metamorphosen‹ des Ovid (43 v. u. Z. –um 18 u. Z., römischer Dichter; vgl. 1032).

233. = 484 a.

234. Aus Hans von Schweinichen ›Lieben und Leben der Deutschen des 16. Jahrhunderts ...‹, hrsg. von Johann Gustav Gottlieb Büsching (1822); vgl. 245, 253. – *Mannräuschlein*: irrtümlich für ›Mauräuschlein‹, Verkleinerung von ›Marusche‹.

235. Aus Johann Karl Dähnert ›Plattdeutsches Wörterbuch‹ (1781).

237. *Äschylos*: (525–456 v. u. Z.) griechischer Dramatiker.

240. Ähnlich die ›Zahme Xenie‹: ›Sag' nur wie trägst du so behäglich / Der tollen Jugend anmaßliches Wesen? ...‹

241. Vgl. 322.

242. Ähnlich in den WV, 1. Teil, 18. Kap.: ›Er [der Unglückliche] soll sich in der grausamsten Lage ... noch edel gebärden, um ihren [der Glücklichen] Beifall zu erhalten ...‹

243. *Timon*: sprichwörtlicher Menschenfeind im antiken Athen. – *begreifen*: in Begriffe fassen. – Vgl. Darstellung der ›timonischen Mentoren‹ im 4. Buch von DuW (WA I 26, 250–257).

245. Aus Schweinichen ›Lieben und Leben ...‹ (vgl. Anm. zu 234).

248. *Das Erhabene*: Vgl. Anm. zu 181.

249. *Dilettantismus*: für G. ein zu ›Meisterschaft‹ korrelierender Begriff. Dilettantismus bildete auch eine ihn selbst konstituierende Eigenschaft, deren er sich bewußt war. In vielen seiner poetischen Werke, z. B. den LJ und WJ, setzte er sich damit auseinan-

der. Vgl. das Schema ›Über den Dilettantismus‹ von 1799: ›Der Dilettant scheut allemal das Gründliche, überspringt die Erlernung notwendiger Kenntnisse, um zur Ausübung zu gelangen …‹ (WA I 47, 299–326, besonders 302). Vgl. 447, 1126f. und Anm. zu 194.

251. Johann Georg *Hamann* (1730–1788), philosophischer Schriftsteller, der ›Magus im Norden‹; vgl. 265. – Zitat aus seinem Brief an Friedrich Heinrich Jacobi, 18. Jan. 1786 (in ›F. H. Jacobis Werke‹, Band 4, Abt. 3, 1819). – *Hört!*: ironische Anmerkung bezüglich Hamanns ›Sibyllinischen Stil‹; vgl. 12. Buch von DuW (WA I 28, 105).

252. William *Shakespeare* (1564–1616), von G. hochverehrter englischer Dramatiker; vgl. 358f., 516, 738–741, 751, 1041f. – *Tropen*: Vgl. Anm. zu 188. – *Allegorie*: bei G. ein zu ›Symbol‹ (vgl. Anm. zu 1113) korrelierender Begriff; vgl. 279, 1112. – *broschieren jetzt alles*: Nach damaliger Gepflogenheit wurden die Bücher broschiert ausgeliefert und erst vom Besitzer mit festem Einband versehen.

253. Vgl. Anm. zu 234. – *Symbolik*: Vgl. Anm. zu 1113.

254. Vgl. Anm. zu 123; an Zelter, 2. Jan. 1829: ›Es gibt sehr vorzügliche junge Leute, aber die Hausnarren wollen alle von vornen anfangen …‹

257. Vgl. 510. – *der subjektiven, oder sogenannten sentimentalen Poesie*: Vgl. Schiller ›Über naive und sentimentalische Dichtung‹. – *das Gemütliche*: das Gemüthafte. – *Poesie ohne Tropen*: Vgl. 225 und Anm. zu 188.

258. *Madame Roland*: Marie-Jeanne Roland de la Platière (1754–1793, französische Republikanerin, Gattin des Girondistenführers Jean-Marie R.) wurde am 8. Nov. 1793 in Paris hingerichtet.

260. Vgl. Anm. zu 67. – *Medwins Unterhaltungen*: Thomas Medwin (1788–1869) ›Journal of the Conversations of Lord Byron … in the Years 1821 and 1822‹ (1824); vgl. Anm. zu 513 und ›Kapitän Medwins Unterhaltungen mit Lord Byron‹ (WA I 42/1, 429f.).

261. *Vom Absoluten in theoretischem Sinne*: wohl auf Schellings und Hegels Philosophie bezogen.

262. – 264. Vgl. Graf K. F. Reinhards Antwort darauf, 4. Juli 1825: ›Wie wahr, was Sie von Napoleon sagen, daß er in der Idee lebte.‹ – *Idee*: Vgl. 541, 799f. – *Residuum*: Rückstand. – *Caput mortuum*: lat., Totenkopf; in der Chemie Destillationsrückstand.

265. G. knüpft an F. H. Jacobis Bericht in dessen ›Werken‹ (Band 4, Abt. 2, 70ff.; vgl. Anm. zu 251) an, in dem dieser von Hamanns ›zehn verschiedene[n] Entwürfe[n]‹ zu *den Dingen einer andern Welt* spricht.

266. G.s eigener, wie er in Maxime 265 sagt, dritter Formulierungsversuch.

267. – 271. Vgl. 512. – Veranlaßt durch Friedrich *von Raumer* ›Geschichte der Hohenstaufen und ihrer Zeit‹ (1823–1825) und Ludwig *Wachler* ›Handbuch der Geschichte der Literatur‹ (1822–1824). – *sine voto*: lat., ohne Stimmrecht. – *Pflicht des Historikers*: Vgl. Anm. zu 495.

272. Ähnlich im Aufsatz ›Ferneres in Bezug auf mein Verhältnis mit Schiller‹ (WA I 36, 252f.); vgl. 279.

273. Vgl. 278. – Ernst *Stiedenroth* (1794–1858) ›*Psychologie* zur Erklärung der Seelenerscheinungen‹ (1. Teil, 1824). Ihr widmete G. eine Rezension (WA I 41/2, 159f. oder LA I 10, 226). – *Entelechie*: ein auf Aristoteles zurückgehender Ausdruck, der für G. die dem Einzelwesen innewohnende Kraft zur Entwicklung bezeichnete. Vgl. 391f., 1365, 1397; ausführlich darüber zu Eckermann, 11. März 1828: ›Jede Entelechie nämlich ist ein Stück Ewigkeit, und die paar Jahre, die sie mit dem irdischen Körper verbunden ist, machen sie nicht alt (Gespräche, 583).

278. Vgl. 273. – *Systole und Diastole*: in der Medizin Zusammenziehung und Ausdehnung der Herzkammern. Für G. Grundbegriffe der polaren Wechselwirkung in der Natur; vgl. 1079.

279. Vgl. Anm. zu 272. – *auf Einen Zweck*: Vgl. 893; zu Eckermann, 11. April 1827: ›Dagegen war mein Verhältnis mit Schiller so einzig, weil wir das herrlichste Bindungsmittel in unsern gemeinsamen Bestrebungen fanden ...‹ (Gespräche, 209). – *eine Stelle seines Briefs*: Vgl. Schiller an G., 23. Aug. 1794: ›Beim ersten Anblicke zwar scheint es, als könnte es keine größern Opposita geben als den spekulativen Geist, der von der Einheit, und den intuitiven, der von der Mannigfaltigkeit ausgeht.‹ – *zum Allgemeinen das Besondere*: Vgl. Anm. zu 199. – *Allegorie*: Vgl. Anm. zu 252.

280. Aus G.s Rezension ›Windischmann, Über etwas das der Heilkunst Not tut‹ (WA I 41/2, 161f.).

281. Vgl. 579. Ähnlich im 8. Buch von DuW (WA I 27, 177); Paralipomenon 80 zu ›Faust‹ II (WA I 15/2, 183); an Zelter, 5. Okt. 1828.

282. Vgl. Anm. zu 17.

283. Lat., Ein guter Mann bleibt immer Rekrut. – Aus Julius Wilhelm Zincgref ›Der Teutschen scharpfsinnige kluge Sprüch, Apophthegmata genannt‹ (1628).

284. Vgl. Schiller an G. über die LJ, 3. Juli 1796: ›Charaktere wie Wilhelm, wie Lothario können nur glücklich sein durch Verbindung mit einem harmonierenden Wesen, ein Mensch wie Jarno kann es nur mit einem kontrastierenden werden.‹

286. Vgl. 518, 774. G. betont des öftern den Wert des Wohlwollens.

287. *Panoramic ability*: engl., Gabe der Zusammenschau. – *englischer Kritiker*: Sir Francis Palgrave (1788–1861), der in der ›Edinburgh Review‹ (März 1817) über G.s IR schrieb: ›This, again, is a specimen of his panoramic ability.‹

289. Ausführlich in den Noten zum ›Divan‹, ›Eingeschaltetes‹ (WA I 7, 100) und ›Neueste deutsche Poesie‹ (WA I 41/2, 279 f.).

291. *eine Tag- und eine Nachtseite*: Entgegnung auf eine Ansicht der romantischen Naturphilosophie; z. B. Gotthilf Heinrich Schubert ›Ansichten von der Nachtseite der Naturwissenschaften‹ (1808). Vgl. an K. F. Reinhard, 16. Nov. 1807: ›so teilt sich die Welt wirklich in eine Tages- und Nachtseite ...‹.

292. Vgl. Anm. zu 119. – *Irrtum, das Wahre*: Vgl. Anm. zu 149.

293. *ein Volk von Statuen*: ebenso in G.s Rezension ›Lyrische Gedichte von Johann Heinrich Voß‹ (WA I 40, 281) und Geschichte der FL, 2. Abt., Kap. ›Nachtrag‹ (LA I 6, 81).

295. *Pflicht des Historikers*: Vgl. Anm. zu 495.

296. Vgl. 651. – Ähnlich in den Noten zum ›Divan‹, ›Überlieferungen‹: ›Wenn der Mensch daran denken soll von Ereignissen, die ihn zunächst betreffen, künftigen Geschlechtern Nachricht zu hinterlassen, so gehört dazu ein gewisses Behagen an der Gegenwart, ein Gefühl von dem hohen Werte derselben‹ (WA I 7, 48) und zu Kanzler Müller, 28. März 1819 (Unterhaltungen, 39).

299. Vgl. 1056.

305. Frz., Die Liebe ist ein echter Neubeginn. – Aus ›Lettres de Madame de Sevigné‹ (1818). – Vgl. Anm. zu 22.

306. *Chevalerie*: frz., Ritterlichkeit. – *Servage*: frz., Dienen. – Aus Madame de Staël ›De l'Allemagne‹ (1810), Abt. 2, Kap. 8.

308. *Theorie*: Vgl. Anm. zu 1230 f.

309 f. *Wahrheit, Irrtum*: Vgl. Anm. zu 149.

311. *transzendieren*: über die Erfahrung hinausgehen; vgl. 336. Wohl auf die kritische Philosophie des deutschen Idealismus bezogen.

313. Vgl. Anm. zu 49. – *Sokrates* (470–399 v. u. Z., griechischer Philo-

soph; vgl. 657, 663) ist, vor allem wegen seines großen Einflusses auf die Jugend, dazu verurteilt worden, den Giftbecher zu trinken. – *Hussen*: Johannes Huß (1369–1415, tschechischer Reformator), wurde auf dem Konzil zu Konstanz zum Tode verurteilt.

314. *das Besondere, das Allgemeine*: Vgl. Anm. zu 199. – *Symbolik*: Vgl. Anm. zu 1113.

315. Vgl. TuJ 1811 (WA I 36, 69f.); ›Faust‹ II, Vers 6066–6075. – *Kredit (Papiergeld)*: Vgl. 480, 947.

316. Vgl. 906. G. plante 1810 einen Roman ›Der Egoist‹.

320. Aus Zincgref (vgl. Anm. zu 283).

321. *Despotismus*: Selbstherrschaft. Von G. nicht als Willkürherrschaft verstanden, sondern in der Entstehungszeit der Maxime (1810) ein wesentlich durch sein Verhältnis zu Napoleon geprägter Begriff. – Vgl. Noten zum ›Divan‹, ›Fortleitende Bemerkungen‹: ›Die Despotie dagegen schafft große Charaktere; kluge, ruhige Übersicht, strenge Tätigkeit, Festigkeit, Entschlossenheit, alles Eigenschaften die man braucht, um den Despoten zu dienen ...‹ (WA I 7, 40). Vgl. auch 1320.

322. Ähnlich im Tb, 30. Juli 1807. – *Spinozistische*: nach dem Philosophen Baruch Spinoza (1632–1677), der in den Einzeldingen die Erscheinungsformen der ewigen Substanz sah, wodurch nach G.s Brief an Jacobi vom 9. Juni 1785 vor Spinozas Blick alle einzelnen Dinge schwinden. Vgl. ›Studie nach Spinoza‹ (LA I 11, 6–8). – *Machiavellismus*: nach dem florentinischen Staatsrechtler Niccolò Machiavelli (1469–1527), der die einzelne Person den Zwecken des Staates unterordnete. Machiavellismus wird auch von G. als ›verrucht‹ empfunden, wie eine handschriftliche Fassung der Maxime belegt; vgl. 241.

323. Vgl. Anm. zu 17.

325. Lat., Kein strebliches Ding ist so unbeständig und flüchtig wie die Macht, die nicht auf eigene Kraft gründet. – Aus Zincgref (vgl. Anm. zu 283), von Tacitus (54– nach 117, römischer Geschichtsschreiber) stammend.

326. *Dilettanten*: Vgl. Anm. zu 194.

327. Unter G.s vielfältigen Versuchen, einen Vereinigungspunkt für Geselligkeit, geistigen Austausch und Gemeinschaftsarbeit zu schaffen, seien nur genannt: die Freitagsgesellschaft am Ende des 18. Jh. und der Versuch aus dem Jahre 1816, die Leiter der ihm unterstellten naturwissenschaftlichen Institute bei der Universität Jena zum Austausch ihrer Forschungsergebnisse zu be-

wegen; vgl. G.s Aktenfaszikel ›Die nächste Form zu vereinter Wirksamkeit der verschiedenen Wissenschafts- und Kunstzweige‹; vgl. auch 436.

328. *Heuristik*: die Methode, etwas zu finden bzw. zu Erkenntnissen zu gelangen; abgeleitet von ›Heureka‹: grch., Ich habe es gefunden. Vgl. Nachwort, S. 277f.

330. *Vorschule*: Vgl. 448; Jean Pauls ›Vorschule der Ästhetik‹ (1804).

331. Vgl. Anm. zu 67 und 149.

335. Vgl. 373, 672.

336. – 339 *Mystik*: eine durch die Abkehr vom praktischen Leben (Askese) und die Versenkung in das Göttliche charakterisierte Frömmigkeit; vgl. 369 und 806 *(Mystizismus)*, 535, 1001f., 1287. – *Transzendieren*: Vgl. Anm. zu 311; hier wohl im wörtlichen Sinne gemeint. – *Adepte*: Jünger, Eingeweihter; vgl. die Gestalt des Hafis im ›Divan‹. – *geistreicher Mann*: nicht ermittelt. – *neuere Mystik*: wohl diejenige der Romantik. – *Dialektik*: Vgl. Anm. zu 1202. – *Trophonios*: Der griechischen Sage nach ein in einer grausigen Höhle sitzender weissagender Baumeister, dessen Orakelsprüche den Befragern die Fähigkeit zum Lachen nahmen.

341. *Evidenz*: durch Augenfälligkeit vermittelte Gewißheit. – *Verstand, Vernunft*: Vgl. Anm. zu 1135.

342. *Weltkenner*: vermutlich Talleyrand (1754–1838), französischer Staatsmann der napoleonischen Zeit.

343. *neuern deutschen Künstler*: z. B. die als ›Nazarener‹ bezeichnete Malergruppe zu Anfang des 19. Jh., die sich gegen die klassizistische Kunstauffassung wandte; vgl. 467.

344. *Menschenverstand*: Vgl. 530, 534, 538f., 597, 614, 1200f. und Anm. zu 1135.

347. *Hydrioten*: Bewohner der Insel Hydra, die sich im Freiheitskampf gegen die Türken (1821–1832) u. a. mit Hilfe der mit Pulver gefüllten Rammschiffe, der *Brander*, zur Wehr setzten. Vgl. Wilhelm Müllers Gedicht ›Der kleine Hydriot‹ (›Lieder der Griechen‹, 1821–1823).

348. Vgl. 162.

350. *Das Gemeine*: Vgl. Anm. zu 60; auch in Schillers ›Wallensteins Tod‹, 1. Aufz., 4. Auftr.: ›Das ganz Gemeine ist's, das ewig Gestrige, Was immer war und immer wiederkehrt.‹

351. Vgl. 499 und Nachwort, S. 289.

354. Vgl. 415, 420, 689.

355. *drei Einheiten*: die für das klassische Drama geforderten Einheiten der Zeit, des Ortes und der Handlung. Vgl. ›Nachlese zu Aristoteles Poetik‹ (WA I 41/2, 247–251) und ›Regeln für Schauspieler‹ (WA I 40, 139–168).

356. *Wocken*: Spinnrocken.

358. *Arden von Feversham*: ein fälschlich Shakespeare (vgl. Anm. zu 252) zugeschriebenes Stück.

359. *Fazilität*: Leichtigkeit. Vgl. ›Shakespeare und kein Ende!‹ III. Kap. (WA I 41/1, 64–71).

362. *Vis superba formae*: lat., Die stolze Kraft der Form. Aus einem Gedicht von Johannes Secundus (eigtl. Jean Nicolaus Everaerts, 1511–1536).

366. *Gedichte*: ›La Vision‹ von Delphine Gai (1804–1855).

367. Vgl. 542, 898.

368. Die verführerische Wirkung von Schönheit und Geist erfuhr G. 1779 bei seiner Begegnung mit Maria Antonia von Branconi. Vgl. an Johann Kaspar Lavater, 28. Okt. 1779 und 20. Sept. 1780.

369. Vgl. Nachwort, S. 290f. – *Mystizismus, Dialektik*: Vgl. Anm. zu 336 und 1202. – *Scholastik*: beherrschende Philosophie des Mittelalters, die die Aus- und Zerlegung der Begriffe entwickelte.

371. Vgl. 398f.

372. Ähnlich an Karl Gustav Carus und Eduard Joseph d'Alton, 7. Jan. 1826.

373. Vgl. Anm. zu 335.

374. Vgl. 1250.

375. –380. *Idee, Begriff*: Vgl. Anm. zu 1135. – *Manifestationen, das Schöne*: Vgl. Anm. zu 183. – *Des Erhabenen*: Vgl. Anm. zu 181.

382. *Wahrheitsliebe*: Vgl. 493, 562, 607 *(Wahrheitsgefühl)*; zu Kanzler Müller, 28. März 1819: ›Alle Gesetze und Sittenregeln lassen sich auf eins zurückführen: Wahrheit‹ (Unterhaltungen, 39).

384. *Brocardicon*: im juristischen Sprachgebrauch Rechtsregel in sprichwörtlicher Fassung. – Vgl. Anm. zu 201.

390. Ähnlich das 25. Distichon in ›Vier Jahreszeiten‹: ›Neigung besiegen ist schwer; gesellet sich aber Gewohnheit, Wurzelnd, allmählich zu ihr, unüberwindlich ist sie‹; in den WJ, 1. Buch, 4. Kap.: ›... in der Gewohnheit ruht das einzige Behagen des Menschen‹ (WA I 24, 53).

391. –395. Hervorgerufen durch die Schrift von Christian Wilhelm von Schütz ›Zur Morphologie‹ (1821). – *Monas*: die innerste, unteilbare, lebenstriebtragende Einheit; bei G. auch: ›Monade‹, ›Entelechie‹; vgl. Anm. zu 273.

396. Vgl. Anm. zu 208. – *Vorzüge seiner Widersacher*: Vgl. 882.

398.f. Vgl. 371. – Marcus Porcius *Cato* (234–149 v. u. Z.), römischer Staatsmann und Feldherr.

401. Johann Christian *Erxleben* (1744–1777, Physiker), dessen ›Anfangsgründe der Naturlehre‹ (1772) Georg Christoph *Lichtenberg* (1742–1799, Physiker; vgl. 438, 712–714) im Jahre 1794 herausgab. – Vgl. ›Jahresbericht der Museen von 1812‹: ›Die Physik nämlich ist nach und nach durch vielfache Bearbeitung zu einem ungeheueren und unförmlichen Körper angeschwollen. Wie dies zugegangen, davon können wir uns belehren, wenn wir das Erxlebensche Kompendium und die verschiedenen Ausgaben desselben von Lichtenberg mit einander und unter einander vergleichen‹ (GJb 30, 1909, S. 21–37, besonders 32). – An Bernhard August von Lindenau, 31. März 1819: ›Man sehe, wie wunderlich die Physik sich unter des klugen und tätigen Lichtenbergs Händen auf Erxlebens schmalem Grunde aufhäuft ...‹ – *mancher ... Entdeckung*: Vgl. 402 und an Schiller, 21. Nov. 1795: ›Was sagen Sie z. B. dazu, daß Lichtenberg ... in seiner neuen Ausgabe von Erxlebens Compendio meiner [optischen] Versuche auch nicht einmal erwähnt ...‹

402. Am 5. Juni 1783 stiegen die ersten, von den Brüdern Montgolfier erfundenen, Luftballons auf. Vgl. ›Naturwissenschaftlicher Entwicklungsgang‹: ›Die Luftballone werden entdeckt./ Wie nah ich dieser Entdeckung gewesen./ Einiger Verdruß es nicht selbst entdeckt zu haben/ Baldige Tröstung‹ (LA I 11, 219); vgl. 1149.

403. *Metempsychose*: Seelenwanderung.

404.f. Joseph Stanislaus *Zauper* (1784–1840, Prämonstratenserchorherr in Tepl und Gymnasialprofessor in Pilsen) ›Grundzüge zu einer deutschen theoretisch-praktischen Poetik, aus Goethes Werken entwickelt‹ (1821 und Nachtrag); vgl. an Zauper, 7. Sept. 1821, und Zauper an G., 20. März 1822. – *an Spiegeln vorbeiginge*: Vgl. 409, 795. Ähnlich Schiller an G., 2. Juli 1796: ›... macht es mir zu einer gewissen Religion, ... alles, was in mir Realität ist, zu dem reinsten Spiegel des Geistes auszubilden ...‹

406.f. Vgl. 522.

409. Vgl. 730. – *Bild in unserm Spiegel*: Vgl. Anm. zu 404.

411. *höhere Empirie*: Vgl. 533 *(reines Anschauen)*, 565 *(zarte Empirie)*, 1226 *(reinen Erfahrung)*.

412. *Urphänomenen*: die aus den wahrgenommenen Varianten ge-

wonnene Grunderscheinung, die das Typische anschaulich zu machen vermag. Vgl. 433f., 577, 768, 1369; Didaktischer Teil der FL, §§ 174–177: ›Das was wir in der Erfahrung gewahr werden, sind meistens nur Fälle, welche sich mit einiger Aufmerksamkeit unter allgemeine empirische Rubriken bringen lassen. Diese subordinieren sich abermals unter wissenschaftliche Rubriken, welche weiter hinaufdeuten, wobei uns gewisse unerläßliche Bedingungen des Erscheinenden näher bekannt werden. Von nun an fügt sich alles nach und nach unter höhere Regeln und Gesetze, die sich aber nicht durch Worte und Hypothesen dem Verstande, sondern gleichfalls durch Phänomene dem Anschauen offenbaren. Wir nennen sie Urphänomene, weil nichts in der Erscheinung über ihnen liegt, sie aber dagegen völlig geeignet sind, daß man stufenweise, wie wir vorhin hinaufgestiegen, von oben herab bis zu dem gemeinsten Falle der täglichen Erfahrung niedersteigen kann.‹

413. Vgl. Anm. zu 201.

415. Vgl. Anm. zu 354.

416. Vgl. Nachwort. S. 293. – *Aperçu*: erhellender Einfall, plötzliche Erkenntnis; vgl. 562, 696, 1143, 1413. Ähnlich im 16. Buch von DuW: Was ›wir [...]Aperçus nennen: das Gewahrwerden einer großen Maxime, welches immer eine genialische Geistesoperation ist‹ (WA I 29, 28); Geschichte der FL, 5. Abt., Kap. ›Galileo Galilei‹: ›... ein Gewahrwerden dessen, was eigentlich den Erscheinungen zum Grunde liegt‹.

418. Vgl. 436, 1383.

419. *das Allgemeine, das Besondere*: Vgl. Anm. zu 199. – *stelle seine Überzeugung klar und nackt hin*: Vgl. Anm. zu 119.

420. Vgl. Anm. zu 354. – *Schachbrett*: ein häufiges Bild bei G.; vgl. 148.

422. Vgl. 187.

425. Vgl. 118. – *Epochen, die bald schneller ...*: besonders in der Geschichte der FL dargestellt.

426. Vgl. 432, 551, 591, 1185f., 1293. Ähnlich in der Geschichte der FL, 6. Abt., Kap. ›Nachlese‹.

428. *Theorien*: Vgl. Anm. zu 1230f.

429. *wo sie zu Hause ist*: nämlich nach G. im trüben Mittel. Vgl. zu Riemer, 3. Dez. 1808: ›Licht, wie es mit der Finsternis die Farbe wirkt, ist ein schönes Symbol der Seele, welche mit der Materie den Körper bildend belebt‹ (Mitteilungen, 298).

430. *pathologische Experimentalphysik*: krankhafte, d. h. irrige Phy-

sik. – *düstern empirisch-mechanisch-dogmatischen Marterkammer*: Vgl. Anm. zu 115.

431. Vgl. Anm. zu 115. – Etienne-Louis *Malus* (1775–1812, französischer Physiker) hatte eine Polarisationstheorie des Lichts aufgestellt, über die G. mehrfach spottete; vgl. 1217. – Thomas Johann *Seebeck* (1770–1831, der Anfang des 19. Jh.s in Jena lebende und mit G. befreundete Physiker) setzte 1812 Malus' Versuche fort und entdeckte, daß Gläser durch rasche Abkühlung nach Erhitzung farbige Interferenzkreuze und Ringe zeigen; vgl. G.s Gedicht ›Entoptische Farben‹ und seine gleichnamige Abhandlung (LA I 8, 94–138).

432. Vgl. Anm. zu 426. – *Mehrere Engländer*: Edward Bancroft ›Experimental Researches concerning the Philosophy of Permanent Colors‹ (1794), David Brewster ›A Treatise on New Philosophical Instruments, for Various Proposes in the Arts on Sciences with Experiment on Light or Colors‹ (1813), Joseph Reade ›Experimental Outlines for a New Theory of Light, Colors and Vision‹ (1809) und James Sowerby ›A New Elucidation of Colors, Original Prismatic and Natural‹ (1809). G. nennt sie auch in den TuJ 1817. – *diversen Refrangibilität*: verschieden große Brechungswinkel der Lichtstrahlen, wodurch nach Newton das Farbenspektrum zustande kommt; vgl. Anm. zu 115. – *Chrysaliden-Zustand*: Puppenzustand des Schmetterlings.

433.f. Vgl. Anm. zu 412.

434. *Symbol*: Vgl. Anm. zu 1113.

436. Vgl. Anm. zu 418. – *Humboldt*: Vgl. Anm. zu 1383. – *vereinigt zu leisten*: Vgl. Anm. zu 327. – *Herrschaft Richelieus*: Vgl. Anm. zu 94. – *Konventikel*: die privaten französischen naturwissenschaftlichen Gesellschaften des 17. Jh., die neben der Académie française bestanden. – *Oxforder und Londner Verein*: 1645 bildete sich in London und 1648 in Oxford die nach 1660 von König Karl II. bestätigte Royal Society of London; vgl. Geschichte der FL, 6. Abt., Kap. ›Londoner Sozietät‹. – *höhere Zweck aus den Augen verloren*: ähnlich in der Geschichte der FL, 6. Abt., Kap. ›Mairan‹: ›Gelehrte Gesellschaften, sobald sie vom Gouvernement bestätigt, einen Körper ausmachen, befinden sich in Absicht der reinen Wahrheit in einer mißlichen Lage.‹ – *Was aber geschrieben steht* ...: nach einem oft auftretenden Bibelwort, bes.: NT, Lukas 21, 22: ›daß erfüllet werde alles, was geschrieben ist‹.

438. *von geriebenem Bernstein angezogen*: ähnlich bei Lichtenberg (vgl. Anm. zu 401): ›Die Kraft, die im geriebenen Bernstein zieht,

ist dieselbe, die in den Wolken donnert‹ (Werke 1, S. 223). – *Mikromegische*: dieselbe Erscheinung im Kleinen wie im Großen; vgl. Voltaire ›Mikromegas‹.

439. Vgl. Anm. zu 115.

441. Vgl. Anm. zu 123.

442. Vgl. Anm. zu 657.

444. Aus G.s Brief an Friedrich August von Beulwitz, 17. Juli 1828.

445. Vgl. Nachwort, S. 289. – *Begriff*: Vgl. Anm. zu 1135.

446. Ähnlich im 13. Buch von DuW (WA I 28, 211).

447. Vgl. Anm. zu 194.

448. Vgl. Anm. zu 330.

449. Vgl. 1115.

450. Vgl. Anm. zu 191.

459. Vgl. die ›Zahme Xenie‹: ›Sage mir, mit wem zu sprechen/ Dir genehm, gemütlich ist;/ Ohne mir den Kopf zu brechen/ Weiß ich deutlich, wie du bist.‹

460. Vgl. Anm. zu 93.

463. Vgl. 519.

465.f. Am 5. Okt. 1828 an Zelter gesandt. – Vgl. Anm. zu 51. – *daß das Wahre sich verkörpere*: Vgl. Anm. zu 619.

467. Vgl. Anm. zu 343.

468. Immanuel *Kant* (1724–1804) ›Kritik der reinen Vernunft‹ (1787; vgl. 574, 1198 f.).

469. Vgl. Anm. zu 1135.

470. Vgl. Anm. zu 123. Ähnlich an Frédéric-Jean Soret, 17. Febr. 1832. – *nicht allein das was mit uns geboren ist*: Vgl. Anm. zu 837.

471. *Begriffe*: Vgl. Anm. zu 1135.

473.f. Vgl. Anm. zu 76. – *Incompletae*: Unvollständige, Unfertige. – *Der geringste Mensch kann komplett sein*: Vgl. an C. von Stein, 8. Juni 1787: ›... auch der Geringste wenn er ganz ist kann glücklich und in seiner Art vollkommen sein ...‹

476. –483. Ursprünglich für einen Brief an Georg Heinrich Ludwig Nicolovius, Nov. 1825, bestimmt. Vgl. 152. – *Jüngling*: dessen Sohn und G.s Großneffe Alfred Nicolovius. – *Zeitstrom*: Vgl. Anm. zu 202. – *daß man im nächsten Augenblick den vorhergehenden verspeist*: ein von G. oft gebrauchtes Bild. – *Blätter für sämtliche Tageszeiten*: das ›Morgenblatt‹ in Stuttgart, das ›Mittagsblatt‹ in Hannover, die ›Abendzeitung‹ in Dresden, das ›Mitternachtblatt‹ in Braunschweig; vgl. Anm. zu 970. – *interkalieren*: einschalten. – *veloziferisch*: eilig, im Schnellverkehr. – *des Papiergelds ... Schulden*: Vgl. Anm. zu 315.

484. Vgl. Anm. zu 756.

484a. = 233.

488. *halbschürige*: von der Schafschur abgeleitet: unvollkommene, schwächliche.

491. *soziieren*: verbinden, gesellig zusammentun.

492. *Begriff*: Vgl. Anm. zu 1135.

493. *Wahrheitsliebe*: Vgl. Anm. zu 382.

494. Aus Vorarbeiten zur Rezension ›Cours de la littérature grecque moderne par Jovaky Rizo Néroulos‹ (WA I 41/2, 315–324).

495. *Geschichte*: im Sinne von Geschichtsforschung, -schreibung. G.s eigene Praxis auf diesem Gebiet wird an seinen biographischen Studien und der Geschichte der FL deutlich. Vgl. zu Kanzler Müller, 15. April 1819: ›Alle Geschichte ist mißlich und schwankend ...‹ (Unterhaltungen, 40); auch 271, 295, 651, 943–945.

498. Vgl. 1019.

499. Vgl. 351.

500. Vgl. Anm. zu 171.

502. Vgl. 706, 1194 und WJ, 1. Buch, 10. Kap.: ›Ich habe ... gefunden, daß diese Mittel, wodurch wir unsern Sinnen zu Hülfe kommen, keine sittlich günstige Wirkung auf den Menschen ausüben‹ (WA I 24, 183).

504. Vgl. Anm. zu 44.

505.f. Veranlaßt durch den Aufsatz ›Woher hat's der Dichter?‹ in KuA IV 3.

508. *Das Manierierte*: Vgl. 1119f.

509. Vgl. 750, 984f.

510. Vgl. 257 und zu Eckermann, 29. Jan. 1826: ›Solange er bloß seine wenigen subjektiven Empfindungen ausspricht, ist er noch keiner zu nennen; aber sobald er die Welt sich anzueignen und auszusprechen weiß, ist er ein Poet‹ (Gespräche, 148).

512. Vgl. 267.

513. *Lord Byron*, George Gordon Noël (1788–1824), englischer Dichter; vgl. Anm. zu 260. – Vgl. auch ›Goethes Beitrag zum Andenken Lord Byrons‹ (WA I 42/1, 100–104).

514.f. Vgl Anm. zu 732. – *Lakonismus*: knappe Ausdrucksweise.

516. *Shakespeare*: Vgl. Anm. zu 252. – Herder stellte dies in bezug auf G.s ›Götz‹ fest (an G., Mitte Juni 1772).

517. Vgl. Anm. zu 113. – Ähnlich in ›Urteilsworte französischer Kritiker‹ (WA I 41/1, 125).

518. Vgl. Anm. zu 286.

519.f. Vgl. 463.

521. Vgl. 677. – Von einem albanischen Mönch stammend.
522. Vgl. 406f.
527. Vgl. ›Der Junggesell und der Mühlbach‹.
529. *Die Theorie*: Vgl. Anm. zu 1230.
530. *Menschenverstand*: Vgl. Anm. zu 344 und 1135.
532. *Analogien*: Vgl. 554, 559, 600, 798, 1247. – *Induktion*: Vgl. 1245f. – *Falsches, Wahres*: Vgl. Anm. zu 149.
533. –535. Vgl. Nachwort, S. 285. – *Menschenverstandes*: Vgl. Anm. zu 344 und 1135. – *Reines Anschauen*: Vgl. Anm. zu 411. – *symbolisch*: Vgl. Anm. zu 1113. – *Mathematik*: Vgl. Anm. zu 605. – *tropisch*: Vgl. Anm. zu 188. – *mythisch*: Vgl. 560. – *Mystik*: Vgl. Anm. zu 336. – *gemütlich*: gemüthaft.
538.f. Frz., Der Gemeinverstand ist das Genie der Menschheit. – Vgl. Anm. zu 344.
541. Vgl. Anm. zu 262.
542. Aus einer Korrespondenz mit Zelter, 4. und 21. Jan. 1826. – *Unwissenheit handeln*: Vgl. Anm. zu 367.
543. Vgl. Anm. zu 678.
544. *Polizei*: im 18. und 19. Jh. noch die Verwaltung aller inneren Angelegenheiten außer den Finanzen.
546.f. *Physik*: Vgl. Anm. zu 612. – *Autorität*: Vgl. Geschichte der FL, 3. Abt., Kap. ›Lücke‹ und ›Autorität‹; vgl. auch Anm. zu 1173.
549.f. Vgl. Anm. zu 119.
551. Vgl. Anm. zu 426. – *offenbares Geheimnis*: Vgl. Anm. zu 201.
554. Vgl. 571 und Anm. zu 532.
555. Vgl. 601, 724. – *Die Vernunft, der Verstand*: Vgl. Anm. zu 1135. – *nutzen könne*: Vgl. 697f.
557. *Wahres, Irrtum*: Vgl. Anm. zu 149.
558. Vgl. Anm. zu 199.
559. *Analogie*: Vgl. Anm. zu 532. – *Tropen*: Vgl. Anm. zu 188.
560. *Mythologie*: Vgl. 535. – *Rhetor*: Redner; als solche werden z. B. Seneca und Buffon charakterisiert; vgl. Geschichte der FL, 2. Abt., Kap. ›Nachtrag‹.
561. Vgl. Nachwort, S. 287. – *Korrelate*: Vgl. Anm. zu 188.
562. Vgl. Nachwort, S. 286. – *Wahrheitsgefühles*: Vgl. Anm. zu 382. – *Blitzesschnelle zu ... Erkenntnis*: Vgl. Anm. zu 416.
563. Vgl. 577, 768f., 1207.
564. *Besondere*: Vgl. Anm. zu 199.
565.f. Am 5. Okt. 1828 an Zelter gesandt. – Vgl. Nachwort, S. 283. – *zarte Empirie*: Vgl. Anm. zu 411. – *innigst identisch*: Vgl. 1147 und Anm. zu 1344. – *Theorie*: Vgl. Anm. zu 1230.

568. Vgl. Anm. zu 575.
569. Vgl. Anm. zu 199.
570. Vgl. 593.
571. Vgl. Anm. zu 199 und 532. – *solideszieren*: gerinnen.
573. Vgl. 1281f.; das Schema ›In Sachen der Physik contra Physik‹ (LA I 11, 207); Tb, 16. April 1819: ›Das Trennungs-Schema der Physik durchgedacht‹; 19. Juli 1819: ›Fortgesetzte Gedanken über das Verhältnis der Mathematik zur Physik‹; an Lindenau, 31. März 1819: ›... daß ich mich schon längst mit dem Gedanken trage, mathematische und chemische Physik zu trennen, wie es die großen Fortschritte dieser Wissenschaft zu verlangen scheinen‹. – *Mathematik*: Vgl. Anm. zu 605.
574. *eines kategorischen Imperativs*: Vgl. Kant (vgl. Anm. zu 468): ›Handle so, daß die Maxime Deines Willens jederzeit zugleich als Prinzip einer allgemeinen Gesetzgebung gelten könne‹ (›Grundlegung zur Metaphysik der Sitten‹, 1785).
575. Vgl. Nachwort, S. 284f. – *Theorie*: Vgl. Anm. zu 1230. – *Grundgesetz der Chromatik*: Vgl. Didaktischer Teil der FL, § 155: ›Wird die Finsternis des unendlichen Raums durch atmosphärische vom Tageslicht erleuchtete Dünste hindurch angesehen, so erscheint die blaue Farbe‹; vgl. 568, 1148 *(Platos Bläue)*.
577. Vgl. Nachwort, S. 287. – *Urphänomen*: Vgl. Anm. zu 412. – *zuletzt beruhige*: Vgl. Anm. zu 563.
578. Am 5. Okt. 1828 an Zelter gesandt. – *Aristoteles*: (384 bis 322 v. u. Z.) griechischer Philosoph, Schüler und Gegner Platons (vgl. Anm. zu 654); vgl. 663, 1049, 1382. – *theoretische Aussprüche*: Vgl. Anm. zu 1230. – An Zelter, 23.–29. März 1827: ›Es ist über alle Begriffe was dieser Mann [Aristoteles] erblickte, sah, schaute, bemerkte, beobachtete, dabei aber freilich im Erklären sich übereilte.‹
579. Vgl. 281, 1222f.; ›Analyse und Synthese‹: ›Eine falsche Hypothese ist besser als gar keine ...‹ (LA I 11, 301–303) und Geschichte der FL, 6. Abt., Kap. ›Newtons Persönlichkeit‹.
584. *bepaalt*: hingepfählt; vgl. im 11. Buch von DuW: ›... indem er einige allgemeine Begriffe hingepfahlt ...‹ (WA I 28, 70); Geschichte der FL, 4. Abt., Kap. ›Julius Cäsar Scaliger‹: Im Griechischen werde ›durch das Wort nichts bestimmt, bepfählt und festgesetzt‹; vgl. 1396.
585. *Ursache und Wirkung*: Vgl. Anm. zu 222. – *Theorie*: Vgl. Anm. zu 1230.

588. Vgl. Anm. zu 149.
591. Vgl. Anm. zu 426.
593. Vgl. 570 und Anm. zu 220.
594.f. *Vorstellungsart eines andern*: Vgl. Anm. zu 6.
595. Ähnlich an Zelter, 5. Okt. 1828.
596. Vgl. Anm. zu 149.
597. *Wirkungen, Ursachen*: Vgl. Anm. zu 222. – *Menschenverstandes*: Vgl. Anm. zu 344.
599. *Vernunft*: Vgl. Anm. zu 1135. – *Geognosie*: die Lehre von den Erdschichten; vgl. 1274. – *Geologie*: die Lehre von der Entwicklung der Erde.
600. *Vernunft*: Vgl. Anm. zu 1135. – *Analogon*: Vgl. Anm. zu 532.
601. Vgl. Anm. zu 555.
602. *Vulkanismus*: Theorie über die Entstehung der Erde, wonach das Gestein und die Gebirge Ergebnis vulkanischer Ausbrüche sind.
604. Vgl. 704, 1398.
605. –609. *Mathematik, Mathematiker*: Vgl. 534, 573, 654, 710, 943, 1276–1287, 1387–1393 und Anm. zu 115. – *Dialektik*: Vgl. Anm. zu 1202. – *Wahrheitsgefühls*: Vgl. Anm. zu 382. – *das Schöne*: Vgl. Anm. zu 183. – *La Grange*: Joseph Louis Lagrange (1736–1812), italienischer Mathematiker; vgl. 1287, 1291.
612. *Physik*: Vgl. 546, 706, 1211 *(Physiker)*, 1217, 1282.
613. Ein solcher Urversuch war das experimentum crucis; vgl. Anm. zu 115.
614. Vgl. Nachwort, S. 285. – *theoretisieren*: Vgl. Anm. zu 1230. – *Menschenverstand*: Vgl. Anm. zu 530.
616. Ähnlich in den WJ, 2. Buch, 9. Kap. (WA I 25/1, 29); vgl. 713, 1273.
618. Aus AT, Psalm 90, 10 und NT, 1. Korinther 3, 19.
619. Vgl. 466 und ›Versuch einer Witterungslehre‹: ›Das Wahre, mit dem Göttlichen identisch, läßt sich niemals von uns direkt erkennen …‹ (LA I 11, 244). – *Manifestationen*: Vgl. Anm. zu 183.
620. Gleichlautend mit dem letzten Satz des Lehrbriefes in den LJ, 7. Buch, 9. Kap. (WA I 23, 125).
621. –632. Aus der Schrift ›Von der Lebensführung‹ von Hippokrates (griechischer Arzt um 400 v. u. Z.). Vgl. Nachwort, S. 288.
633. –641. Aus den ›Enneaden‹ von Plotin (griechischer Philosoph, um 204–270). G. sandte seine Übersetzung am 29. Aug. 1805 an Friedrich August Wolf.

645. Vgl. Anm. zu 17.

646. –650. Veranlaßt durch das Werk ›Cours d'histoire de la philosophie morale au dix-huitième siècle‹ des französischen Politikers und Philosophen Victor Cousin (1792–1867), dem G. persönlich begegnet ist. – *Materialismus*: hier: die mechanische Weltauffassung der französischen Philosophen des 18. Jh. – *Sensualismus*: die von John Locke (1632–1704) begründete philosophische Anschauung, wonach ›nichts im Verstand ist, was nicht vorher in den Sinnen war‹. – *antagonistisch*: hier: mit entgegengesetzten Anlagen.

651.f. *Geschichtschreiber*: Vgl. Anm. zu 495. – *Chronikenschreiber*: Vgl. Anm. zu 296. – *sich selbst historisch* werden: eine Erfahrung, die G. gemacht hatte, als er an die Abfassung von DuW ging; er äußerte sich bis ins hohe Alter mehrfach darüber, z. B. an W. von Humboldt, 1. Dez. 1831. – *kontrovertieren*: sich auseinandersetzen.

654. Über dem Eingang zur Akademie Platons (429–um 349 v. u. Z.; griechischer Philosoph) soll geschrieben gewesen sein: ›Wer keine Geometrie versteht, bleibe draußen.‹ – Ähnlich in IR, 5. Okt. 1787. – *Mathematiker*: Vgl. Anm. zu 605.

655. *Euklid*: griechischer Mathematiker, um 300 v. u. Z.

656. *potentia et actu*: lat., in der Möglichkeit und in der Wirklichkeit.

657.f. Vgl. 98, 442; ›Sprichwörtlich‹: ›Erkenne dich! – Was soll das heißen? ...‹ – *Heautognosie*: Selbsterkenntnis. – *Humoristen*: hier diejenigen, die sich ihrer Gemütsstimmung überlassen; vgl. Anm. zu 65 und an Zelter, 30. Okt. 1808: ›Sehr schlimm ist es dabei, daß das humoristische, weil es keinen Halt und kein Gesetz in sich selbst hat, doch zuletzt früher oder später in Trübsinn und üble Laune ausartet ...‹ – *Heautontimorumenen*: nach Menandros in Terenz' Nachdichtung überliefertem Lustspiel ›Der Selbstquäler‹. – *Sokratischen Schule*: Vgl. Anm. zu 313.

659. Vgl. 762. Dagegen an Knebel, 25. Nov. 1808: ›Schon fast seit einem Jahrhundert wirken Humaniora nicht mehr auf das Gemüt dessen der sie treibt und es ist ein reines Glück, daß die Natur dazwischen getreten ist, das Interesse an sich gezogen und uns von ihrer Seite den Weg zur Humanität geöffnet hat.‹

661. *Lateinisch zu schreiben*: Vgl. 1039.

662. *Homerischen Gesänge*: Vgl. Anm. zu 751.

663.f. *Sokrates*: Vgl. Anm. zu 313. – *Plato*: Vgl. Anm. zu 654. – *Aristoteles*: Vgl. Anm. zu 578.

666. Aus Vorarbeiten zu ›Analyse und Synthese‹ (LA I 11, 301–303).

667. Vgl. die ›Zahme Xenie‹: ›Wer Wissenschaft und Kunst besitzt,/ Hat auch Religion ...‹; vgl. 58 und Anm. zu 1107.

672. Vgl. Anm. zu 335.

673. –676. Aus Entwürfen zu einer geplanten Rezension über das ›Lehrbuch der neueren christlichen Kirchengeschichte‹ (1826) von Johann Traugott Leberecht Danz (WA I 41/2, 508f.). – Vgl. auch: ›Dem 31. Oktober 1817‹: ›... Und will in Kunst und Wissenschaft/ Wie immer protestieren‹ (WA I 3, 140). – *Surrogate*: Vgl. Anm. zu 65.

677. Vgl. 521. Ähnlich an Zelter, 3. Juli 1825.

678. *Gewalt*: im Sinne von Autorität; vgl. 543, 840, 1173f.

679.f. Die Pressefreiheit war eines der wichtigsten Anliegen der bürgerlichen liberalen Bewegung, für deren Grundanliegen G. wenig Verständnis aufbrachte; vgl. 875f. und 972.

684.f. In G.s Doktorthesen (1771) steht: ›Poenae capitales non abrogandae‹. Vgl. auch G.s Zustimmung zur Todesstrafe im Falle des Kindesmordes in Weimar, Okt./Nov. 1783 (G Amtl Schr 1, 245–251).

686. Vgl. 207.

687. Vgl. Anm. zu 1135.

689. Vgl. Anm. zu 354.

690. Aus ›Flüchtige Übersicht über die Kunst in Deutschland‹ (WA I 48, 21–25); vgl. Anm. zu 1064.

692. Vgl. Anm. zu 199.

694. *esoterisch*: nur für Eingeweihte verständlich. – *exoterisch*: für weitere Kreise verständlich; vgl. 728.

696. Vgl. Anm. zu 416.

697. –699. *Nutzen*: Vgl. 555. – *Präokkupation*: Vgl. Anm. zu 189. – Vgl. WJ, 1. Buch, 4. Kap.: ›Was nützt, ist nur ein Teil des Bedeutenden. Um einen Gegenstand zu besitzen, zu beherrschen, muß man ihn um seiner selbst willen studieren‹ (WA I 24, 49).

704. Vgl. Anm. zu 604.

705. *stereometrisch*: Die Stereometrie ist eine Teildisziplin der euklidischen Geometrie, die sich mit der Form, der gegenseitigen Lage, der Größe und anderen metrischen Beziehungen geometrischer Gebilde im Raum befaßt.

706. –709. Aus dem Brief an Zelter vom 22. Juni 1808 und damit ursprünglich Antwort auf Zelters Erklärung der Molltonarten in seinem Brief vom 6. April 1808: ›Die Molltonart unterscheidet sich von der Durtonart durch die kleine Terz, welche an die

Stelle der großen Terz gesetzt wird.‹ Im Unterschied zu den anderen Intervallen entstehe die kleine Terz niemals durch Teilung der Saiten und sei demnach kein unmittelbares Geschenk der Natur. Daraus leitet G. ab: *Was ist denn eine Saite* … (708) und schreibt noch am 31. März 1831 an Zelter: ›Wahrhaftig eine Darm- und Drahtsaite steht nicht so hoch, daß ihr die Natur allein ausschließlich ihre Harmonien anvertrauen sollte. Da ist der Mensch mehr wert, und dem Menschen hat die Natur die kleine Terz verliehen …‹ – Vgl. Anm. zu 115, 156, 502. – *Physik*: Vgl. Anm. zu 612.

710. *Mathematiker*: Vgl. Anm. zu 605.

711. Vgl. ›Divan‹ IV. ›Buch der Betrachtungen‹: ›‚Die Jahre nahmen dir, du sagst, so vieles …‘ Mir bleibt genug! Es bleibt Idee und Liebe!‹ (WA I 6, 83).

712. *heiterer Naturforscher*: Lichtenberg, vgl. Anm. zu 401.

713.f. *Lichtenberg*: Vgl. Anm. zu 401. – *Problem*: Vgl. Anm. zu 616. – *Weltraum zwischen Mars und Jupiter*: Der im Verhältnis zu den übrigen Planetenabständen auffallend große Zwischenraum zwischen Mars und Jupiter gab zu denken; vgl. 1368. Er war von Kant (vgl. Anm. zu 468) in seiner ›Allgemeinen Naturgeschichte und Theorie des Himmels‹ (1755) in angegebener Weise erklärt worden. Kant aber hatte sich geirrt, wie dies durch die zwischen 1801 und 1807 erfolgte Entdeckung der vier Planetoiden Ceres, Pallas, Juno und Vesta erwiesen wurde. Vgl. ›Aus dem Maskenzuge zum 30. Januar 1809‹ (WA I 16, 213).

715. Vgl. Anm. zu 149.

716. Vgl. 1208. – *obruiert*: überhäuft.

717. Aus Johann Gottfried Schnabels ›Wunderliche Fata einiger Seefahrer …‹ (kurz: ›Insel Felsenburg‹; 1731–1742; 1829 wiederholt erschienen). Das Zitat bezeichnet das zu G.s Lebzeiten bereits überwundene Verhältnis zur Bergwelt. – *Sisyphus*: Vgl. Anm. zu 67. – *Sturz Vulkans*: mit Hephaistos gleichgesetzt, der von seiner Mutter Hera aus dem Olymp ins Meer geworfen worden war.

718. G.s Entgegnung auf 717. – *Urvater Abraham ein Kanaan*: Vgl. AT, 1. Mose 12.

719.f. Vgl. WJ, 2. Buch, 9. Kap.: ›… die Gebirge sind stumme Meister und machen schweigsame Schüler‹ und ›jeder weiß nur für sich was er weiß und das muß er geheimhalten‹ (WA I 25/1, 26, 30). Auch Einzelschema zum 2. Buch der WJ: ›Steine stumme Lehrer Was man von ihnen lernt ist nicht mitzuteilen Was ich weiß weiß ich mir selbst Ausgesprochnes, widersprochnes Wort ...‹ (WA I 25/2, 253) sowie Anm. zu 9.

721. *isomorphische Körper*: gleichgestaltige Körper.

723. G.s Erfahrungen mit Döbereiner (vgl. Anm. zu 1261) waren bestimmend für seine Einschätzung der Chemie.

724. Vgl. 555. – *System der Einschachtelung*: die Präformationstheorie des Schweizer Philosophen und Naturforschers Charles Bonnet (1720–1793), wonach jedes neue Lebewesen bereits im Keim des vorhergehenden ›eingeschachtelt‹, d.h. enthalten sei. G. trat dieser Lehre in seiner Morphologie entgegen und vertrat den Entwicklungsgedanken. Darüber auch in der ›Kampagne in Frankreich‹, Pempelfort, Nov. 1792.

725. *atomistische*: Danach sollen Ganzheiten als Summe ihrer einzelnen Teile verständlich werden. G. trat dieser Auffassung besonders in bezug auf organische Phänomene entschieden entgegen.

728. Vgl. Nachwort, S. 286. – *Das Esoterische, exoterisch*: Vgl. Anm. zu 694.

730. Vgl. 409.

731. Christoph Martin *Wieland* (1733–1813), der von G. ursprünglich befehdete, später geschätzte Dichter am Hofe der Herzogin Anna Amalia von Sachsen-Weimar.

732. Aus Vorarbeiten zur Rezension über ›Dainos oder litauische Volkslieder‹, hrsg. von L.J. Rhesa (WA I 42/1, 305–307); vgl. 514 f. und Anm. zu 112.

734. –737. Vgl. K. F. Reinhard an G., 9. Aug. 1808: ›Warum ist Weimar nicht als die Schule des deutschen Theaters anerkannt?‹

738. –741. *Shakespeare*: Vgl. Anm. zu 252. – Pedro *Calderón* de la Barca (1600–1681, spanischer Dramatiker; vgl. 1041, 1310), dessen Schauspiel ›Die Tochter der Luft‹ G. rezensierte (WA I 41/1, 351–355).

742. –760. G. zitiert aus der Aphorismensammlung ›The Koran‹ (1777/98), die Sterne zugeschrieben wurde, aber von Richard Griffith (1752–1820) stammte. Fortsetzung 773–798. – *Yorik Sterne*: Lawrence Sterne (1713–1768, englischer Dichter), dessen Schriften unter dem Namen Yorik bekannt wurden; vgl. 773–787. – *Humor*: Vgl. Anm. zu 65.

745. Vgl. Anm. zu 86.

746. *Rahel und Lea*: die zwei Frauen Jakobs; vgl. AT, 1. Mose 29.

747.f. *Zeit*: Vgl. Anm. zu 202. – *Hauptstamm*: Kapital. – *Interessen*: Zinsen.

750. Vgl. Anm. zu 509.

751. *Virgil*: Vergil (70–19 v. u. Z.), römischer Dichter. Als Verfasser der ›Aeneis‹ in Parallele zu *Homer* gesehen, der als Dichter der beiden ältesten und größten Epen des Abendlandes ›Ilias‹ und ›Odyssee‹ gilt; vgl. 662, 1037f., 1097. Für G. war Homer von grundlegendem Einfluß. – *Shakespeare*: Vgl. Anm. zu 252.

752. –754. Vgl. Anm. zu 202.

755. Vgl. 875f.

756. –759. *Kunst und Wissenschaft*: ein Begriffspaar, das G.s wichtigste Wirkungsbereiche bezeichnet, nicht nur im persönlichen Schaffen, sondern auch in seiner amtlichen Tätigkeit, z.B. in der auf ihn zugeschnittenen Behörde ›Oberaufsicht über die unmittelbaren Anstalten für Wissenschaft und Kunst in Sachsen-Weimar-Eisenach‹. Vgl. 158, 484, 1013f. – *Humor*: Vgl. Anm. zu 65. – *des Allgemeinen*: Vgl. Anm. zu 199. – *Vernunft*: Vgl. Anm. zu 1135.

762. Vgl. Anm. zu 659.

766. Anspielung auf die Schrift ›De la littérature allemande‹ (1780) von König Friedrich II. von Preußen, in der die deutsche Literatur ungünstig beurteilt worden ist.

767. *Weltliteratur*: Vgl. an Adolf Friedrich Karl Streckfuß, 27. Jan. 1827: ›Ich bin überzeugt daß eine Weltliteratur sich bilde ... Der Deutsche kann und soll hier am meisten wirken ...‹; zu Eckermann, 31. Jan. 1827: ›Nationalliteratur will jetzt nicht viel sagen; die Epoche der Weltliteratur ist an der Zeit, und jeder muß dazu wirken, diese Epoche zu beschleunigen‹ (Gespräche, 198).

768.f. Vgl. Anm. 412 und 563.

770.f. Vgl. WJ, 1. Buch, 4. Kap.: ›Sich auf ein Handwerk beschränken ist das Beste‹ (WA I 24, 51).

773. –798. Fortsetzung von 742–760. – *Lorenz Sterne*: Vgl. Anm. zu 742. – William *Warburton* (1698–1779), Bischof von Gloucester, orthodoxer Theologe.

774. *Wohlwollen*: Vgl. Anm. zu 286.

776. –780. *Shandeism*: Manier des Helden in Sternes ›Tristram Shandy‹ (1759–1767). – *Sagazität, Penetration*: Scharfsinn, Eindringlichkeit.

789. Vgl. Anm. zu 202.

790.f. Aus ›The Koran‹ (vgl. Anm. zu 742). – *Pereant ... dixerunt*: lat., Diejenigen, die schon vor uns gesagt haben, was wir jetzt sagen, mögen untergehen. – *Autochthon*: ein ›aus der Erde selbst‹ Entsprossener, hier: jemand, der sich aus sich selbst heraus entwikkelt; vgl. Anm. zu 123.

795. –797. Aus ›The Koran‹ (vgl. Anm. zu 742). – *der Spiegel eine Ausnahme*: Vgl. Anm. zu 404.

798. *das Analoge*: Vgl. Anm. zu 532.

799. *Idee*: Vgl. Anm. zu 262. – *ein Ärgernis und ... eine Torheit*: Vgl. NT, 1. Korinther 1, 23.

800. Aus dem Brief an Ernst Heinrich Friedrich Meyer, 26. Juni 1829.

803. *Theoretiker*: Vgl. Anm. zu 1230.

804. Ähnlich an Arthur Schopenhauer, 28. Jan. 1816.

806. Vgl. Nachwort, S. 290. – *Mystizismus*: Vgl. Anm. zu 336.

807. Ähnlich an F. H. Jacobi, 6. Jan. 1813.

808. Der teleologische Gottesbeweis, der von der Zweckmäßigkeit der Welt auf einen göttlichen Urheber schließt, wurde von Kant (vgl. Anm. zu 468) zurückgewiesen. – *Brontotheologie, Niphotheologie*: Erkenntnis Gottes aus dem Donner bzw. dem Schnee. – Vgl. ›Faust‹, Prolog im Himmel.

810.f. Gegen F. H. Jacobis Schrift ›Von den göttlichen Dingen und ihrer Offenbarung‹ (1811) gerichtet. – Vgl. 1304; TuJ 1811: ›wie konnte mir das Buch eines so herzlich geliebten Freundes willkommen sein, worin ich die These durchgeführt sehen sollte: die Natur verberge Gott‹ (WA I 36, 71 f.); an Knebel, 8. April 1812: ›Wem es nicht zu Kopfe will, daß Geist und Materie, Seele und Körper, Gedanke und Ausdehnung, oder ... Wille und Bewegung die notwendigen Doppelingredienzien des Universums waren, sind und sein werden, die beide ... als Stellvertreter Gottes angesehen werden können ...‹

812. Johann *Kepler* (1571–1630), Hofastronom Kaiser Rudolfs II. und Entdecker der Gesetze der Planetenbewegung. – *mein höchster Wunsch ...*: Übersetzung aus Keplers Brief an Baron von Strahlendorf, 25. Okt. 1613.

813. Vgl. die ›Zahme Xenie‹: ›Wie einer ist, so ist sein Gott ...‹

815. Vgl. Nachwort, S. 291 und im 14. Buch von DuW: ›Der Glaube sei ein großes Gefühl von Sicherheit für die Gegenwart und Zukunft, und diese Sicherheit entspringe aus dem Zutrauen auf ein übergroßes, übermächtiges und unerforschliches Wesen‹ (WA I 28, 270).

816. Aus ›De l'Allemagne‹ (1810) von Madame de Staël. – *Luxe de Croyance*: frz., Überschwang des Glaubens.

817. Aus Zincgref (vgl. Anm. zu 283). – *Praedestinatio*: Vorherbe-

stimmtheit; theologische Lehre, wonach der einzelne Mensch von vornherein zur Seligkeit oder zur Verdammnis verurteilt ist.

822. *Apokrypha*: frühchristliche Schriften, die nicht in den Kanon der maßgeblichen Bücher aufgenommen wurden, weil sie als unecht galten.

823. *Katechisation*: Lehrgespräch in der Religionslehre; hier: Prüfung durch Frage und Antwort.

824. Vgl. 1181. – *Eriekanal*: Er wurde 1817 bis 1825 angelegt. – Vgl. WJ, 1. Buch, 7. Kap.: ›... daß aber da, wo man auf frischem Boden viele Glieder von allen Seiten her zusammen berufen will ... freier Spielraum der allgemeinsittlichen und religiösen Vorstellungen zu vergönnen sei ...‹ (WA I 24, 120). – Vgl. auch G.s Rezension ›Irrtümer und Wahrheiten von Wilhelm Schulz‹ (WA I 42/2, 64–69).

825. Ähnlich an S. Boisserée, 3. Okt. 1830.

832. –834. Ausdruck für G.s Festhalten an Ordnung und Kontinuität. – *Nero*: (37–68) römischer Kaiser, dessen Nachfolger innerhalb eines Jahres umkamen.

837. Vgl. 470. Ausführlicher an W. von Humboldt, 17. März 1832.

838. Vgl. Anm. zu 17; ›Sprichwörtlich‹: ›Eigenheiten, die werden schon haften; Kultiviere deine Eigenschaften‹.

840. *Gewalt*: Vgl. Anm. zu 678.

841. *supplemente*: Ergänzungen. – Vgl. LJ, 8. Buch, 7. Kap.: ›... daß unsere Grundsätze nur ein Supplement zu unsern Existenzen sind‹ (WA I 23, 238 f.).

847. Vgl. Anm. zu 208. Gleichlautend in Vorarbeiten zum 10. Buch von DuW mit dem Zusatz: ›Diese Betrachtung auf Herder anzuwenden‹ (WA I 27, 404).

850. Vgl. ›An Herder. Weimar, Anfang 1776‹: ›Denn wie im Buche geschrieben steht/ Daß der Wolf in Schafskleidern geht,/ So würd' es euch gar übel stehn,/ Als Schaf in Wolfskleidern zu gehn‹ (WA I 4, 207).

858. Ähnlich in den WJ, 3. Buch, 11. Kap. (WA I 25/1, 210) und ›Faust‹ I, Vers 1604–1606. – *Pandora*: Gestalt der griechischen Sage, die mit einer Büchse voll Übel und Unheil zu den Menschen gesandt wird. Vgl. G.s Festspiel ›Pandora‹ und die Kennzeichnung der Pandora in der Marienbader ›Elegie‹: ›... So reich an Gütern, reicher an Gefahr‹.

875.f. Vgl. 755 und Anm. zu 215 und 679 f.

879. Vgl. Anm. zu 119.

880. Vgl. Anm. zu 149.
882. Vgl. 396.
883.f. Vgl. Anm. zu 9.
886.f. Vgl. Anm. zu 6.
888. Aus AT, Sprüche Salomos 24, 26.
891. Vgl. Anm. zu 6. – *Vernunft*: Vgl. Anm. zu 1135. – Vgl. ›Erste Epistel‹, Vers 28ff.: ›Reden schwanken so leicht herüber hinüber, wenn viele/ Sprechen und jeder nur sich im eigenen Worte ... vernimmt‹ (WA I 1, 298).
893. Vgl. Anm. zu 279.
896. Vgl. die ›Zahme Xenie‹: ›Wer in der Weltgeschichte lebt ...‹
898. Vgl. Anm. zu 367.
901. Aus ›Mémoires du cardinal de Retz‹ (1731). Vgl. an C. von Stein, 7. Sept. 1779, und an Zelter, 3. Dez. 1812.
903. Vgl. WJ, 1. Buch, 4. Kap.: ›Mach' ein Organ aus dir und erwarte, was für eine Stelle dir die Menschheit im allgemeinen Leben wohlmeinend zugestehen werde‹ (WA I 24, 51).
906. Vgl. 316. – *Autorität*: Vgl. Anm. zu 1173f.
908. Ähnlich im Brief an Marianne von Willemer, 25. Jan. 1831.
910. *Lustrum*: Zeitraum von 4 bis 5 Jahren.
920. *Vernunft*: Vgl. Anm. zu 1135.
921. Vgl. WJ, 2. Buch, 9. Kap.: ›Denken und Tun, Tun und Denken, das ist die Summe aller Weisheit ...‹ (WA I 25/1, 30).
922. *Vernunft*: Vgl. Anm. zu 1135. – *Visavis*: Gegenüber.
923. Vgl. Anm. zu 67.
926. *Elans*: frz., Begeisterung, Aufschwung.
935. Vgl. Anm. zu 1064.
938. *Vita propria*: lat., Eigenleben.
943. –945. *Historiker, Geschichte*: Vgl. Anm. zu 495. – *Mathematiker*: Vgl. Anm. zu 605. – *Komet von 1770*: der Lexellsche Komet, dessen Bahnberechnung nur scheinbar irrig war.
947. Vgl. Anm. zu 315.
948. *ne incerta sint rerum dominia*: lat., Damit die Eigentumsrechte nicht ungewiß sind. Aus den ›Institutiones‹ (533) des byzantinischen Kaisers Justinian (um 483–565).
949. –953. Mit Bezug auf die Französische Revolution im Jahre 1795 entstanden. – Vgl. ›Bildnisse jetzt lebender Berliner Gelehrten, mit ihren Selbstbiographien, herausgegeben von S. M. Lowe‹: ›In guter Gesellschaft ... ist es notwendig, daß der Gemeinste mit den Vortrefflichsten in einen gewissen Zustand der Gleichheit gerate‹ (WA I 40, 363f.).

955. Veranlaßt durch Zacharias Theobalds ›Hussitenkrieg‹ (1609); vgl. TuJ 1821 (WA I 36, 196). – *Pikarden*: auch: Begharden; eine religiös-asketische Laienbewegung des 13. Jh. – *Wiedertäufer*: eine dem Urchristentum anhängende Bewegung der Reformationszeit. – *Sansculotten*: wörtl.: ohne Kniehosen; Bezeichnung der Revolutionäre in der Französischen Revolution.

965. Vgl. ›Sprichwörtlich‹: ›Wer ist denn der souveräne Mann ...‹.

966. Vgl. ›Ilmenau‹: ›Der kann sich manchen Wunsch gewähren, Der kalt sich selbst und seinem Willen lebt; Allein wer andre wohl zu leiten strebt, Muß fähig sein, viel zu entbehren.‹

968. *Begriffe*: Vgl. Anm. zu 1135.

969. *die Liberalen*: Vgl. Anm. zu 215. – Jules *Mazarin* (1602–1661), Minister und Regentschaftsrat während der Minderjährigkeit König Ludwig des XIV. von Frankreich. – Ähnlich im 15. Buch von DuW: ›Denn da Sprüchworte und Denkreime vom Volke ausgehn, welches, weil es gehorchen muß, doch wenigstens gern reden mag, die Oberen dagegen durch die Tat sich zu entschädigen wissen ...‹ (WA I 28, 321).

970.f. Vgl. 479 und TuJ 1808: ›Von jeher und noch mehr seit einigen Jahren überzeugt, daß die Zeitungen eigentlich nur da sind, um die Menge hinzuhalten ...‹ (WA I 36, 33).

972.f. Vgl. 679f.

978. –982. Veranlaßt durch die Schrift ›Von der Ausbildung der deutschen Sprache‹ (1816) von Karl Ruckstuhl, die G. im Aufsatz ›Deutsche Sprache‹ (WA I 41/1, 109–117) besprach. – *Grief*: engl., Kummer, Gram, Bedauern, Sorge, Schaden. – Vgl. 1332.

983. *Begriffe*: Vgl. Anm. zu 1135.

984.f. Vgl. Anm. zu 509. – *Apollo Sauroktonos*: Apollo der Eidechsentöter, nach einer Statue des Praxiteles (vgl. Anm. zu 1097). – *korrupten*: hier: verdorbenen. – *Emendation*: in der Philologie: Texteingriffe.

990. *Sibyllinischen Büchern*: Sammlung von Weissagungen der Sibylle von Cumae, die zunächst neun Rollen davon dem römischen König Tarquinius Superbus (gest. 495 v. u. Z.) zum Kauf angeboten und, nachdem dieser wiederholt abgelehnt hatte, jeweils drei dieser Rollen verbrannt haben soll. Zuletzt erwarb der König die restlichen drei Rollen zum Preis, der ursprünglich für alle gefordert worden war. – G. verwendet das Bild häufig; vgl. an Christian Gottlob Voigt, April 1792 (Jb FDH 1985, 318); an Christoph Ludwig Friedrich Schulz, 29. Juni 1829; an Zelter, 19. März 1827.

995. *Epitomator*: Verfasser eines Auszuges. Vgl. an S. Boisserée, 27. Jan. 1823: ›Seit der Zeit hab ich fortgefahren, den Epitomator mein selbst zu machen: denn es ist gewissermaßen noch lustiger, ein vorliegendes Leben als ein vorliegendes Buch auszuziehen.‹

998. Aus der IR, 22. März 1788.

1000. Vgl. Geschichte der FL, 3. Abt., Kap. ›Lücke‹: ›Ein ausgesprochnes Wort tritt in den Kreis der übrigen, notwendig wirkenden Naturkräfte mit ein.‹

1001.f. *Mystik*: Vgl. Anm. zu 336. – *Vernunft*: Vgl. Anm. zu 1135.

1002.f. Vgl. Nachwort, S. 291 f.

1004. *allgemeine, besondere*: Vgl. Anm. zu 199.

1006. *Humor*: Vgl. Anm. zu 65. – *salvo honore*: lat., unbeschadet der Würde. – *goffo, moroso*: Tölpel und Griesgram, Figuren des italienischen Stegreifspiels.

1007. *Ubiquität*: Allgegenwart. – *Allgemeine, Besondere*: Vgl. Anm. zu 199.

1011. Fast gleichlautend in ›Meteore des literarischen Himmels‹ (LA I 8, 69).

1013.f. *Kunst und Wissenschaft*: Vgl. Anm. zu 756.

1015. Vgl. an Georg Friedrich Christian Sartorius, 17. Juli 1820: ›Zwei meiner innigsten Freunde [wohl: Schiller und Herder] haben das Glück gehabt, gerade vor großen und widerwärtigen Epochen zu scheiden.‹

1017. Vgl. die ›Zahme Xenie‹: ›X hat sich nie des Wahren beflissen, Im Widerspruch fand er's; Nun glaubt er alles besser zu wissen, Und weiß es nur anders.‹

1018. *Euphemismen*: Sing. Euphemismus, Beschönigung, ästhetische Umhüllung; vgl. Anm. zu 80.

1019. Vgl. 498.

1020. Vgl. ›Sprichwörtlich‹: ›Wer dem Publikum dient, ist ein armes Tier ...‹

1022. *Begriffen*: Vgl. Anm. zu 1135.

1024. – 1026. Vgl. Anm. zu 113.

1027. *Kritik*: Vgl. Anm. zu 176. – *Ate*: der griechischen Sage nach die auf die Erde geschleuderte und deshalb hinkende Tochter des Zeus.

1028. *Das Wahre, Das Irren*: Vgl. Anm. zu 149. – Vgl. ›Urteilsworte französischer Kritiker‹ (WA I 41/1, 121–127 und 144–146).

1031. Gleichlautend zu Eckermann, 2. April 1829 (Gespräche, 286).

1032. *Ovid*: Vgl. Anm. zu 232; Ovid wurde vom römischen Kaiser Augustus nach Tomi am Schwarzen Meer verbannt. – *Hauptstadt der Welt*: Rom.

1034. Bezogen auf Erscheinungen der französischen Romantik, u. a. der Vampirpoesie. Vgl. an S. Boisserée, 8. Sept. 1831: ausgehend von drei Stationen der Gärung: ›Wein, Essig und Fäulnis; in dieser letzten versieren gegenwärtig behagliche Talente der Franzosen.‹

1035. *endemisch und epidemisch*: am gleichen Ort immer wiederkehrend; über die Völker hingehend und ansteckend.

1036. *Sakontala*: Schauspiel des indischen Dichters Kālidāsa (um 500); vgl. 1041. – Fast gleichlautend an Antoine-Leonard de Chézy, 9. Okt. 1830, der G. seine Ausgabe von ›Śakuntala‹ geschenkt hatte. Vgl. 1041.

1037.f. *Homer*: Vgl. Anm. zu 751. – *Ilias*: neben der ›Odyssee‹ das älteste Epos des Abendlandes, das von G. immer wieder künstlerisch genutzt wurde, z. B. für die ›Preisaufgaben für bildende Künstler‹.

1039. *Lateinisch schreiben*: Vgl. 661.

1040. Vgl. Geschichte der FL, 4. Abt., Kap. ›Julius Cäsar Scaliger‹.

1041.f. *Shakespeare*: Vgl. Anm. zu 252. – *Kālidāsa*: Vgl. Anm. zu 1036. – *Calderón*: Vgl. Anm. zu 738.

1043. *Locos communes*: lat., Gemeinplätze. – Friedrich Gottlieb *Klopstock* (1724–1803), Bahnbrecher für die deutsche Dichtung des 18. Jh.; vgl. 1093.

1044. Vgl. Anm. zu 1064. – *Schmidt v. Werneuchen*: der märkische Dichter Friedrich Wilhelm August Schmidt (1764–1838), Pfarrer in Werneuchen. – G. hatte ihn 1797 im Gedicht ›Musen und Grazien in der Mark‹ verspottet. – Vgl. auch Anm. zu 112.

1045. *Eulenspiegel*: deutsches Volksbuch.

1047.f. *Roman*: Vgl. Anm. zu 133.

1049. *Aristoteles*: Vgl. Anm. zu 578. – Vgl. ›Nachlese zu Aristoteles Poetik‹ (WA I 41/2, 247–251).

1052. Aus G.s Brief an Franz von Elsholtz, 11. Dez. 1825. – *Vernunft*: Vgl. Anm. zu 1135.

1053. Aus ›Shakespeare und kein Ende!‹ (WA I 41/1, 66f.). – *symbolisch*: Vgl. Anm. zu 1113.

1056. Vgl. 299.

1060. Vgl. ›Hör-, Schreib- und Druckfehler‹ (WA I 41/1, 183–188).

1062. *Minor*: Molltonart; vgl. Anm. zu 706; an Zelter, 31. März 1831: ›... dem Menschen hat die Natur die kleine Terz verliehen, um das Unnennbare, Sehnsüchtige ... ausdrücken zu können.‹

1063. *Cantilene*: sangliche Melodienführung.

1064. –1099. Veranlaßt durch einen Streit mit dem Berliner Hofbildhauer Johann Gottfried Schadow (1764–1850), dessen Kunstauffassung der charakterisierenden Detailtreue von G. im Aufsatz ›Flüchtige Übersicht über die Kunst in Deutschland‹ (WA I 48, 21–25) kritisiert worden ist. Auf die von Schadow in der ›Eunomia‹ (Juni 1801) veröffentlichte Antwort reagierte G. mit diesen Maximen und mit 935, 1044, 1103f., 1119f., 1131, 1353–1359, die er aber nicht veröffentlichte. – Vgl. auch 690 und Anm. zu 191.

1079. *Systole und Diastole*: Vgl. Anm. zu 278. – *Retina*: Netzhaut des Auges. – *Synkrisis und Diakrisis*: Zusammenziehung und Ausdehnen, Fesseln und Lösen.

1080. *Suchet in euch, so werdet ihr alles finden*: Vgl. NT, Lukas 11, 9.

1086. *trocken Naive*: Vgl. Anm. zu 60.

1088.f. *Albrecht Dürer*: (1471–1528) Maler der deutschen Renaissance, auf den sich Schadow berufen hatte.

1090. *Martin Schön*: Martin Schongauer (1445–1491), Maler und Kupferstecher, Vorläufer Dürers, auf den sich Schadow ebenfalls berufen hatte.

1093. *Klopstock*: Vgl. Anm. zu 1043. – Johann Heinrich *Voß* (1751–1826). – *prosodische Muster*: seine Übersetzungen der ›Odyssee‹ (1781) und der ›Ilias‹ (1793). – *Hans Sachs*: (1451–1526) Dichter.

1094. *Märkische Rübchen, Kastanien*: Diese Produkte ließ sich G. durch Zelter aus Berlin bzw. durch seine Mutter aus Frankfurt zuschicken.

1097. *Homeriden*: Jünger Homers; vgl. Anm. zu 751. – *Praxiteliden*: Schüler des Praxiteles (vor 400–330 v. u. Z.), griechischer Bildhauer.

1098. Jan van *Huysum*: (1682–1749), niederländischer Blumen- und Fruchtmaler.

1103.f. Vgl. Anm. zu 1064. – *das Gemeine*: Vgl. Anm. zu 60.

1107. Ähnlich in ›Neue Unterhaltungen über verschiedene Gegenstände der Kunst als Folge der Nachrichten von den weimarischen Kunstausstellungen‹: ›Die Kunst hat einen idealischen Ursprung, man kann sagen, sie sei aus und mit Religion entsprungen‹ (WA I 48, 135). – Vgl. 58 und Anm. zu 667.

1112. *Allegorie*: Vgl. Anm. zu 252. – *Begriff*: Vgl. Anm. zu 1135.

1113. *Symbolik*: Vgl. 108, 252f., 314, 434, 534, 1053, 1369 und Anm. zu 252; ›Physikalische Vorträge schematisiert‹, Kap. ›Symbolik‹ (LA I 11, 56f.).

1114. *Rembrandt*: (1606–1669) bedeutender niederländischer Maler und Radierer; vgl. 1123.

1115. Vgl. 449.

1118. Vgl. Anm. zu 123.

1119.f. Vgl. Anm. zu 1064. – *Manieristen, das manierirte*: Vgl. 508.

1123. *Rembrandt*: Vgl. Anm. zu 1114.

1126.f. Vgl. Anm. zu 249. Ähnlich zu Eckermann, 21. Jan. 1827 (Gespräche, 192).

1128. *Dädalus*: der griechischen Sage nach der Begründer der bildenden Kunst, der seinen Neffen Talos, den Erfinder der Töpferscheibe, aus Neid von der Akropolis gestürzt hatte.

1130. Vgl. ›Vorbilder für Fabrikanten und Handwerker, auf Befehl des Ministers für Handel, Gewerbe und Bauwesen herausgegeben von der technischen Deputation der Gewerbe‹ (WA I 49/2, 127–130).

1131. Auf Daniel Nikolaus *Chodowiecki* (1726–1801, Maler und Radierer) hatte sich Schadow berufen; vgl. Anm. zu 1064.

1133. *Ein edler Philosoph*: vermutlich Schelling (vgl. Anm. zu 1373) in seinen ›Vorlesungen über Philosophie der Kunst‹. Ähnlich in der IR, Sept. 1787. – *Orpheus*: der griechischen Sage nach der Sänger, dessen Gesang Bäume und Steine bezauberte.

1135. *Begriff*: Vgl. 128, 375f., 445, 471, 492, 968, 983, 1022, 1112, 1154, 1274. – *Verstand, Vernunft*: ein insbesondere in der klassischen deutschen Philosophie geläufiges Begriffspaar. Vgl. zu Eckermann, 13. Febr. 1829: ›Der Verstand reicht zu ihr [der Natur] nicht hinauf, der Mensch muß fähig sein, sich zur höchsten Vernunft erheben zu können ...‹ (Gespräche, 272); vgl. 341, 344, 469, 530, 533, 555, 599, 600, 687, 758, 891, 920, 922, 1001f., 1052, 1191f., 1239, 1287.

1136. Vgl. Nachwort, S. 284.

1138. *Kopernikanische System*: die heliozentrische Planetentheorie, die von Nikolaus Kopernikus (1473–1543) aufgestellt wurde. – *Metamorphose der Pflanzen*: Vgl. G.s Gedicht ›Die Metamorphose der Pflanzen‹ und die gleichnamige Abhandlung (LA I 9, 23–61) und Anm. zu 1259. – Ähnlich zu Eckermann, 24. Febr. 1831 (Gespräche, 400).

1139. *Das Erhabene*: Vgl. Anm. zu 181.

1140. *Gewalt anzutun*: Vgl. Anm. zu 115.

1143. *Erfinden*: Vgl. Anm. zu 416. – Ähnlich in TuJ 1810: ›Und wie denn alles Erfinden als eine weise Antwort auf eine vernünftige Frage angesehen werden kann‹ (WA I 36, 56).

1144. *Enthymem*: ein von der Prämisse abhängiger logisch richtiger Schluß.

1145.f. *nicht die Ersten*: Vgl. Anm. zu 123.

1147. Vgl. 565, auch Anm. zu 1344.

1148. *schon entdeckt*: Vgl. Anm. zu 123. – *Platos Bläue*: Vgl. Anm. zu 654 und Geschichte der FL, 1. Abt., Kap. ›Plato‹.

1149. Vgl. Anm. zu 402.

1153. *Falsches und Wahres*: Vgl. Anm. zu 149.

1154. *Begriff*: Vgl. Anm. zu 1135.

1164. Vgl. Anm. zu 199.

1165. Am. 5. Okt. 1828 an Zelter gesandt. – *Theorie*: Vgl. Anm. zu 1230.

1167. Ähnlich zu Eckermann, 17. Jan. 1827: ›Wenn auch die Welt im ganzen vorschreitet, die Jugend muß doch immer wieder von vorne anfangen ...‹ (Gespräche, 181).

1171. Unter G.s Aufsicht sind von der Jenaer Sternwarte aus systematische meteorologische Beobachtungen betrieben worden. Vgl. ›Versuch über die Witterungslehre‹ (LA I 11, 244–268).

1172. Unter anderem hatte der von 1803 bis 1806 in Jena wirkende Botaniker Franz Joseph Schelver die Sexualität der Pflanzen geleugnet. Vgl. ›Verstäubung, Verdunstung, Vertropfung‹ (LA I 9, 210–221).

1173.f. *Autorität*: Vgl. 906 und Anm. zu 546 und 678. – *Irrtum, Wahrheit*: Vgl. Anm. zu 149.

1178. *retardieren*: Vgl. Anm. zu 187. – *retrogradieren*: zurückschreiten.

1181. *Neu York*: Vgl. Anm. zu 824. – *Liberalität*: Vgl. Anm. zu 215.

1182. *Aguilonius*: (1566–1617) Brüsseler Physiker, der sich mit Optik befaßte; vgl. Geschichte der FL, 5. Abt., Kap. ›Franciscus Aguilonius‹.

1183. Vgl. die ›Zahme Xenie‹: ›Mit wiederlegen, bedingen, begrimmen/ Bemüht und brüstet mancher sich;/ Ich kann daraus nichts weiter gewinnen,/ Als daß er anders denkt wie ich.‹

1185.f. *Wahrheit für Irrtum ...*: Vgl. Anm. zu 149 und 426.

1188. Vgl. Anm. zu 44.

1189. Fast gleichlautend in der IR, ›Zweiter römischer Aufenthalt‹, Kap. ›Moritz als Etymolog‹.

1190. Vgl. in ›Principes de philosophie zoologique‹ (LA I 10, 373–403, besonders 396); an Zelter, 9. Juni 1831, und W. von Humboldt, 17. März 1832.

1191. *Anaxagoras*: (500–428 v. u. Z.) griechischer Philosoph. Aus Plutarch ›De placitis decretisque philosophorum naturalibus‹. – *Vernunft*: Vgl. Anm. zu 1135.

1192. Vgl. ›Principes de philosophie zoologique‹: ›Der Mensch aber sei besonders versorgt, durch seine vieltätige Hand ...‹ (LA I 10, 373–403, besonders 394). – *Vernunft*: Vgl. Anm. zu 1135.

1193. Vgl. ›Vermächtnis‹, Vers 19–24.

1194. Vgl. Anm. zu 502.

1196.f. *Parallaxe*: Verschiebung; Messung großer Entfernungen unter verschiedenen Winkeln.

1198.f. *Kant*: Vgl. Anm. zu 468.

1200.f. *Menschenverstand*: Vgl. Anm. zu 344. – *amphigurischer*: hochtrabender. – *Theorie*: Vgl. Anm. zu 1230f.

1202. *Dialektik*: Vgl. 336, 369, 1287. – Vgl. Eckermann, 18. Okt. 1827: Das Wesen der Dialektik ›‚ist im Grunde nichts weiter', sagte Hegel, ‚als der geregelte, methodisch ausgebildete Widerspruchsgeist, der jedem Menschen inwohnt und welche Gabe sich groß erweiset in Unterscheidung des Wahren vom Falschen.'‹ (Gespräche, 576f.).

1207. Vgl. Anm. zu 563.

1208. Vgl. 716.

1209. Vgl. Nachwort, S. 277.

1211. *Physiker*: Vgl. Anm. zu 612.

1212. Vgl. ›Physikalische Preis-Aufgabe der Petersburger Akademie der Wissenschaften 1827‹ (LA I 11, 286–294).

1215. *Cartesius*: René Descartes (1596–1650), französischer Mathematiker. – *de Methodo*: (1644) auch: ›Discours de la méthode‹ (1637). – Vgl. Geschichte der FL, 5. Abt., Kap. ›Renatus Cartesius‹.

1217. *Dekomposition*: Zerlegen des Lichts durch Prismen. – *Polarisation des Lichts*: Vgl. Anm. zu 431. – *Physik*: Vgl. Anm. zu 612.

1218. Vgl. Anm. zu 119.

1220. *Wahrheit, Irrtum*: Vgl. Anm. zu 149.

1221. *'Αναθεωρισμός*: Anatheorismos, grch., das Wiederanschauen, das aufs neue Erforschen, das genaue Betrachten. Vgl. 1223.

1222. Vgl. Anm. zu 579.

1224. Vgl. Anm. zu 1404 und Nachwort S. 284.

1225. Vgl. 1275. – *das Besondere*: Vgl. Anm. zu 199.

1226. *reinen Erfahrung*: Vgl. Anm. zu 411. – *Baco*: Francis Bacon von Verulam (1561–1626, englischer Philosoph) empfahl Beobachtungen und Experimente; vgl. Geschichte der FL, 4. Abt., Kap. ›Baco von Verulam‹.

1230.f. *Theorie*: Vgl. 308, 428, 529, 565, 578, 585, 614, 803, 1165, 1201.
1233. – 1238. Vgl. Anm. zu 222.
1239. *Vernunft*: Vgl. Anm. zu 1135.
1242. *Anthropomorphismus*: Vgl. Anm. zu 203.
1243. *Schrittschuhfahren*: Schlittschuhfahren.
1244. Vgl. Anm. zu 222.
1245.f. Vgl. 532.
1247. *Analogieen*: Vgl. Anm. zu 532.
1248.f. Vgl. Anm. zu 149. – *Intermundien*: lat., Zwischenwelten; hier: Zwischenräume.
1250. Vgl. 374.
1254. Vgl. Nachwort, S. 281f.
1255. Vgl. Nachwort, S. 281. – *manifestieren*: Vgl. Anm. zu 183.
1258. *stöchiometrische*: Vgl. Anm. zu 1261.
1259. *Metamorphose*: Vgl. Anm. zu 96 und 1138.
1261. *Stöchiometrie*: eine in der Chemie angewandte messende und wägende Methode, die insbesondere von den Verbindungsgewichten der Grundstoffe ausgeht. G. lernte sie bei dem Jenaer Chemiker Johann Wolfgang Döbereiner (1780–1849) kennen; vgl. Anm. zu 723.
1271. Karl Cäsar von *Leonhard* (1779–1862) und Parker *Cleaveland* (1780–1858), Mineralogen und Geologen.
1273. Vgl. Anm. zu 616.
1274. *Geognosie*: Vgl. Anm. zu 599. – Jean-François *d'Aubuisson de Voissin* (1769–1841) ›Geognosie‹ (1821). – *Begriffe*: Vgl. Anm. zu 1135.
1275. Carl Gustav *Carus* (1789–1869), Arzt und Maler, und Christian Gottfried *Nees* von Esenbeck (1776–1858), Arzt, Botaniker und Naturphilosoph. Beide standen G. nahe; vgl. ihren Briefwechsel mit ihm. – *im größten wie im kleinsten*: Vgl. 1225.
1276. –1287. *Mathematik, Mathematiker*: Vgl. Anm. zu 605.
1282. *Physik*: Vgl. Anm. zu 612.
1284. *Tycho de Brahe*: Vgl. Anm. zu 123.
1285. Vgl. Anm. zu 115.
1287. *Verstand, Vernunft*: Vgl. Anm. zu 1135. – *Dialektik, Mystik*: Vgl. Anm. zu 1202 und 336. – *nonsensikalische*: unsinnige. – Ludovico *Ciccolini*: (geb. 1767) Professor der Astronomie und Leiter der Sternwarte in Bologna. Vgl. ›Über Mathematik und deren Mißbrauch‹ (LA I 11, 273–283). – *La Grange*: Vgl. Anm. zu 609.
1288.f. Vgl. Anm. zu 115 und Polemischer Teil der FL, 3. Versuch, §§ 86–93.

1290. *Der Fraunhoferische Versuch*: Joseph von Fraunhofer (1787–1826, Optiker) entdeckte 1810 die nach ihm benannten dunklen Linien im Sonnenspektrum.

1291. *offenbares Geheimnis*: Vgl. Anm. zu 201. – *La Grange*: Vgl. Anm. zu 609.

1292. *palpabel*: greifbar.

1293.f. Vgl. Anm. zu 115 und 426.

1296.f. Vgl. Anm. zu 115. – *Obskuranten*: Vgl. Anm. zu 165.

1301. *Manifestationen*: Vgl. Anm. zu 183.

1304. Vgl. Anm. zu 810. – *Jehovah*: auch: Jahve; bei den Israeliten der Name Gottes.

1305. *Hamletische Weise*: Hamlet (Held des gleichnamigen Dramas von Shakespeare; vgl. Anm. zu 252) ging unter, weil er den durch den Geist seines Vaters empfangenen Auftrag zu erfüllen suchte. – *perierte*: unterging.

1306. *Anthropomorphism*: Vgl. Anm. zu 203. – *Erotomorphism*: (eine Wortbildung G.s) Übertragung menschlicher Erotik in außermenschliche Bereiche.

1310. *das Leben ein Traum*: Titel eines Schauspiels von Calderón; vgl. Anm. zu 738.

1311. *Epikur*: (341–270 v. u. Z.) griechischer Philosoph, von dem die genießerische, epikureische Lebensweise abgeleitet wird.

1318. Aus Plutarch ›Marcus Cato‹, in: ›Vergleichende Lebensbeschreibungen‹ (3. Teil, 1801).

1319. In der unleserlichen Lücke müßte dem Sinn nach stehen: ›Uneigennützige‹.

1320. Bezogen auf Dienste für Herrscher und Despoten; vgl. auch 321.

1324. *Wert des Augenblicks*: hier im Sinne eines bedeutungsvollen, schicksalhaften Moments. Vgl. die ›Zahme Xenie‹: ›All unser redlichstes Bemühn/ Glückt nur im unbewußten Momente‹.

1330. *Jüdisches Wesen*: Vgl. WJ, 2. Buch, 2. Kap. (WA I 24, 248).

1332. Vgl. Anm. zu 978.

1334. *Oberon*: der Elfenkönig in Shakespeares (vgl. Anm. zu 252) ›Sommernachtstraum‹, in Wielands (vgl. Anm. zu 731) gleichnamigem Epos und in Carl Maria von Webers Oper. – *Blaubart*: Ritter aus einem französischen Märchen, der sechs seiner Frauen wegen ihrer Neugierde ermordete und von den Brüdern der siebenten Frau getötet wurde. Vgl. die gleichnamige Oper von André-Ernest-Modeste Grétry.

1337. *Tropen*: Vgl. Anm. zu 188.

1342. Gleichlautend in den WJ, 1. Buch, 5. Kap. (WA I 24, 72).
1343. *Das Erhabene*: Vgl. Anm. zu 181.
1344. Vgl. Nachwort, S. 283, und Anm. zu 1147. – Ausdruck für die erkenntnistheoretische Grundeinstellung, die G. mit der Identitätsphilosophie des jungen Schelling verband; vgl. Anm. zu 1373 und 1376.
1345. –1350. *Zum Schönen, Schönheit*: Vgl. Anm. zu 183; vgl. auch G.s lange Zeit verschollenen Aufsatz ›In wiefern die Idee: Schönheit sei Vollkommenheit in Freiheit, auf organische Naturen angewendet werden könne‹ (LA I 10, 125–127). – *in die Erscheinung tritt*: Vgl. Anm. zu 183. – *Perikarpien*: Fruchthüllen.
1353. –1359. Vgl. Anm. zu 1064. – *Chodowiecki*: Vgl. Anm. zu 1131.
1355. Ähnlich die ›Zahme Xenie‹: ›Künstler! dich selbst zu adeln,/ Mußt du bescheiden prahlen;/ Laß dich heute loben, morgen tadeln;/ Und immer bezahlen‹.
1360. *das kapitolinische Basrelief*: das Prometheus-Relief aus dem 3. Jh. im Kapitolinischen Museum in Rom.
1361. *Klosterbruder Sternbald*: Wilhelm Heinrich Wackenroder ›Herzensergießungen eines kunstliebenden Klosterbruders‹ (hrsg. von L. Tieck, 1797); L. Tieck ›Franz Sternbalds Wanderungen‹ (1798).
1363. *zur ... Erscheinung gelangen*: Vgl. Anm. zu 183.
1365. *Entelecheia*: Vgl. Anm. zu 273.
1366. *Ursache*: Vgl. Anm. zu 222.
1367. Aus ›Principes de philosophie zoologique‹ (LA I 10, 394).
1368. *Raum zwischen Mars und Jupiter*: Vgl. Anm. zu 713.
1369. Vgl. Nachwort, S. 286. – *Urphänomene*: Vgl. Anm. zu 412. – *symbolisch*: Vgl. Anm. zu 1113.
1373. Friedrich Wilhelm Joseph *Schelling* (1775–1854), Philosoph, 1798–1803 in Jena und mit G. auf naturwissenschaftlichem Gebiet in engem Kontakt. Auf die Entwicklung der romantischen Naturphilosophie hatte er großen Einfluß. Vgl. Anm. zu 1344 und TuJ 1798 und 1799.
1374. *in dem einzelnen Falle das Gesetz*: Vgl. Anm. zu 199.
1376. Vgl. Anm. zu 1344. Ähnlich in einer Beilage zum Brief an Christian Schlosser, 5. Mai 1815.
1377. *planum inclinatum*: lat., schief, sich neigende Ebene.
1379. Vgl. Nachwort, S. 284. – *Wahr, Irrtum*: Vgl. Anm. zu 149.
1380. Vgl. Anm. zu 199.
1381.f. Vgl. besonders Geschichte der FL. – *Aristoteles*: Vgl. Anm. zu 578. – *Hippokrates*: Vgl. Anm. zu 621. – Vgl. Tb, 15. Mai 1809.

1383. Vgl. Anm. zu 418 und 436. – Alexander von *Humboldt* (1769–1859), Naturforscher und Weltreisender.

1385. *Obskurantismus*: Vgl. Anm. zu 165.

1386. *das Punctum saliens*: lat., den springenden Punkt.

1387. –1393. *Mathematik*: Vgl. Anm. zu 605.

1390. *Gang der himmlischen Körper*: bezogen auf die scheinbare Bewegung der Planeten, die sowohl im ptolemäischen Weltbild als auch noch im kopernikanischen (vgl. Anm. zu 1138) kompliziert erschienen und durch die Epizykeltheorie erklärt wurden.

1392. *inkommensurable*: nicht vergleichbare, nicht im gleichen Maßstab meßbare.

1393. *Kalkül*: Vgl. Anm. zu 115.

1396. *sagen sie's griechisch*: Vgl. Anm. zu 584.

1397. *Entelechien*: Vgl. Anm. zu 273.

1398. Vgl. Anm. zu 604. – *newtonische*: Vgl. Anm. zu 115. – *Turba*: Schar.

1399. Vgl. Anm. zu 149.

1400. Vgl. zu Kanzler Müller, 8. Juni 1830 (Unterhaltungen, 194).

1404. Vgl. ›Der Versuch als Vermittler von Objekt und Subjekt‹ (LA I 8, 305–315) und TuJ 1810 (WA I 36, 56).

1405. Fast gleichlautend im Schema zu DuW auf 1796 bezogen (WA I 26, 360). Vgl. Anm. zu 208.

1406. Veranlaßt durch den Roman ›Histoire du chévalier Des Grieux et de Manon Lescaut‹ (1731) von Antoine-François Prévost d'Éxiles (1697–1763). – *Roman*: Vgl. Anm. zu 133.

1413. *Aperçus*: Vgl. Anm. zu 416.

Inhalt